JN208620

あれは誰を呼ぶ声

小嵐九八郎
Koarashi Kuhachiro

アーツアンドクラフツ

目次

カバー装画◉五木玲子
「烏瓜の花Ⅱ」
装丁◉坂田政則

日本音楽著作権協会（出）
許諾第一八一〇二九六―八〇一

あれは誰を呼ぶ声

第一章　さらば〝ちょっとブウ〟

一

荒川を電車が渡り、私鉄の駅で下りると、雪催いの空の下には、枯れ草が乾いてるのに湿っているちぐはぐな匂いがやってきた。悪くはない。

匂いは、都心に屢屢発生する催涙弾のそれより、時折り起きる火炎瓶のガソリン臭さより、かなり増しだ。

前の世紀、二十世紀では、「十年、一と昔」という感覚があったけれど、それでいくとそろそろ五昔前のことだ。

一九七〇年代、初っ端。

一九七〇年二月の終わり。

二十そこそこか、若い女が、狼ほどではないけれど、少年のごとき短い髪を跳ね上げ、恐ろしく塀が高く、時代小説に出てくる縄梯子でも向こうへと登って行けないだろう足掛かり手掛かりのないつるつるのそれの脇を通り、あれこれ誰何(すいか)され、待合室に入る。

ここへきたのは、とっても耐え難いことを二ヵ月前に新聞で知り、十日前に国選の弁護士という人から「小菅の拘置所に収監されている」との連絡を受け、迷い抜いた果てに昨日、たまたま歩いて目に入った別の弁護士事務所で教えられたからだ。この相談料も高いのかと心配しつつ聞いたら、受付の女の人が、「まずは、こうすれば」といろいろ知らせてくれ、無料(ただ)だった。

待合室は、四十畳ほどか。

横並びに座る長椅子の列と、未決囚に差し入れが可能な、本、雑誌、缶詰、乾き物、あんまり綺麗ではない花を置いている売店がある。

生まれて初めてと考えるが大事なことなので母親とは相談なく、ここへと一直線にきた若い女だけれど、あれこれ沢山詰まっている、日本の風俗の歴史が混在しているみたいな待合室にごくんと生唾を飲み込む。

イギリスの合唱団のロック・バンドのビートルズ以来流行っている長髪の、ジーンズの股の周辺が摩(す)り切れている学生らしき若者、胸を反らし切ってうろうろする看守に文句をつけそうな若者、何やら沈鬱そうな両腕を組んで床(ゆか)を見つめている若者といる。たぶん、この人達が、かなり尊敬している年上の従兄(いとこ)とイデオロギーが似ているのだろう……か。

普通の女性週刊誌では取り上げず、写真も載(の)せない、しかし、どきりと左胸の上を撃つほどの、羨ましいわあ、水商売風の化粧上手の美人が五人ばかりいる。十代の終わり、二十代半ば、三十代後半と。そうか、わたしが尊敬し、いいや、尊敬とはちょっと違って「立派です」と思ってるあの従兄の好きらしい任侠映画の男の妻、愛人、恋人のいずれかしらね。軽い焼き餅から爪先で上手な化粧を剝がしたくなるけれど、そして、自らの劣等感のせいか、悔しくなるほど美人が揃っている。

おーや、すぐにヤクザ、いいえ、暴力団と分かる人も五人ぐらいいる。みんな、高価そうな黒っぽい背広姿、コートも英国製みたいに決まっている。でも、二人、二人、一人と別の背凭(せもた)れの長椅子に座っているのに、互いに、ちらりちらりとその姿形を窺(うかが)っている。然(さ)り気なく。

あら。

若い女は、待合室の四隅に、例外なく肩を丸め、俯き、縮こまっている別別の四人を見る。一人は、もう七十代半ばの白髪七黒髪三の老いた女の人。一人は六十代ぐらいの前歯が見事になくジュースを啜っている男の人。一人は、杖は立派でジュラルミンであろう金属は新しく光っているけれど五十代半ばの女の人。一人は、何があったのか、文字通り、しくしくと泣いて、その涙をハンカチではなく黄ばんだ手拭いで拭いている八十代ぐらいの老婦人、うんと長生きして下さいね。

人間の犯す罪って何だろう、何からくるんだろう、すぐそこに転がってるんだわと気づく若い女は、受付で渡された番号札のナンバーをスピーカーで呼ばれた。

——石の廊下を渡ると、事務室があり、再び住所と氏名、そしてこれから面会する人間との関係を書かせられた。

〈婚約者〉。

――ポツポツと小さい穴が刻まれている、透明なプラスチックの仕切り板があちらとこちらを分けている面会室で三十秒ぐらい待った。

若い女が求めた面会人が、つまり警察に取っ捕まり起訴された男が看守に連れられて入ってきた。

去年のクリスマス以来だから三ヵ月振りの男だ。同郷の男で、帰郷した去年の夏に母親から半ば命令的に同じく帰郷した男と見合いをさせられ、若い女は、自らの素顔と裸の全身をとっくり風呂場の大鏡で確かめ、決めてしまった。自分と比較して、男の身長は一七五センチ、容貌は大相撲の柏戸(かしわど)に似て渋くて強そう、格上と思ったのだ。

「くるのが遅いじゃないか」

デートというのか、それは四回しかしていないが、男は既に結婚二年半ぐらいの口の利き方をする。

「ごめんなさい」

そう、やはり、婚約をした間柄だったらもっと早くくるべきだったと、女は頭を下げた。

頭の下げ方の距離や角度を記入するのか、見張り役の看守は女を熱心にして鋭い眼で会計簿みたいな帳面にボールペンを走らせる。まさか「美人とほど遠い範疇(はんちゅう)」と書いてるんじゃないでしょうね。

「ここの麦飯、まずくてさ。自弁(じべん)を入れるように手配してくれ。ちゃんとした弁当だってよ。それと、生卵も入るから頼む」

「は……い」

このくらいはデート四回のうち三回は御馳走してくれたわけで、きっちり返そう。いや、ここまでが限度、ここでずるずるしたらとんでもない結婚と人生になる。きっぱりと……女は決心する。

「女の人を、スナックのホステスを殴って、大怪我をさせて全治二ヵ月、おまけに金銭箱の引き出しから一万三千円を奪ったって……本当ですか」

「おまえ、新聞記事を信用してんのか」

「……」

「あの女、サトコはさ、大袈裟なんだよ。鼻の骨を折って鼻血を垂らしただけだよ」

若い女は、鼻骨を折るぐらいに女を殴ること自体が恐怖だし、許せない。新聞記事と大した違いはない。いや、記事の通りだ。

「それとな、サトコと仲が悪いケイコにはその三日前に、一万円渡してんだよ」

一万円といえば、青函連絡船が函館から青森に着いて、それから上野までが二千五百円の汽車賃だからその四倍ぐらい、かなり高額……。あ、これ、たぶん、痴情絡みというやつかもと女は身心がもっと強ばる。

「いずれにしても、婚約は破棄に。いいですね」

でも、あんたもそういう心の準備はしていなかったろうし、わたしも進路でいろいろあるし、母や父に伝えるのは一ヵ月後に――という言葉を女は呑み込んだ。

二

それから、三日後。

遠い空に釣ったばかりの鮭みたいな雲が貼りついている。

同じ年、一九七〇年の三月初っ端。

川崎の東京湾に近い街は、高度経済成長の大波がなお引かず、工場群のせいで早春の寒さを知らない。

若い女が、二階のぎしぎしと軋る桟を無視して窓を開け「わたしは、本当に死んだ父さんの子なのか」と呟き、頭を傾げた。

眼には、川崎の濃い紺青色の港と、黒くて重そうな運河と、東京との境の六郷川と、とりわけ鉄と石油化学の工場の塊に囲まれていて、故郷の町の中にもいた夜中すら「があ、あおう、あおお」と鳴いて喚く背黒鷗などは映らない。アスファルトでこってり固められた道に、雀が踊り、跳ね、止まっている。運が良ければ、ぴいぴいとうるさく燥ぐ鵯に出会えるか。

「鷗は渡り鳥と辞書にあったけど、軀も声も大きい背黒鷗は梅雨時のちょっぴりの間を除けば、一年中いたわ。うるさくって猛猛しくって、でも、子育てに凄く熱くて……。もう、帰りたい、あそこへ」

若い女は、胸の内に呟く。

目を上に向けると、煙突なんてものではない黒くて容赦ない格好の、鉄鉱石を溶かして鉄にする溶鉱炉というやつらしい大きく黒い凸レンズみたいな形が圧してきて、空は桃色というよりは、ほぼ赤い色。羽田からの飛行機の発着の爆音に、この赤い色は左右に揺れる。

赤い色……といえば、そう、この部屋の主は、あと二ヵ月ぐらいで一年二ヵ月振りに、たぶん、帰ってくるらしい。真っ赤っ赤の過激派だ。未定だが今の父の弟のこの家の主が十日前に告げた。「いや、息子の仁は物置き小屋を片づけて住ませるから、ここにずっといてくれても」と言っていた。

ここでは夢がない、故郷へ、帰りたい。

でも、帰りたいのに帰れない。

朝は、まだ早い。六時四十分である。若い女は、若い男とこれから会うわけではないのに、国鉄で北海道からここ川崎へとチッキで送った三つの主な三点、小さめの鏡台、眠りを快くくれる低めの高さの枕、おととしの高三の夏に札幌まで三時間もかけ出て行き、小遣いと御年玉の貯金の七割を費やして買ったシュミーズ、パンティ、ブラジャーの姿で鏡台の前に立つ。

母ばかりか、今の二番目の父も仄めかす通り……。

若い女は、ついつい、いや、納得せざるを得なく、言葉として思いを、誰も聞いていないが出してしまう。

「どんなに工夫して剃っても食み出してしまう濃い眉毛で、しかも、反り上がっているもんね。両目の、とぼとぼした団栗の形、その上に団栗より丸い顔、鼻は上向いて、これ……困るのよ。両唇は、だらしなく、上の方で捲れぎみ。女としての……魅力零点。そう、ちょっとブウだもの」

自らの独り言の「魅力零点」「ちょっとブウ」は、虚ろに、四畳半に響き渡る。「ちょっとブウ」の〝ブウ〟は〝BUSU〟だ。〝BUSU〟は冷酷な差別用語と若い女は考えるが、そういう批判はテレビでもラジオでも新聞でも出ていない。でも自虐的に若い女は自らをそう規定してしまう。もしかしたら「ちょっと」でなく「うんとブウ」かもと恐れながら。

軀の均整も、まるで成ってない。

若い女は独り言が耳の鼓膜からうるさいほどに自分に戻ってくるので、今度は胸の内に呟く。

でかい尻に、相撲取りみたいに張った両肩、ウエストはこの三ヵ月の眠さを堪えて起床後十五分の腹筋の鍛錬でまずまず普通より少しだけ太めか。でも、今更だけど背丈は小さくて一五〇センチ、おっぱいだけは変に大きい……。

これで、男が、正確に言うと、先月に拘置所で訣別した女を殴る男とは別の新しい男ができるなんて有り得るのだろうか……。

得した、あの男にはまだペッティングはもちろん、キッスもさせていなかった。

いや、損を……したのか。

そして、帰りたい。故郷へ。北海道でも聳える日高山脈の南の方で、北海道全体と較べれば気候は穏やか、アラブ種の馬も少しいたけどサラブレッドの競争馬が牧場のやや小高い柵の中で伸び伸び走って立ち止まり遊んでいて、一年に必ず二度か三度は重賞レースを制して「祝〇〇〇〇〇〇」の横断幕が翻り、でも、確かにアイヌへの酷い差別を残していたはずと思うところの近くで、東へ四十キロ先は襟裳岬のある町だ。浜辺には、東京だったらそのまま売り物になりそうな黒黒とした昆布が打ち上げられているものね。無料みたいに安い広広とした土地には、馬鈴薯や玉葱や大根が「もっと植えて欲しいよお」と合唱してるみたいだった。

若い女は、関東の暖房は三月では火燵だけでちょっぴり寒さを感じ、カーディガンを羽織ろうとして鏡の中のシュミーズの襟許の薔薇のレースを見て、舌打ちをする。

日高山脈の麓の我が里の花花は、こんな、花の本質を誤魔化し、抽象的にして、有り触れた形にはできないし、しない……もしかしたら、許さない。

五分歩いて野に出たり、丘に登れば、そう、紫系の花が関東より際立って色が冴えている、蘭の一種かタチギボウシ、すっくと秋の空へと立つアザミ、胃痛にも効くチシマセンブリ、北海道の春を知らせるタツナミソウ、紫色が澄んで限りのない失恋の直後を思わせるエゾリンドウ……止めておこう、真面な恋愛はしたことがないのだから。

うーん、やっぱり、中途半端な決意では帰れないのかしらね。

そう、帰ったら帰ったで、好きでも何でもない別の男と見合いを成功するまで、幾度も押しつけられる……。

それに「専門学校は止めて、大学を受け直しなさい」と母さんに迫られる。去年の四月から川崎に出てきて予備校に通ったけど、模試で国立はもちろん授業料が安めで狙いの私立も難しいと分かってきた。やっとこの前、幼稚園や保育園の先生になる目白の教育専門学校に合格したけど、大学受験をやり直すのはひどく辛い。

そう、実の四つ齢上の姉は弘前の国立大出身、二つ齢上の姉は東北は仙台の国立大、ま、血の繋がりのない父の先妻の子の兄も札幌の国立大出身だがこれは問題の外……。どうして、同じ父と母の子で自分だけができが悪いのか……。

二人の実の姉は、妹から見ると二人とも目許が共通して桔梗の花の印象で凜としている。かなりの美形なのだ。

不条理、そのもの。

不条理でなかったら――母さんは、死んだ父さんとは違う男の人の子を産んだ……と推測するのがごく普通ではないのか。その子が、わたし……。

いつの間にか、若い女は、火燵に両足を突っ込んで頬杖をついてしまう。

なのに、なぜ、帰りたいのかしら……と若い女は、窓の隙間から忍んで漂う中華料理屋のラーメンかタンメンかのスープの匂いに鼻穴を大きくして窓の外へと向ける。

そう……だわ。

食べたい、昼の二時半頃、故郷の浜辺が急に賑やかになって漁船から陸に上げられる烏賊を。むにゅむにゅ動いたり、死んでも透き通っているそれの焼いたやつ、そして刺し身だ。

同じく玉蜀黍は、石川啄木が「しんとして幅広き街の　秋の夜の　玉蜀黍の焼くるにほひよ」とその飾り気のない焦げる香ばしさを歌っているけど、関東とは別人、違う、別種のようにおいしい。アスパラガスも採れたてのを茹でて少しだけマヨネーズを付けて食べると身も心も緑に染まって、何より舌と胃が喜んでビートルズの歌を聞くよう。ここいらのアスパラガスはびじゃっと湿っていて歯応えが頼りなく、アスパラガスとしての香りが淡過ぎる。

そうそう、何より、馬鈴薯、じゃが芋がうんまいのよ。蒸しても、木の葉や銀紙で包んで焼いても、ポテト・サラダにしても、満ち足りて眠くなるほど。米がほとんどできない分、馬鈴薯がおいしさを占めるのかしら、北海道の凍てと大地のせいかしら。北海道としては狭い方だけどホテルマンの仕事の傍ら一町、約一アールの畑を耕す血の繋がりのない二番目の父に「玉蜀黍百点満点、アスパラガス百点満点、馬鈴薯は二百点ね」と中学一年の時、蒸したじゃが薯をフォーク・ナイフで突き刺して丸ごと口に運んで正直に話したら、夜中の梟ではなく、土鳩の真ん丸の両目をして喜んだっけ。

でも、米に頼って米を一生懸命に作る東北とかじゃ、先月、「総合農政の基本」が日本の政治の中心の閣議で決まり、米作から他の農作物への作付の転換、せっかくの田んぼを休耕したり減反したり……で、いじらしくも必死なパワーが、どこへ行くのかしらね。何しろ、日本人は弥生時代から水稲栽培で生きてきてここでひたすら汗を流すのが根っこだもの。

——若い女、「ちょっとブウ」と自虐気味に自己を規定する女は、帯田奈美。一九五一年生まれだ。誕生日は七月三日で、死んだ実父が奈美と命名したという。今は十九歳。

実父は、奈美が小学校二年の晩秋、磯で釣りをしている時によた波に攫われて死んでいる。

母の文が再婚したのは、奈美が小学校五年の秋だった。坂と、運河と、港に囲まれた小樽から、札幌を経て、苫小牧からとことこと汽車に揺られて日高山脈の麓、襟裳岬の手前へとやってきた。

頑張ったつもりだけど、中学も高校も成績は芳しくなく、だけど、東京近辺で暮らしたくて、高校卒業後、「ちゃんとした予備校に」という口実で、そしてそれは母親の見栄と一致して、取り敢えず、今の父の弟の帯田健に一と月ばかり世話になると住みだして、ずるずる一年近くになってしまっている。

しかし、この家の主の次男は、仁という名だけど、怖い過激派で、去年の東大の安田講堂の人騒がせな、そうやって決めつけてはちょっぴり悪いが、学問のあり方の根っことか、権威とか権力の腐りかけた臭さを叩くとか、よく奈美には分からぬことの砦の攻防の一人の兵隊で逮捕されている。が、間もなく保釈というので出てくるらしく、奈美は専門学校に合格してから、引っ越しの準備をし始めている。大学の方の合否発表はあと二つ残っているが待つまでもなく九割九分落ちているはず。

今度のところ、六畳一と間にトイレとシャワーと台所つきのアパートは、専門学校のある山手線の池袋の先の目白とは遠く、六郷川、多摩川の下流の向こうへ渡ってすぐのところだ。

気に入ったのは、真っ黒の沸かし温泉つきの銭湯がごく近くにあるからだ。肌がすべすべするし、暖房が中途半端な関東では軀が温まる。

しかし、本当の本当の理由は、この家から出て行っても、この家に近い……から。

そう、うん、仁(じん)さんが監獄から帰ってくるから。

こういう気持ち、気分、雰囲気に酔うのは珍しくないらしく、母さんが言ってた、「あのね、年上の従兄にほんわかになるのは、子供の麻疹(はしか)。気いつけなさい」と。

然(しか)り、そのものなのである。

奈美は、従兄の仁、血はまるで繋がってないはずのお兄さんに、憧れ、ほんわかの気分、叱られて、その後に優しく両腕に抱いて欲しい気持ちとある……のだ。

だから、この家に、ずるずるの装(よそお)いでいた。

——だって。

奈美が振り返ると、中学一年の夏休み。

仁(ひとし)さん、ううん、胸の中ではあの頃から仁(じん)さんと呼んでいたけど、大学の一年生だったはず、奈美の故郷の日高山脈の麓の大地と海と競争馬の町に遊びにきた。ひどく手軽で安いカメラと、漫画本いっぱいで、ちゃんとしたのは文庫本三冊だけのリュックサックを背負って……。格好良かったなあ、北海道は明治時代にアイヌ人の人人を追っぱらって植民地化していろんな土地の人が集まってきたので土着語はほとんどないけど、やっぱりわずかにS音がZ音へと濁るのに、仁さんは、「……じゃんか」、「……じゃねえか」、「……だろう?」と言葉の尾っぽが歯切れが良くてね。じゃが芋を拡大したような歪な顔だけど、見れば、見るほど、分厚い柏の落ち葉の焚き火でこんがり焼き芋にした馬鈴薯にバターを薄く塗って食いたくなる味があって……。こういう譬えは、失礼かね。

でも、この健叔父さんの子供達は、三人とも、両目の窪みとその下あたりがそっくり似ている。そこへいくと、わたしは姉二人とはまるで……似てるところを探せない。頭の中身、顔つきも……。やっぱり、わたしは、死んだ父さんの子じゃないみたい。だったら……本当の父さんを知りたい……。

若い女は、最初のテーマ、そして鏡に映して頭を離れないコンプレックスの課題にどうしても戻ってしまう。

――ううん、仁さんが北海道に遊びにきたこと。

実の姉二人も夏休み中で家にいたのだけれど、なぜか、二番目の父も母も、わたしに仁さんの釣りの案内をさせた。そうか……綺麗な姉さん二人に案内させると手を出されかねず〝危ない〟と考えたわけだ……今頃気付くなんて、やっぱりわたしは鈍感で、これも死んだ父さん、実の姉さん二人の敏感さを通り過ぎての繊細さとは異なる。

それで、釣りの仕掛けは仁さんが二番目の父さんの道具を使って作り、蚯蚓を自ら掘って集め、わたしが二番目の父さんの地図を元にして案内した。

五キロ離れたところへ自転車に乗って行き、幅十五メートルもない川を渡って二番目の父さんが地図に目印をつけた小さい堰で、仁さんが竿を出した頃からぽつりぽつり雨が降りだしたけど、仁さんは北海道の時化て荒れる海や、鹿はいつもで時には熊の現われる野山や、水の暴れる川など知らず、釣りに熱中。

そして釣れないものだから雨が大降りになっても熱くなり、やっと、エゾイワナの三十センチを釣って「やったあ、奈美くん、でかいだろう？　六十センチはある」と超主観的なことを言って、また、熱中。

でも、「おいっ、濁った水が……やべえぞ」と気がつき、仁さんは、魚籠のロープを外して、ロープを釣り道具の鋏に結びつけ「あの木の幹に」とか告げて放り、的は外れたけど太めの枝にがっしりと絡まり、「いいか、俺が溺れたり、水の中で転んだら、このロープを伝わって向こうの岸へ逃れるんだぞ」と、急に水嵩の増してきて岩を削るほどの褐色の、ごごうっとまで唸り始めた濁流を、釣り道具と魚籠を首に掛け、わたしをロープで括ってから背負って、斜め上へと横切りだした。ま、本当の暴風雨とか大雨の時に較べれば、このぐらいの水の出は小学校みたいなものだったけど……その心です、思いやりです……ね。あの時、乳房が仁さんの背中に潰されて、気持ち良かったこと……。

——勉強も教えてくれた、たった十日間しかいなかったけど。

もっとも、母さん、母は「仁さんの入った私立大学は、将来の政治家が法螺と嘘を演説するのを育てるだけ。ま、童謡とか演歌の詩を作る人も出してるけど。算数、数学なんて教わるんじゃないよ、理科系など無知なのに間違いを平気で居直る大学なんだから」と釘を刺していたから。そうだ、仁さんは大学一年生だったんだ。

確かに、数学を仁さんは苦手というより解らないらしく、わたしの教科書を捲って「あのな、奈美ちゃん、社会に出たら数学なんて必要ない。せいぜい、ニイヨン、ヨンパァ、クンロクと倍倍さえ知ってれば済む」と、今年の一月やっと何についてか分かったけど麻雀の点数の数え方だけを口に出し、後はパスというより逃げてしまった。

理科はもっと駄目らしくて「へえ、植物ってこんなに種類が沢山あって、特色が違うのか。動物の一つの人間が人種や民族であれこれあるのはごく当たり前だな」と教科書をパタンと閉じてしまうし。

社会は、少しだけ熱心だった。「法律を作る国会の立法、力を持ってあれこれ命じる大臣や役人のやる行政、中立面で裁く司法の三権分立のうち、立法が大事だぞ。人人の選挙の行ないが、特に」とわたしすら知ってることを強調した。歴史については「唯一の神を見つけ信じて奴隷のユダヤの民をエジプトから脱出させたモーゼ、憎む者や敵を許して愛すイエス、慈しみと死ぬのが怖いのを越えゆくことを教える仏さま、大法螺吹きだけど死ぬも生きるも一と筋とするソーシ、砂漠の神を信じるしかないマホメット、フランスのギロチンで死刑をやり過ぎた革命の準備者のジェイ・ジェイ・ルソーの六人の伝記だけを読めばオー・ケイ」と話した――振り返ると、まともだったような、マルクスもレーニンも毛沢東も口に出さなかったのだから。つまり、まだ過激派以前、未満だったわけだ。

国語については思い入れというか、仁さんの考えがあるらしく「教科書は読まないことが、いや、テストの前はしゃあないけどな、とても大事」とか胸を張ったり、俯いたり、どうも照れていたらしいけど、リュックサックの底から川端康成の『雪国』の文庫本を出し「あのな、少し早いけど、早いうちに凄い世界は知っとけ。清らか、助兵衛、貧しさ、気怠さ、徒労の美、そう、美しさがみーんな入ってる」とくれて、次の日には図書館に案内させて『童謡歌集』をわたしに借りさせ、本屋で『演歌一〇〇選』を買って「読め」と渡した。わたしが、理数科にまるで刃が立たず、国語だけがかなり模試でも良い点を取れるのは……このおかげ。

ふん。

でも、中三だった二番目の、見栄っ張りで焼餅の好きな姉さんは、下駄箱に別別の男の生徒から月一は恋文、ラブ・レターを入れられて「おまえにはこないだろうね、この二、三年は。いーや、五、六年先も」と自慢していたその綾子姉さんは、仁さんとわたしが楽しく懸命に勉強していた六畳の仏間を二十分間隔で、襖戸をわざと音を大きくして覗きにきて「あーら、わたしも英語が解んなくて、教えてくれませんかしら」なんつう丁寧語で聞いたり、ったく、うるさいこと。因みに仁さんの英語の教えは「『アイ・ラブ・ユー』のラブが他人に働きかける他動詞で『アイ・スリープ』のスリープが自分の行ないで終わる自動詞。これが解れば、何とかなるはず」だけで得意ではなさそうだった。

厭だわねえ、実父の子供では一番上の佐代子姉さん、あん時は、高校の二、三年生だった。姉さんは。

「あらあ、堪えて、耐えて、我慢して、奈美に勉強なのね、今日も。尊敬しちゃいますよお。奈美、ちゃんと素直に教えて貰うのよ」

佐代子姉さんは、我が家でも外でも底意地の悪さで評判、なのに、取り繕って、必ず、二時間の仁さんの講座の半分、つまり一時間で顔を出した。

おまけに「うちは貧乏なので、大学は国立しか入れないけど、東京の私立大って、伸び伸びして気楽でいいらしいわよね。入試も、物理とか化学がなくて、数学もなくて」と少し、いや、かなりの厭味と聞こえることを言った。

「そうだね、のんびりし過ぎるぐらいの大学生活だよ。ま、入試は易しくて穴だというから、歴史や社会科社会でなく、数学で受けたけどさ。もっとも、俺、目は月の兎が見えるぐらい良くて、隣りのやつのを丸写しでさ」

「あーら、そう。ね、ね、ねえ、明日か明後日、川釣りでなく、船に乗ってほっけか平目かスルメ烏賊を釣りに行かない？」

佐代子姉さんの妨害は続いたけど、日高山脈の麓で襟裳岬の手前の町でだけは持て過ぎる女子高生と、東京の、馬鹿田大学とも評される早稲田大学の、たぶん、他の私立の女子学生に囲まれてるはずの仁さんとはちぃーっと別だ、違う、と奈美は、その時、思い込んだ。振り返ると、仁さんは持てるに決まっているけど、ゆくゆくは、いいえ、とどのつまり過激派だし、拘置所に入るわけだし、歪な、どでかい馬鈴薯顔だしと今の今は思うけど、中一だったわたし奈美の気持ちは乱れに乱れた。嫉妬心というやつだった。イギリスのシェークスピアの戯曲、『オセロー』を仁さんに勧められて読んだばかり、オセローの胸、腹、胆の思いが、うーんと、う、うーんと解ってしまった。嘘をついても、佐代子姉さんを蹴落としたいと——良くないよね、こういう考え。やっぱり、家族、兄弟、姉妹は身や心を削っても大切にして、譲りあわないと。ううん、他人には、もっともっと……だけど。

だけど、佐代子姉さんの衣を被せたやんわりの願いに、本当は、かなりの希望と欲望が籠められているはずなのに、仁さんたら、

「船で漁なんて最高だな。だけど、北海道の川の厳しさを見たら、海はもっとびびる。佐代子さんだけで行って、うんめえ烏賊を土産に頼む」

と、あっけらかんと拒んだ。

おまけに「必ず、獲物をだぜ」と仁さんは念を押した。

へ、へ、へーん、いい気味、ううん、身のほど知らずで同情しなくちゃいけない……とわたしは感じ入ったけど、思えば、どう考えても、わたしは佐代子姉さんより容貌も頭も感覚も鈍。

——若い女、奈美は、ここまで、ぐちぐち思ったけど、専門学校の入学金と授業料の払い込みの締め切りが三日後に迫っていることに冷やりとする。

母親とは、五日前、電話で、

「大学はみんな落ちると思う。でも、幼児教育の専門学校に受かったし、わたし、幼子のピュアな心と悪戯好きをもっと大切にしたいから決めたわ」

「駄目です。もう一年、やり直しをしなさい」

「二年も女が浪人したら、嫁の貰い手はいなくなるわよ、母さん」

「あっ……そ、そ、そりゃあ」

「だから、専門学校にかかるお金を現金書留ですぐに送ってよ。引っ越し代を含めて、取り敢えず二十万円」

「あんたね、ハワイで六日間も過ごせるジャルパックだって十六万円よ。父さんと相談しますっ」

「だったら要らない。夜は桃色、ううん、ピンク系の飲み屋で働くから」

「自分の顔と全身をプロの写真屋に撮ってもらって、冷静に見てから電話をかけ直しなさい」

と遣り取りした。

二十万円は、専門学校に必要な金と新しい住み処への礼金や敷金などを含めてだが、なるほど、この川崎では日本鋼管と肩を並べて超大手会社の工場のある東芝ってところに勤め続けて十一年の社員の月給が七万三千円ぐらいと聞くし、二番目の父のホテルマンを兼ねた農業と中学教師の母の収入では厳しいのかも。

でもさ……。

三つから六つぐらいまでの子供が可愛くて好きで、一緒に遊びたいのよね。ま、おしっことかうんちの躾もしなけりゃいけないけど楽しさに必要な損のない税金だもの。高一、高二と近所の幼稚園を延べ四十日、自主的な志願で手伝ったけど、お絵描きごっこも、積み木ごっこも楽しかった。もちろん、意地の悪い子もいたけど、あれは、わたしと同じ、劣等感の心の傷があるからで、親切にされっぱなしになると、やがて、優しい子になるもの。ま、時には、五歳の男の子なのに好色魂にもう溢れていて道具入れの小屋とかその小屋の背中で、お医者さんごっこをして女の子を三、四人も集めていたのもいたけど……その男の子を叱りつけ、尻をぴんぴん叩いたりもしたけど、男の欲って人類の維持と増殖の法則には適っているわけで……仕方ないのかも。

そう、幼稚園でなくて保育園の保母でもいい。国家試験に合格すれば資格を取れる。

うん、そうだったわ。

母さんとの喧嘩腰の電話のすぐ後、電話は玄関先にあるのだけれど声が茶の間に届いて、健叔父さん、きく叔母さんが聞いていたらしく、叔母さんが、膨らんだ茶封筒を渡し、「これを貸しますから、使いなさい」とわたしの掌に握らせた。叔父さんは「いいや、返さなくてもいいよ」とも。自動車の販売会社ってマイ・カー時代の到来で景気が良いらしいが、それでも、現金で……。

それより、嬉しかったのは、健叔父さんが、

「奈美さんは、健康美いっぱいだし、目ん玉はキューピーさんに少しだけど似ていてくりくりしてるし、そのうち、大変になるよ、男が寄ってきて。助兵衛を売りにする、いや、いや、いんや、女給になるのは、その後……でだよ」

と励ましてくれたことだ。あら、慰めかしら。そうよね。

「それに、何せ、気立てがいいものね。うちの息子達や娘と違って自分の始末がつけられる、食器洗いはする、この家にいたら食事の準備は手伝うし時にやってくれる、風呂掃除もしてくれる。女はね、気立てだよ、愛敬ですよ」

一番終いの言葉の「女は気立て、愛敬」は、「可愛らしさ、美人」への対抗の言葉かとちょっぴり引っ掛かったけど、きく叔母さんも元気づけてくれた。

しかしね、「女は気立て、愛敬」は、あまりに古いモラルというか感覚だわ。誉め言葉じゃ……ない。

「いんや、最近の自動車を買う人の二割ぐらいは女、これからは女の時代だよ、奈美さん。原始時代は女が主人公だったらしいよね。江戸時代の二百六十五年間で、それは昔のまた昔のこととなって、

明治時代から背伸びして、発展して、こてんぱんに負けて、やっと終戦二十五年して女が当たり前のことを言い出せ、できる時がき始めている……わけでね」

健叔父さんが、仁さんの妹になる娘の江梨子さんとは激しい口喧嘩をしている割には、解ったことを喋る。

「そうだよ、奈美さん。去年の東京大学での安田講堂の決戦までは男の学生が牽引力、引っ張って、動き回る車輪の軸。でも、どうかな、これからは、アメリカみたいに、女の学生、いいや、女が、突っ張って、しゃしゃり出て、主人公にならんとね」

頭の毛は薄くて、強いて真ん中に寄せ集めている健叔父さんは、へええ、かなりの刺激することを話す。

というより、やっぱり、仁さんの父親だもん、そりゃ、立派なはず。

ううん、違うな。だいたい、東大の安田講堂を安田城みたいにして守るっつうのは、江戸時代の確か一六一五年の、徳川方に攻められる豊臣方の大坂城と似ている。〝守る〟しかないなんて負けを覚悟して、攻めがない。その一兵卒が、仁さん。知恵がない。次に待つマイナスを、何とかプラスにする発想がない。

ん？

ま、ま、待ってよ。

あの東大安田城の攻防は、自覚しての、自覚していなくてもどこか、軀や胸底の隅に隠れていた、〝敗北の美……しさ〟への実際の体験なのかも。憧れなのかも。

そう、わたし、日高山脈の険しさが、冬では凍てついた白一色の山稜が鉛色の空、闇のくる寸前の藍群青の空を斜めに裂く非情なほどの凄み、真夏の緑の濃さが青空さえ呼び込んで騒ぐとんでもない奔放さに、二番目の父さんのところへ越してきた時から感激して時に震えていた。

襟裳岬の、五メートル先も見えない深くて青白い霧の中で見え隠れする荒い海も、霧に溶けてしまいたくなるほど良かった。二千メートルを越える最高峰の幌尻岳を初めとして北海道の半分を縦断する日高山脈が、巨大な塊をじわりじわりと海へと没するという気迫があって、暖流と寒流がぶつかってあの深い霧なんだわ。あの時だけは「あおお、ん、があ」とけたたましく鳴く背黒鷗が愛しく思えた。大自然のロマンと厳しさと幻のような青白色の世界で必死に生きてるんだもの。

自然だけでなく、人間の描く絵も好き。特に東京だけに集まっているのは不公平という気はするけど、上野の博物館で期間限定で公開される久隅守景の親子三人で茹だる暑さの夕方にゆったり涼む『夕顔棚納涼図屛風』、好きだなあ。予備校の女友達は「マイ・ホーム主義」と一と言で馬鹿にしていたけどさ、せっせと働く人人の束の間の安らぎって何百年、何千年を越えて、確とあるはず……。

同じ上野の西洋美術館の前庭にあるロダンの『考える人』も素敵だなあ。「考え過ぎて、疲れる」って見物していた中年の男の人が言っていたけど、わたしみたいに容貌のことしか考えず、自分の出自がどうも一番目の父さんにはないことを探求する人間には良薬だし、そもそも、あの筋肉と骨格には男を感じて吐息……。仁さんの軀って、筋っぽくて、雰囲気が似てんのよ。

でも、一番に心を揺さぶられたのは、ちぃーっとも有名でなく、誰が描いたかも分からない、受験の日本史の副読本にあった三百五十年ぐらい前の関ヶ原決戦の後の夏の陣の絵巻の中の、大坂城とその武者窓から負けを予測しながら恐る恐る外を見るひどく小さく描かれた女の人の絵だ。うーんと両目を開くとこの女の人の表情が分かって、がっしり逞しく黒い大坂城と正反対に奇妙に生生しく、悲しい……。

でもね、わたしは絵の才はまるでないし、うん、漫画も大好きで『週刊マーガレット』で連載している浦野千賀子の『アタックNo・1』のバレーボールに懸命に掛ける少女の戦闘の魂と友情、始まったばかりだけど漫画が小説より迫力と哀しみに溢れている月刊の『ガロ』の林静一の『赤色エレジー』の若い女と男の同棲ってやっぱり素晴らしくて読み耽ってしまう……けど、やっぱり画を描くセンスは零だもんね、わたし、と奈美は独り言つ。

絵の本とか、漫画の編集をやれたら最高だけど入社試験に受かるわけもないし。

やっぱり頭が良くなく、「ちょっとブウ」の女は〝手に職を〟だわよね。子供が大好きだし、幼稚園の先生か保育園の保母さんで十分以上だわ。

あ、そうだった。

昨日の晩、奈美は叔父と叔母に、背筋をきちんと伸ばし、両手を両膝に置いて、

「お金、二十万円もありがとうございました。うーんと早ければ十日以内にお返しします。遅かったらごめんなさい、専門学校を卒業して働き始めてから三年以内に。それと、六日後に、川崎の向こうの六郷に引っ越します。本当に御世話になりました」

と額がテーブルに引っつくほどにして礼をしたのだ。

「うーん、出て行くのか。淋しいな。でも、若いうちはそれも大事なことだろうし」

健叔父は、本当に淋しそうに両目両眉を三十度ぐらい下げた。

「だけど、しかし、父さん、奈美さんの文母さんを、今の旦那さん、父さんの兄さん、拓也さんに紹介したのはあたしだけど、なんだね、そう、やっぱりだね」

へえ、二番目の父さんへ母さんを紹介したと初めて知ることをきく叔母は告げた。しかし「やっぱりだね」って何のこと？

何かが、ある。「やっぱり」……。

「あら、父さん、事実、真のことは……ま、そうね、性格のひどく良い奈美さんは……奈美さんと、そうよ、血の繋がりは一滴もないし、うちの駄目仁と一緒になってくれたらねえ」

叔母が、奈美には、俄に、エゾ桜にソメイヨシノを接木するみたいな、本筋を別に変えるような話し方と感じることを喋った。

「そう、そう、そうだな。でも、仁は、大学は中退どころか抹籍で、それを本人も喜んで誇りにしている餓鬼んちょ。いずれ、前科者……就職もきつい、組織にだってやつのことだ、つまらん仁義を貫いたり、そこまで生真面目ではないとしても律儀に……やるだろうしな。嫁さん、結婚相手は見つからんような気がするな」

あ、えっ、仁さんの両親は、わたしを仁さんの結婚相手として仮定でなく現実に考えてるんだあ、と、奈美は、すぐ前の、何やらをとってつけた、何やらを隠して余りある、何やらを責つかれたように叔父叔母が転換したことを、ほんの五分ぐらい忘れてしまった。

「父さん、でもね、仁は、小学校二年三年の時から、女の子のスカートを捲ってばかりいて、担任の先生に三回も呼び出されて、あたし、注意されたからね。それに、近頃の大学のバリケードの中では、柵なしに、簡単に、男子学生、女子学生は、あっちの方に励むってさ。だから、大丈夫ですよ」

きく叔母は、あら、仁さんを早く奪わないと奪られちまうと、急かしてんのかしらと奈美は嬉しさも、焦りも、臍の五センチ下あたりに火照りも湧いてくる。

「母さん、週刊誌の記事だろう、それは」

「いいえ、しっかりした京都の帝国大学出身の学者が『戦後第二の性革命』って雑誌に書いてました」

「母さん、一説だと人類って、一妻多夫から群婚、一夫多妻に移って、やっと、この二千年で一夫一妻制……らしいとの考えもあるみたいだぞ。だから、あれこれ時代の波で……」

「ふんっ、父さん、あんたあっ、十三年前の昭和三十二年十月の、ソ連の人工衛星のスプートニクが成功した年のことを忘れられないのね」

「……」

「あの、部下のBG、ホンマノリコと『兄さんのところへ、出張を兼ねて、序でに襟裳岬の観光』って」

どうも、夫婦というのは大変らしい、きく叔母さんの顔が、能面の姥が怒り、ヒステリーを起こすほどの怖さとなってきた。それにしても、日本は、やっと先月、東大の宇宙航空ナントカが国産の二十三キログラムの人工衛星を打ち上げたのに、ソ連は十三年前だったのねと奈美は、つくづく禁欲・人人への奉仕・イデオロギーへの忠実のソ連の偉大さ、違った、人工的計画や節理の凄みと、気持ち悪さを思ってしまう。だけど、ソ連の五十年、百年後ってどうなるのかしら。アメリカで力を持つ音楽のロックが駄目、服装のジーンズ駄目、舌が縺れて縮みそうなソルジェニーツィンとかいう大作家も命が危ないとされ、そろそろ亡命か国外追放かの噂だ。ま、いいか。奈美は、自分は、何も解ってないもんとあれこれを放り、椅子から立つ。

「あら、ごめんね、奈美さん。そう、そう、そうだわ。あなたの文さん、お母さんとは、群馬では、ほら〝母かあ天下〟の群馬よ、その県都の前橋高女の、しっかり、ちゃんとした、賢い女学校で有名なところで一緒だったの。仲が良くてね、弁当なんて、しょっちゅう交換しあってたのよ」

「そうなんですかあ、叔母さん」

「奈美さん、その、あなたのお母さんの苦しさ、そう、悶えについて……いつか、あなたのお母さんと思い出話をしたいわ」

「えっ、あっ、えっ、はいっ」

奈美に、ぐさり、ぐさりときく叔母さんの打ち明け話みたいな言い分は、心臓どころか、背中にある脺臓、それどころか、臍の上の鳩尾を撃ってくる。

そうなんだわ、わたしが、日高山脈が太平洋へといきなり勇ましく落ちていく故郷へ帰りたいのは、大いなる自然のでかさだけでなく、馬鈴薯、玉蜀黍、アスパラガスのおいしさよりも、自らの出生に……その謎を追いたいからだわと、奈美は考えだす。

正しく、しっかり、日和らず、母に説明を求めるしかない……のか。

そういえば、最初の父さんは、ほんわか優しかったけど……父と子、家族とは異な感じだった……

ような。騙された……のかしら。気を遣われたのかしら。

三

若い女、日高山脈の南の麓から出てきた女、非美型に悩む女、出自の内緒を気にし始めてせわしなくなってしまう女、奈美の眼は、四畳半の天袋へと目が止まった。

叔父さんが「次男、仁の、あれこれ、日記とか、小中高の写真のアルバムとか、他人の書いた文章とか、自分が書いてすぐゴミ箱に放られるアジビラとかが仕舞ってある。済まんが、天袋はそのまま仁用にしておいてくれるかな」と去年三月の初めに頭を下げ下げして指差した押し入れの上のその天袋だ。

昨夜、「自分の出生には秘密がある」との確信めいたものを持った奈美だが、それより、憧れでもあり、どうやら「しょうもない好色男」であるらしい仁の大事なあれこれを見たくなる。

電気火燵の上に、漫画雑誌の『週刊マーガレット』を四冊積んで、天袋の留め金に手をやり、開けた。

埃っぽいのに湿気た匂いがやってきて、ふと、故郷の雛人形の内裏さまの夫婦・官女・五人囃のそれはどうなってんのかしらと思ったが、背伸びして覗き込むと、割合いに整理されてあれこれ並んでいる。

大学ノート五冊があって取り出す。案外に、重い。ノートの紙は汗を覚えて乾きにくいらしい。それに、表紙の文字からして鉛筆書きで、鉛筆は黒鉛の粉と粘土でできているはず、書き込むとそれなりの重さとなるらしい。

なに、なに。

『雑記帳　昭和三十九年四月（大学一年）～』、『覚書　昭和四十一年三月～』、『日記　昭和四十二年十月～』、『反省録　一九六八年十月二十一日～』、『総括記　一九六九年一月～』とあって、段段、タイトルがこむずかしいとゆうか、堅いものになってきている。それに、昭和の元号から西暦に変わっていて、何かあったのかしらね。ま、昭和四十一年、えーと、西暦に直すと、ああ面倒臭い、一九六六年の早大闘争の終わり頃から活動家になったと叔父さんから聞いたから、もしかしたら狭い日本の天皇の代替わりよりも広い全世界の日日と歴史とゆうことなのかね。

でも、いくら何でも、日記類を読んじゃ悪い。人の心の本当へずかずか踏み込んじゃ良くないもの。恋人や、妻ならば……許されるだろうけど。そもそも、仁さんは、里の山の花に例えると、様似という日高本線の終点の駅から歩いて登って三時間のアポイ岳の高山植物みたいな高嶺の花だもの。あの八百メートルほどの山の頂あたりの花は、本州では考えも想像もつかない花の数数と野草はとんでもなく豊饒で、その中でも一番は、根が猛毒のエゾトリカブト、夏に咲く紫の花の濃さが宇宙的だもんね。本州のトリカブトと紫の質が異なる。それが、仁さんの印象。

うーん、母さんが「幼児期、少女期って年上の従兄に憧れるもんなの。麻疹」と五度ほど忠告したけど、やっぱり、そんなものだろうな。もう、わたしは、間もなく成人、二十歳になっちゃうけど。そうね、両親が押しつけた、ホステスを、女を殴る男とは、決別宣告をしたばかりだけど、従兄離れも考えないといけないのかも、長い人生を見渡すと……さ。

そうだ、春本、濃密恋愛偏重小説、つまりポルノの類もあるはず。

奈美は漫画雑誌の『週刊マーガレット』を三冊増し七冊にして、やや不安定の足許ながら、天袋の奥の仄暗(ほのぐら)さへと伸びをする。

へえ、わたしが読んだことのない糞真面目な本ばかり。あ、これ、読んでる、『共産党宣言』の岩波文庫。百年以上前のマルクスとエンゲルスという人の起草したものらしいけど、理窟っぽくて、ぴんとこなかった。そうね、「万国の労働者、団結せよ」とかだけは残っている。北海道では珍しい台風の前触れの強い風みたいだったけど……「労働者」というより「世界のいろんな人人」って読み換えるとね。

あとは、『資本論』の函(はこ)入りの分厚い四冊。でも、新品そのもの、手垢(てあか)の一つも匂わず、ふっふ、仁さんも読んでないのだわ。『ドイツ・イデオロギー』とか『経済学・哲学草稿』とかの文庫本もあるが、神田の古本屋に売りに行ったら「真新しい本ですね」と誉めてくれて少しは高く買ってくれそう。

えーと、やっぱり、春本とかはない。

そうか、警察からの家宅捜索とかも警戒したのかしら。でも、火炎瓶の炎だらけと催涙弾の灰色の煙のもうもうの現場で捕まったわけだし……。違うのか、逮捕の場合のいろいろの情況を予測したのかしら。そうよね、家宅捜索とかでエロ本が沢山出てきたんじゃ……格好がつかないものね。解らない。解るわけもないけど。

映画雑誌の多いこと、『映画芸術』とかあれこれが十五冊もある。でも、表紙は任俠映画がほとんど。そう、あったわ、B4の大きさサイズの茶封筒が。たぶん、桃色、ピンク、助兵衛な写真よ。わたしの勘は、冴えてる。うぅん、冴える時が偶に……ある。

女は、それも、まだ十九歳が、女の裸体写真とか、女と男が交わってる卑猥にして、人類にとってでも大事中の大事で、すんごく関心、違う、勉強の心を刺激されるのに、手に入らない。女も、良くない。こういう、大事中の大事について、うちの佐代子姉さん、綾子姉さんみたいに「汚らわしいわ」「関心は一切ない」「不潔よ」と同じ態度、ポーズを取る。いえ……わたしも……同類かしらね。

でも、そのうち、女の濃い愛、性愛、道ならぬインモラルの愛の、漫画本、女にとってだけの雑誌はできるはず。だって、女は、妊娠しても大変、産むのもしんどく、子育てはもっと厳しいらしいけど、やっぱり、性的、セクシャルな欲、思い、軽さ深さ濃さの願いを、いろんなところで表現しないと……今までがおかしかったのよ。

奈美は、火燵の上に茶封筒を置いて、じっくり見ようと、中身を取り出した。

何だ、何だ、つまんない。

要するに写真のアルバムに貼るのが面倒臭いのか、仁さん自身が写っている写真だ。

一枚目、二枚目、三枚目は中学から高校の写真で、女と二人連れ。ふんっ、仁さんが女に並んでいたり、頬杖をついたり、しなだれかかったり、肩に手を置かれたり、何なの、この写真の数数は。やっと、ほっ。大学に入学した時の一人の写真だ。角帽なんか被って嬉しそうにしていて、やっぱり「数学は隣りのやつのをカンニングしてそのまま写した。俺、目がとってもいいんだ」と自慢なのか自虐だか分からない顔つきで喋っていたけど、カンニングで合格したなら嬉しいに決まっている。うん、同級生五、六人とも並んで写っている。「昭和三十九年四月」と万年筆で左隅に記されている。へんっ。また女が現われた。蕎麦屋の『やぶ久』とある暖簾が掛かっている前で、仁さんは自信たっぷりに腕組みしてにやけている。女の子は、楚楚としてちょっぴり田舎っぽい……。だけど、わたしよりは可愛いのは確か。

次のも、女と一緒。仁さんて、かなり自惚れ屋なのか、女とばかりの写真を大事に取っておいてる。今度の女は、若い男の頭へと進む禿みたいに額が広く知性的、女子大生ね、たぶん。だって、右手に、何と呼んだっけ、本やノートをベルトより細い紐で縛るのが流行りだったのにもう廃れてきた、そうだブック・バンドだった、つまり「学問をしてるのです」を示して『日本食物史概説』とかいう本をぶら提げてるもの。誰に撮ってもらったのか、仁さんと推定女子大生は五十センチほど離れていて、仁さんは若手の市会議員みたいに虚空を睨んでる。威張ってる。まだ〝陥落〟させる前なのかね。

あれあれ、次のも蕎麦屋の前で写した軽い芋っぽさのある女の子と二人、芒が背景だから六郷川の河原かしら、あれーっ、カメラの三脚の影が仁さんの胸許に走ってるから、自動シャッターで撮ったのね、仁さん、得意満面で馬鈴薯の拡大顔、歪な冬瓜顔がもっと最大になって面皰の跡まで十ヵ所ぐらい目立ってさ……。

どうやら、素朴の気分の満ちた準準美人と、すかした知性的美人には思い入れ以上の、何かがあったらしい。平等に、計三枚と計三枚。

あら、風景写真もある。上手よ。海が荒れに荒れ、大波のぎざぎざを背中に、浜辺に、沢山の黒い昆布。脅えてるのは、あーら、背黒鷗だわ。霧しか写ってない灰色一色の写真もある。

よし、よし、仁さんは普通の男と分かって、両目をちゃんと開けてモノクロというより茶褐色になりかけている写真を見る。

眉がぶっとくて、鼻穴から鼻汁を食み出して、鼻筋ごと天井へと向いてて、前面の一つが虎みたいに尖っていて、カーディガンで口許を塞いで眠ってる女だ。女の子かね。やっぱり、おかしい、仁さんは、大学生のはずなのに少女趣味で、しかも田舎っぺい、そのものの少女を。

あ……れ。

この、「ちょっとブウ」でなく「かなりブウ」の少女、わたし……だよ。確かに、写真の右下の隅に「昭和三十九年八月」と白く細いマジック・ペンで記されてるもの。日高山脈の南の麓、烏賊がおいしいところに大学一年の夏に、仁さんがきた折のやつ。

だったら、次の写真は、わたしの昼寝してる時の両足の間からの下着かもね。ううん、それは、しょってる……姉さん二人のだろうね。

と、人差し指にたっぷり唾を塗って捲ると、海と波止場と、ごくごく小さい人の姿。女ね……。

そうだ、この芥子粒みたいな女の子、これ、函館港から青函連絡船で青森港へと向かう仁さんを見送った時のわたしだった、それだわ。

だったら、わたしに、少くとも、悪い感情を仁さんは抱いていない。それどころか……。いや、自己承認の欲とか、自己顕示の思いとかで、心や目や頭脳を曇らせてはいけない。「こういう、のんびり、ぐうすか、ぐうすか、昼寝をする少女は、田舎に多くいるのだ、その典型の記号」の気分で、写真に撮り、残している……のだろうな。

残りの写真は……。

大学の構内ね、「無期限バリケード・ストで闘い抜け」の大看板の下で、ラフというよりだらしない、ジーンズでなく普通のでれんとしたズボンや、VANのシャツとは無縁の格好悪い襟も袖もでれでれしたYシャツ姿で、五、六人と昼中から酒盛りをしているところだ。

ふうん、仁さん自身は写ってなくて、学生服の男がはにかんで羞恥心を隠してるのもある。「写真なんかに撮ってくれんなよ」という風だ。あら、西暦になっていて、「一九六六年十一月、小清水徹先達」とある。左翼というより博徒の親分の顔つきと短い五分刈りの髪だ。

最後の一枚も女でなくて、黒いトックリ・セーターが奇妙に似合っていて、演説を、ううん、アジテーションというのか、それを打ってるところかしら、額に汗粒を溜めて、必死な表情で何かを訴えていて、写真の隅には「一九六七年十月七日、海原一人氏」とある。「氏」なんだから、仁さんより年上なんだろう。でも、名前にルビを振って日づけまであるのはこの一枚だけ、大事な当日か前日の写真かしらね。

うーん、仁さんは大学の紛争が起きてから男色に目醒めたのかしら。その方が、女の悪い虫が寄ってこなくて安らぐし、女しか知らないより違う面からも愛情とか人類の根っこの助兵衛を考えられるし……。そういえば任侠映画の雑誌が多いけど、この手の映画は〝男と男の契り〟で、そのためには「女を放っても仁義」だから……。そもそも、仁さんが抹籍になったあの大学は、今は一九七〇年で一九六五年頃、そう、五年前か、もっと前か「女子大生亡国の元」とか文学部の教授が堂堂と喋っていて、男が多いし……ま、この「いつの時代にも一歩でなく二歩三歩遅れてる大学」とゆうところが、どことなく惹きつけるのだろうけど——そういや、仁さんも、どことなく遅れているところがあって、そこに魅力のなんぼかがあるもの。

仁さんが走りの先端を行く男なら、団栗（どんぐり）の両目で、極太の筆で書いたような眉と、反って鼻穴まで笑うと見えてしまう鼻の形と、芋の芋の円い顔の「ちょっとブウ」には全く、まるで関心を示すはずもない……から良しとしよう。

——奈美は、良心を咎められながら「神さま、仏さま、イエスさま、ほんのわずかだけ盗み読むのを許して」と窓の外へと手を合わせた。

仁のノートの、北海道に遊びにきたところだけ、大学一年の八月の部分だけ読んでしまおうと一大決心をする。

そう、『雑記帳　昭和三十九年四月（大学一年）〜』だ。覚えてる、東京オリンピックのあった年だ。

奈美の胸が圧（お）されて苦しくなる。盗み読むという行為と共に、「ちょっとブウ」どころか「最大級のブウ」と記されていたらどうしようという予感だ。一行も書いていないのなら、それはそれで納得できる……のだけれど。

うん。

『昭和三十九年八月七日。

一昨日、釣りを案内してくれた奈美ちゃんに、どでかい六十センチのイワナを釣らせてくれた御礼に勉強を教えた。できは、俺の中学生の頃よりも悪いようだ。が、人間にとって、それはどうでも良いこと。努力することが大切だ。』

あーんら。

しおらしいことを考えてる。書いくれてる。それにしても、釘文字だけど、急に、俄に、はっきり一文字一文字が分かり易く、かなり、大きな字だ。

『昭和三十九年八月十日。

七月十五日に川崎を出発し、札幌、帯広、釧路、襟裳岬、そしてここへと汽車、バス、歩きなどで来たが、東京や神奈川と一番違うのは、田舎がないこと。東京には、墨田区の向島や曳舟、江東区の深川あたり、台東区の浅草周辺、俺の住んでる川崎にだって宿場町の名残の堀之内や南町の旧遊郭、寄(よ)せ場の跡のような安宿とあり、わずかでも、濃くでも、江戸の匂い、近世の匂いが漂っているが、北海道にはない。いきなり、近代現代なのだ。その代わり、どこでも森が濃く、分厚い。札幌も帯広も釧路も道路がだだっ広い。アイヌを江戸時代以前から明治維新後に叩きのめして追い払ってできた、都市、町、村だ。ここへ来る前、広尾とかいう町からテクテク歩いて江の島や鎌倉の海と同じで穏やかと思って襟裳岬へと差しかかるところに「百人浜」という名の殺風景な海辺があった。あれーっ、これ、もしかしたら、誤まってる直感か推測か、アイヌの人人を百人、たぶん〝たくさん〟という〝百人〟の形容で殺したのではないかと、束の間、俯いた。もっと、歴史を勉強しねーと。大学の授業でなく、自力で。俺んとこの大学は、保守反動、研究の実力ではなく縁故と先輩の教授への胡麻擂(ごます)りのセンセエだけで有名なのだ。』

わたしのことは記してない。でも、姉さん二人についても同じ、こんなもん、親戚の、それも血の繋がりもない、北海道の外れの地方の三人姉妹についてだものねと奈美は自らを宥める。

『昭和三十九年八月十二日。

明日は帰る。荷造りほどではないけれど、両親、兄、妹への熊の彫り物、ブローチ、日高昆布などの土産をチッキで送る手配などしていたら、うん、三女の奈美ちゃんがいない時に、中三、高二の姉の二人が別別にやってきて、あれこれ根掘り葉掘り聞いてきた。俺は、S子、Y江への《六花亭》のチョコレートを苫小牧で買えるか函館で買えるだろうかと気もそぞろ。煩わしく、それぞれ二人が時を置いて「東京見物をじっくりしたい」、「川崎と東京は一キロの近さですよね。国の力の中心の国会議事堂、最高裁判所、首相官邸を実際に見て、勉強したいの」とうるさい。あのなあ、もっと、いい、しゃんで、小便臭くなく、小便臭くても根本の美しさがあれば考える、とは、言えず。「考えとくよ」と答えてしまう。二人の両親には〝九宿九飯〟の義理があるのに。』

あ、そう、姉さん二人も面倒臭いという仁さんの感覚か。だったら、わたしは、無視だろうね。良くて。下手をしたら、悪口、悪評、罵詈（ばり）……。

やっぱり、日記的なこれは閉じてしまおう……かしら。ううん、あと、五、六行だけ。許してね、仁さん。

『昭和三十九年八月十三日。

海峡というのは、脈脈とした自らの流れの主を叫ぶらしい。青函連絡船の、右へ左へと揺れること。飲みかけのコーラの瓶、トリスのウイスキーの小瓶、缶ビールや缶コーヒーのそれらが、ごろごろ船板に転がる。

奈美ちゃんが、函館港まで、健気に、まるで無言で見送ってくれた。

この、黙りこくる無言が、すんげえ、いい。

そもそも、この奈美ちゃんは〝美しい〟概念とはほど遠いが、漫画でいうキャラクターが際立って惹く力に満ちている。俺が、朝、起きると、ほんのり温かい白湯を湯飲み茶碗に置いてくれる。三十センチが実のイワナの釣果の「六十センチだよな」に文句をつけない。北海道に、江戸時代、日本人による近世は松前や函館を除いてないはずなのに、しめやか、しっとり、相手への思いやり、それも、釣り餌の蚯蚓の在り処の教え、近所の小高い山への道案内、草草と花花を変に知ったか振りの教えでなくごく自然なふうでの知らせ、昆布は漁師の権利のある縄張りで採ってはいけないらしいのに素速く紙袋に二、三日分を入れて俺に川崎への土産としてくれる賢さ、かなりだ。』

ごーん。

奈美の鳩尾(みぞおち)は疼く。ばくばくと深く息を吸う。

いんや、甘くはないはず。

『ところで「美しい」とは一体何なのだろうか。奈美ちゃんの容貌は、目ん玉二つが少年少女の王様みたいに怖いもの知らずで真ん丸、円い顔は近頃は東京や神奈川では持て囃されないけど、安心できて案外に飽きない。現代美術の女の美とはたぶん別。その上で、挑発するみたいな、同時に逆に不粋(ぶすい)で整ってない味が同居している。

しかし。芭蕉より、ず、ずうっと好きな蕪村の言葉の力の発句や詩だって、江戸中期では画ばかりが評判、明治になって正岡子規によってから初めてだから、言語の美しさは移ろう。絵の美しさだって、彼の北斎や広重を含んでの多色刷りの版画は襖の破れの接ぎはぎや塞ぎに使われていたわけで、それが西洋で評価されて、日本にも、だ。』

そ、そ、そうなんだ。

奈美は、コロンブスとかヴェスプッチがアメリカ大陸を発見した嬉しさが解るような気がしてきて、驚きながら、ノートを手にして頬ずりして、それから飛び跳ねる。

いけない。飛んで跳ねたら、階段からきく叔母が板を軋ませてやってくる気配だ。

奈美は、慌てて天袋に、ノート、写真入りの茶封筒を押し込む。

「叔母さーん、ごめんなさいーっ、うるさかったでしょう？」

我ながら、声が弾んで軽いと知る。

「ううん、引っ越しの手伝いは遠慮なく言ってね」

叔母が引き返す気配だ。

奈美は思う。

仁さんは、今から、十九歳からの人生の神さまだ。美の本質は「蓼食う虫も好き好き」だと教えてくれた。三姉妹で、自分だけが種違いと考えるのが自然としても、それはそれで良い……。

でも、「仁さんが神さま」は大袈裟よね、ま、そんなに偉くはないわね、大恩人だね、大恩人と結ばれるのは虫が良過ぎるのかも。そう、仁さんに、男の人を紹介してもらおう。

待ってよ……。

天袋に戻した日記の類のあの個所、大きく明確な字で……。

もしかしたら、仁さん、ノートのあのところを読ませるために……。中一のあの頃の少し前から、わたし、絵画や仏像に興味を持ち、漫画に熱中し始め、仁さんにそのことを話した……から。

でも、それでも、とっても嬉しい、と奈美は両足が跳ねるのを止めた分、内側で気持ちが躍り続ける。

帯田奈美は青春期特有の憧れの大きく激しい心情を抱え、独り言ちのぶつくささを中止し窓を開け、春の兆しが確とある川崎の澱んだ空を見上げる。薄褐色の澱みも、悪くないと初めて思えた。

第二章　おのれは何者？

一

ロシアで赤色革命政権が成立して六十二年半、ますます頑なに映る。新しく成立した新中国は建国二十一年、毛沢東が健在だ。日本では自民党と社会党の二大政党が馴れ合っていると映る。

卵の形をした顔なのに目ん玉だけは小さいくせして東大寺の南大門の力士像の光を帯びた若い男が、二畳半に一人、いる。

若い男は「時代は、冷えていくのか。去年の学生運動の東大安田講堂での負けによる一旦の冷えから、再び燃えるのか」、「そもそもおのれは何者なのか」と考え、探し、解らないままでいる。

一九七〇年、四月初っ端、

——耳を澄ますと、ほんの、ほんの微かに、青江三奈の歌う『長崎ブルース』の潤んだ、胸の肋骨の上あたりへと震えてくる声が聞こえてくる。

鼻穴を拡げて、息を吸うと、自動車の排気ガスの勢いがあってこまっちゃくれた匂い、大気がいろいろ混ぜ合い光源と反応しあい、濁って、ちょっぴり甘く、でも、やっぱり臭い匂いが入ってくる。目ん玉を大きくすると、立春を過ぎてどか雪があったけれど、阪神タイガースの縦縞よりぶっとい線で区切るあちらに、白くて女の尻の形や胸の形をした白い雲がゆっくり動いている。スモッグで酔っぱらいのようだとしても春の陽光の力は確かだ。ちっこい団子ごとき雲の白さの中に、眩しさと、「これからだよ」のゆとりがある。

――――。

「あんな、春分を過ぎての雪は酷や。これからは、地球はん、頑張って賢く季をな。そ、てんでをつまり、悪戯はしないでくれよ。ここ、寒い。暖房は、湯たんぽ、一と晩、五円もかかりよる」

若い男は、この冬に生まれて初めて耳たぶに、ぐちゃぐちゃと爛れができて「おいっ、耳のガンか、死ぬのは早い」と狼狽えるほど、あまちゃん、世の中知らずである。喫茶店のコーヒー代が百円ちょっと、湯たんぽ五円はひどく安い暖房代のはずだ。

「空下げーっ」

廊下からでかい声が掛かり、若い男は途轍もなく頑丈な扉の下方の長四角の穴からアルマイトの食器を出す。

これから五分か十分は「ちゃんと食ったか」と覗き穴から調べられてしまうが、それを過ぎると午睡の時で、古めかしく大きい館に緩んで弛むのどかな一時がくる。

若い男は、狭苦しい部屋で、食器を拭く乾布巾を手にした。少しだけ外へと突き出している窓の下へと、横五十センチ幅十センチほどのコンクリートの枠というか隙間の台というかに攀じ登り、外へ向けてフィーッと軽く口笛を吹く。前触れの合図だ。

「四月に入って二日経つのに、秩父の山山は白い帽子を被っておるねん」

独り言つしながら、若い男は乾布巾で窓硝子を拭く真似をする。独り言ちには、関東の訛り五、関西の訛り五が含まれている。

「おい、おまえ、何を……。ま、いいか。落ちるなよ、平、もとい、一〇七七番」

家家の門とか玄関にある表札を横にした形と大きさの覗き穴から、四十がらみの男が注意をよこし、靴音高く過ぎて行く。

よっし、これから九分間がチャンスと、若い男は、窓拭きの偽装を中止して床に降り、食卓兼便所兼流しの排水口を箸で軽く叩く。そのリズムは、なぜか、いや、長い廊下に向かって左の隣人から教わった「〽春にいーっ　春に追われしいい　花も散るう、う」の高倉健の歌う『網走番外地』になってしまう。これが、本番の合図だ。

「大阪、千里丘陵で先月十四日から開かれている、万国博覧会は、今日――」

ここでプツンとラジオが切れた。一昨日の夕方からラジオのニュースが途中で切れたり、自費で購読している新聞が一時間半、場合によっては六時間遅れで部屋に入ったりしているが、ラジオ・テレビ欄まで真っ黒な墨で塗り潰されている。墨には重さがあると分かった。

何かが娑婆で起きているらしい。

互い違いの上下式の窓を開け、右耳の穴を穿り拡げ、両手の手の平で隣人にのみ声が通じるように拡声器替わりにする。

「おいっ、おめえ達、やるなあ、凄えや」

いきなり、隣人は、通声が発覚したら懲罰七日以上は必至なのに、ばれるほどの羨むような嘆声を大声で出した。

「えっ、外で……何かあったんかな」

若い男は〝大吉〟と〝凶〟の入り混じった気分で聞く。

「飛行機の乗っ取りだよ。ハイジャックってえやつ。おめえ達の仲間の九人が実行したってことだ」

「えっ、本当かいな」

「本当だ。俺の党派の人間が、面会中に看守の制止を振り切って教えてくれた。赤軍派のたった九人でだ、立派だなあ。根性あるぜ。凄えわ」

隣人は、早大の社青同解放派で、顔は今の今は見えないけれど、一、二年前には大学でちょくちょく見かけ、ここでは運動や入浴の時にごくたまに擦れ違っていて、瓜科の一つの冬瓜みたいな顔だ。

但し、頬骨と顎骨が張って歪である。

「そりゃ、ま、凄いわな」

若い男は相槌を打つ。

しかし、もしかしたら、自分を含めて「釈放せよ」と要求してるのではなかろうか。この頃は滅多に面会にこず、去年のクリスマス前にきたきりで「では、さようなら。新しい恋人と再出発します」との手紙をよこした元の恋人は左翼でないからハイジャックなんて目的も手段も理解しようもないだろうが、そもそも赤軍派は去年の秋に一斉に逮捕されて生き残りは数少ないはずだ。救援活動、つまり、逮捕されたり拘置所にぶち込まれている人間への面会や差し入れの面倒など見るゆとりはない――ゆえに、娑婆のことは新聞とラジオ以外ではほとんど分からない。

「よほどの事前の訓練、徹底した調査、灯台から海へと飛び込む以上の決断だったんだろうな、おめえ達赤軍派は」

「えっ……ま、そう」

「おめえ達赤軍派」と言うけれど、そりゃ、隣人は二つか三つか年上だが同世代でこちらの見栄があってあれこれ噛ましてきたわけで、若い男は去年一九六九年の晩秋、大学のマスコミ研究のサークルの先輩の友人の明大生に「これからは武装が決め手だ。銃、爆弾の時代だよ。その最初の栄誉に満ちた訓練がある。参加しろ。山梨の北東だ、大菩薩峠でやる。中里介山の大長編小説のタイトル『大菩薩峠』だ。読んでるよな。えっ、読んでない？　日本で初のニヒルな主人公の話だ」とオルグというかアジテイションをぶっつけられ「参加するのは怖いけど、見てみたい」という野次馬根性で、しかも事前予告のない大きな火事を見られるような嬉しさで、それでもいざとなったら少しだけやってみるのもええでひょと屁っ放り腰ながら、峠下の山小屋「福ちゃん荘」へ出かけたのだった。

急いだもので、都内の新宿駅で急行に乗る時に、ホームでお巡り二人に職務質問されたが、体当たりして逃れ、電車に乗った――これは運が悪かった。後で警視庁に再逮捕され、この件で起訴までされた。しかも、お巡りを振り切る時に、山の中で、迷って野宿もあり得ると料理にも木の伐採にも役立つ刃渡り二十センチほどのナイフとヤッケ入りのナップザックを落としてしまった。とどのつまり、損した。公務執行妨害、傷害、銃砲刀剣類所持で起訴されちまった。大菩薩峠の件では起訴猶予だったのに。

遠いの何の、坂の険しいこと、凸凹なこと、くねくね捩じ曲がってること、しゃらくさいで、まったくしゃあねえぜと喘いでサークルの先輩の友人の地図に従い、目的の場所に予定の時刻より四十五分前に着いた。そしたら、目の前は雲海に囲まれた平らなところに、活動家達五十人ほどが、機動隊にぶん殴られたり、ごつい軍靴みたいなので蹴っ飛ばされていて「逃げるのが得や」の感覚より、「止めるんだ、お巡りの方があんまりに多勢で義が立たん」という感情に動かされてしまった。そう、容赦なく小突き回されてる中の三分の一は、おのれ若い男より四つも五つも年若の初初しい高校生らしい男だ。中に、一人、猿顔の額の溝から、鼻から、耳の下から血を流していた。みんなは裸足や靴下姿で、一七〇〇から一八〇〇メートルの高地に、いきなり手入れを受けて襲われたのだろう、セーター姿やトレーナー姿の薄着で寒さに震えながら、ボクシングの練習用のサンド・バッグみたいにたこ殴りされていたのだ。愛敬のある赤い頬っぺに皺の多い猿顔の両目で若い男を束の間、見た。

そして、猿顔の高校生みたいな男を庇おうと「おいっ、いじめは止めるんだ、暴力は止せーっ」と叫び、足許の石ころを拾って投げつけ、機動隊へと走ったら、「何が、暴力？　暴力？　暴力？　巫山戯んじゃねえっ」とコートの襟ごとむんずと摑まれ、柔道の〝釣り込み腰〟の技みたいに宙から地べたへごーんと叩きつけられ、機動隊の偉いやつらしいのから「ほんじゃ、取っ捕えるべえ、傷害、公妨、凶準で逮捕、逮捕お」と地元の山梨弁みたいので言われてしまった。

若い男は、自らの性格を「げんすけ」、つまりへまをやる男とつくづく知る。慎重というより臆病なのに、いざ現のできごとに出会うと、ついつい過ぎた行ないをしてしまうのだ。自分の性格を摑めない、解らぬ――おのれは、何者なのやろか。

悪いことには、まだ、大学の学籍があった頃、大学三年生の一昨年、一九六八年八月、バリストに時折銀色のヘルメットを被って参加もしていたが、偶、ええかっこしいで女子大生と六本木でデートの約束をして、そしたら、赤いヘルメットの学生が防衛庁から遠いところで喚いて角材などを持って威勢良く騒いでいた。学内はともかく、外での党派の学生運動のデモなど一度も加わったことはないけど、そもそも「世界革命」とか、「アメリカ帝国主義と共にソ連スターリニズムの打倒」とかを真剣に主張する彼らにあんまり共感は湧かなかったけど、一応、大学のマスコミの研究をするサークルの一員、「ここは、しっかり、見つめておこう」と、やや高級な喫茶店のチェーンの一つ「アマンド」に入るのを中止していたら、赤ヘル、耳と一般新聞からでは知っていた、60年安保を牽引して樺美智子さんを喪った共産主義者同盟の再建した派閥の学生組織、社学同の徴である、その真っ赤なヘルメットの帽子を被った学生が逃げてきて、でも地下鉄の出入口の脇から出てきた私服刑事と、ちゃんと追いかけてきた濃紺色の帽子と制服の機動隊に赤ヘル連中は囲まれ、たこ殴りどころか警棒で小突き回されるところに出会した。

「おいっ、八対一なんか卑怯やろうがあ」と、叫んだ。ま、若い男は思う――我らの世代は、自分みたいに画を描く時すらおのれの主観を疑い、客観だけを重視する人間にも「義を見てせざるは勇なきなり」とか「弱い者を苛めたりするのは人として許されぬ」とか「少数者の思い、声、行為に心を傾けよ」の人倫の道はあった。

　でも、その場で逮捕られ三泊四日、留置場に入れられてしまった。これが、二年後に大菩薩峠で赤軍派のちゃんとした一員として判断され、凶器準備集合罪、公務執行妨害、親告罪としても傷害で捕まり、この件は馳せ参じたのが本物の赤軍派の学生達が逮捕され並んでいる時で二十三日の留置場暮らしで済んだのだが、釈放されると山梨県警ではなく、警視庁の刑事が待ち構えていた。

「おいっ、黙ってばっかりで、時間がねえんだぞ。ま、俺は、二、三日以内に保釈が効くってえ仲間の見通しだけど、おめえは何せ赤軍派、長いはずだぜ」

　隣人は社青同解放派で、わざわざ早稲田から池袋の先の江古田に遠征してきて苦手そのものだが、苦手中の苦手の安い酒を御馳走してくれ、ここでは、去年一月の東大決戦の件で住人としての先輩になる男が、焦れたように、隣りの房の窓越しに言う。娑婆の普通は向かい合っての会話だが、この会話は垂直同士の会話となり、聞きづらい。

「許してや。いや、済みませんの。いろいろ、びっくりして」

「だろうな。そもそも、おめえさんのところは、裏、非合法の組織はしっかりしていても、表、公然活動は人数も少ないし厳しいっちゅうことだし、情報など入らねえだろうな。面会なんて、一ヵ月に一度だけだもんな」

　アジ演説をさせたら、流行りだしたなかにし礼の作詞で菅原洋一の歌う『今日でお別れ』を聴きにきたのに浪曲を唸るみたいで盛り上がらないだろうが、十人未満五人ほどの秘密の会議では迫力ありそうな、胸と腹の境の横隔膜あたりに響く低い声で隣人は喋る。

「俺が保釈になったら、そうだな、俺達も敵対するセクトのやつらのせいで大学に出入りできなくなってしんでえらしいけど、どうにかなるだろう、面会にこさせるわ。面会拒否、なんつうのはしねえようにな」

そうでなくても、隣人は、若い男に高倉健の歌う『唐獅子牡丹』、『網走番外地』の歌の節回しや小節の利かせ方、そうや、その詩の志の高さを教えてくれた大切な人間だが、若い男が飢えている外の情報をも知らせてくれると言う。それに、大学のある江古田の安い飲み屋で、若い男を「ものになる」と早とちりした上に酒好きと大いなる誤解して〝人民の酒〟である焼酎の炭酸割りのグラスを前に置いてくれたこともあるわけで……。

「いけねーっ。看守が、じゃあな、赤軍派」

「感謝でした」

「保釈になったら会おう。安心しろ、元元、社民から出た俺ら解放派に来いなんつう話やオルグはしねえって。591・1301に電話して、そ、知ってるよな、救援センターだ。そんで、訪ね、直に、電話でなくて、直に会って、俺の連絡先を聞いてくれ。おめえさんの保釈までは、ふっふ、まだ俺は組織人と思うぜ、嬉しくて、悲しいな」

「あ、看守の靴音……」

「じゃあな。工場で苦しんでる労働者のことも……そう、学生より生命の根源、人民の海の労働者階級のことを考えてくれ。隙を見て、も一度保釈の前に連絡するわ」

若い男を買い被ってるらしい隣人の嗄れて低い声が途切れた。

二

ここは、山手線の外側にある中野刑務所。

刑務所だが、小菅（こすげ）にある東京拘置所には、新左翼という呼び方より過激派という呼び方が増えてきているが、その活動家で満杯（まんぱい）で、ここにはほとんど未決の学生や元学生が収容されている。

若い男の姓は平（ひら）、名は、与武彦（よぶひこ）。珍しい、変な名である。一九四六年五月と敗戦の後の出生で次男、一九七〇年の今は二十三歳だ。すぐに、二十四だ。ただ、父親がいっちょ前のクリスチャンで、戦争中は「現人神（あらひとがみ）」などと天皇を敬い〝神の唯一性〟などどこへやらの男。なのに、どうやら『旧約聖書』の『ヨブ記』から「与武彦」にしたと、なお言い張っている。先先週、房内で読んだが、わけの解らぬ暗い、暗い説教だった。主人公ヨブが神とサタンとの賭けじみた行ないで苦しめられ、友人達がヨブを思って忠告したことすら「神への疑問」らしく友人達は罰せられてしまう……内容だった。不条理と考えたが、もしかしたら、もしかしたら、神を〝運命の決定者〟と考えると、不条理こそは……掟（おきて）かも知れぬ。

——与武彦は奈良県の新薬師寺から歩いて十分ほどのところで出生し、育ち、父親の転勤で、中一の十二歳で横浜の東の外れ鶴見に住みだした。ゆえに、関西土着語を五割持ち、関東の土着語を五割持っている。

与武彦の体格は、高校時代にひ弱だからこそ柔道部に志願し、扱(しご)かれたのに細い。

顔つきは〝柔(やわ)〟である。両眉が、やや垂れ、両顎が円(まる)い。ただ——二つの目ん玉の底に、どこかしら、ゴリラのような猛猛しく、隙あらばボスの座を射止めるごとき厳しい真っ黒な光を帯びていると映らないではない。この光が、ごく、たまに、相手を、敵を、くわーっと怒らせるようだ。でも、高校時代に生徒会の副会長を押し付けられたが、ボスの座を狙ったことはない。

性格は、九割五分が「自らが欲するところを他者に」の穏やか、他人のことを少しは真面(まとも)に考える。たぶん、クリスチャンの父親の「隣の人を愛せ、好きになるんだ。千円は駄目だが、五十円、百円は返してもらえないのを承知で貸すんだ」の影響か。

もっとも、母親は「おまえは、優しい子だけど、そしてよぼよぼの御年寄りとか足の悪い人を見るとすぐに手助けする良い子だけど、早とちり、思い込みが激しい。気い付けなさい」と、小学校時代から、みっともないのや、大学生なっても小遣いの五千円一枚と一緒に口を尖らして説教をする——「早とちり、思い込みの激しさ」を繰り返して……。

大学は日大で、芸術学部の美術学科だ。しかし、一昨年の十月に防衛庁の近くでたまたま取っ捕まってから、父も母も「学費は出さーん」、「甘えては駄目や、だだくさでんね」、つまり「無駄」となり、中退した。ま、画のセンスは土台からしてもそもそもないし、マルクスが一定の敬意を表していたという話のヘーゲルというやつ、おっとあれこれ捏(こ)ねくり回す哲学者は「芸術は終わった」と書いてるらしいと聞くけど、それ以前に芸術も美も解らないし、芸術を、違う、ゲージツを信用はもちろんしていないので、父母の思いはしゃあないでひょと考えている。何となく、芸術に憧れ、大学の難易度からして選んだのがこの大学の学部なのだ。

困って、悩んで、苦しんでいるのは、付き合ってた三人の女子大生、囲んでいた女子大生の三人ばかり、本命の恋人すら、つまり計七人がしらーっと拘置されてから離れて行ったことだ。その上、堪え切れない性の欲望すら、自らの手触りのがさついた指で始末するしかないことだ。つまらんとゆうより、しゃらひんで、虚しいのや、終わった後が。

女子、女、女の人、女性は、どないしてるんやろ。〝ブル新〟とサークルの先輩は舐めて呼んでいたが、実は就職したくても入社試験の二割もできんで落ちてくるのがほとんどで、その先輩も落ちたのやけど〝ブル新〟、つまり普通の新聞は女の性欲についてはコラムでも書かへんよって。婦人読者用の月刊誌に、それをちょっぴり書くのもあるのやけど、真正直に、赤裸裸に、ものすごお事実を書けばええのに、オブラートに包んでどもならんて。しっかり書いてあって、すこっちょく気持ちが前向きと桃色気分になれるのは男の週刊誌とスポーツ新聞だけや。ええ格好しい、周囲を気にし過ぎる憚り、権威や権力への忖度は、ジャーナリズムの滅び、死やでえ。

そうやねん。

戦前の言論機関が「自己規制で自らの首を縛って腐っていった」とのジャーナリズムを研究するサークルの先輩の言葉だって、わいが、俺が調べたら、日中戦争の本格的発端の一九三七年七月七日の北京の西南の盧溝橋事件の時、近衛内閣は及び腰、そう、要の軍部は中国の近代化が遅れてるといっても彼の国のどでかい領土を点から線、そして面と占領して勝つのは些か無理と考えていた節があったが、新聞が一紙も例外なく「けしからん」、「中国を徹底膺懲せよ」と叫び、政党が選挙対策でこれに乗り、近衛内閣が軍隊を増派、引き気味の軍部がヤル気になった。つまり、ジャーナリズムのオリンピックみたいな(イ)国威高揚→(ロ)政党の煽り→(ハ)国家の中枢の決定→(ニ)軍の戦術だったのではと思うのだ。ま、新聞は戦地の死者の情報が軍隊より早く、このせいで売れに売れたわけだけど。

とゆうてもや、芸術学部美術学科中退で、マスコミ界への就職は宝籤で百万円を当てるぐらい難しいのやて。因みに、去年十月の逮捕られる前に入った練馬区の私鉄駅前の食堂の肉野菜炒めが七十円、高校生も大学生も必ず毎日毎日読む新聞の一と月の購読代が七百五十円だった。

――「おいーっ、わては何者やあ？　単に、どあほだけかあ？　そうや？　そうなのかあ」

いきなり、おのれ自身の、世間どころか世界についての無知に気づき、焦りが急膨張して、心臓や頭の中心や左や右に駆け巡り、与武彦は、独房の中で、叫んでしまう。

あかん。いけねえ。看守が房の外の廊下の近くにいたら、懲罰にかけられる。大声で叫んで、喉の声帯も疼く。これだから、わいは、駄目なのや。懲罰で五日も七日も、じいーっと座ってるだけでは、人民諸君、おっと、みんなよりかなり遅れての、六、七年前に出た、黒メガネの気障、女を引っかけるやり方を週刊誌に書く物書きでCMソングの詩も作る助兵衛、いや、大先達やろな、野坂昭如っつう無思想性との評もある『エロ事師たち』の残り三十ページを中断されちまうのや。てっきり、エロ小説と思って読み始めたら、関西でも最もこぎたない、いや、えげつないとも差別的に評される河内弁を猥雑の果てに昇華させて、逆や、逆でんね、言語の極限的な美によって、性のニヒリズムを描いておるのや。続きを、冷静な時を入れずに、酔いながら読み終わりたいのや。この小説は、性、男と女、おめこの思想性の最果てやんけえ。

看守の足音に耳穴を拡大してるのに、隣人の、緊急の合図が、食卓、便所、流しの三つを兼ねている流しの排水管の口から、「ト、ト、ト、トーン、ト、ト、トン」と、例の『網走番外地』の出だしの拍が急かすように入ってくる。二人で取り決めた緊急の場合の通声の合図だ。もっとも、あちらからはこの四ヵ月に一度だけしかなかった。その一度は、隣人からこの一月半ば「おいっ、今日は房内捜検だってよ。やべえ紙は便所に流せ。やべえ物は粉粉にして窓から遠くへ放れ」との切れ切れの隣りの配水管から伝わってくる嗄れた声だった。役に、きっちり、立った。

「何ですやろ、東大決戦はん」

しゃあない、この隣人は、この党派の特色かも知れないけどセクトを突っ張らず、左翼になって組織に入ったのはヤクザ映画がきっかけゆえが全てそのもの、勉強をしてなくて無知としても思想的、哲学的、イデオロギー的なことも言わず、組織化する人間に対しては任侠映画と高倉健の歌しか薦めない。あっけらかあで、ほいで、ちゃちゃちゃむちゃくに、つまり、無闇矢鱈に、すこっちょい。つまり、捌けていて、小気味良いのだ。でも、志はしっかりしている。せやけど、でもな、「学生なんつうより、汗水流して、搾られてる労働者階級を大事に。そうだ、労働者、労働者だぜ」とか、古臭くて、黴臭い、ことを別れの送り言葉で……。

「おいっ、もちっと気を配って聞いて、話せ。あのな、焦れるな。おぬしは、あと、一年か一年半はここでの暮らし、先を考えずに、ま、悲しいけど一日一日の無事、一日一日一つの獲得とだけ目的を定める……これ、第一のことだ」

浪曲のしわしわしわ声というよりは、女を作って放蕩をし、七十か八十の大老人が死の際に息子に何も解ってないのに人生の教訓を語りかけるみたいな潰れた声で隣人は声を通してよこす。

「え、はい」

「第二、偉そうに言って悪いけどな、拘置所でしかできないこと、先人の書を読むとか、嘘八百とその中の真を書くとか……やったらどうか」

「え、そう、考えときます」

「それで、ゆっくり、ゆっくり、ゆっくり、娑婆に出た自分を考えて、何が短い人生で為すべきか……を焙り出す。済まん、俺さえ、解らんのに」

「いや、いや」

与武彦は、いきなりくわーっと叫んで、隣人が痛く心配してくれたことに、脈絡なしに、「人間到る処青山あり」と思ってしまった。「人間」は、未だ「じんかん」か「にんげん」か解らへんけどや。やっぱり、監獄にいたって、居直って、希望を持つことは大切と考える……のだ。

「あ、後はよ、堪らん悔やしさ、焦り、負けに滅入る時、普通の気分の時、燥ぐ時は、胡座をかいて、ゆったり座って、両目を瞑って、いろんなことを勝手、気儘に思って……ま、座禅っつうか、瞑想すると……かなり、気分が静かになって、ヒステリーはなくなる。未来への志も、出てくる……ような、みたい、という話もあるぜ」

隣人は、おい、おい、マルクス主義とは無縁、あるいは、マルクス主義に反対の、仏教、それも禅宗の考えを、へいいちゃらで告げる。

「あんな、互いに、悩んで……」

隣人の声が、ぷつんと、消えた。

三

平与武彦は、間もなく保釈になる隣人の、当てにならぬ適当な忠告の一つ、取り敢えず、両膝を組んで、そうなんだろうなと、当てずっぽうで両手を両膝の前で重ねる。座禅のつもりだ。

「おいっ、おまえだろう？　さっき、所内の静謐を破り、大声で騒ぎ立て、騒擾したのは？　平、うんや一〇七七番っ」

鍵の束をがちゃつかせ看守が、重い扉を開け放った。それにしても、おのれ与武彦より言葉が豊かだ、「静謐」「騒擾」などを使う。

「はあ？　俺はこの通り、大いなる宇宙とその一つの芥子粒の自分を探し……続けているわけで」

与武彦は、しらばっくれ、とぼける。

「おいっ……でも、ま、そういう感じではあるな。よっし、邪魔した」

看守が消える。

警察官も看守も〝疑り深く〟て「人を見たら泥棒か、不正行為をしていると考える」という三派全学連の流れを汲む全共闘の学生の間の感覚だが、未だそこまでには警察官も看守も至っていないのではという気分が与武彦にやってくる。

もしかしたら、去年一月の東大安田講堂の攻防の負けから、世の中の荒荒しい息吹きは下降線の一方かと肌で感じてきたが……。

まだまだ、かも知れぬ。

もっと、銃や爆弾で武装して、市民や貧民街の人人が、隣人のいう「労働者が山猫ストを含めストライキをぶち抜き、街頭で夥しい列を為す」のなら、もっと、もっと……かも。

あかん、いけね。

座禅じみた姿を取って、瞑想に耽ろうとしても、目の裏に出てくるのは女の挑発的な姿だけ。美とは程遠い、スカートを捲り上げるところかと、ガーター・ベルトの絡まって太腿を締めつける複雑なストッキングを見せるところとか……。ま、ええとちゃうか。隣人は座禅や瞑想の課題まであれこれ指定しなかった。うん、禅宗の宗派の一つは公案とかを出して解くのがテーマだと聞くが、もう一つは、「自由に思い浮かぶままに連想していって良い」と、中学一年の夏に横浜の鶴見へと、引っ越した頃、寺の坊さんから聞いたことがある……。

それにしても、美とはあまりに無縁な女の裸、それも、赤軍派の一員として早とちりされて逮捕され拘置されてからぴったりと連絡をよこさない恋人の本命である遠藤早苗、軽く軀も含めて仲がそれなりに良かった三橋友子、佐伯登志子、野村……、杉本……、軀はなかったが「これから」が楽しみだった取り巻きのあの三人の女子大生だけでなく、映画上でしか知らぬ女優の星由里子、吉永小百合……と多種多様に、無数に、瞑想に現れる。

こりゃ、あかんねん。せわしない。

ちゃうでえ、違う。

いざとなったら、女の誰も面会にこず、手紙もくれず……つまり、心と心の通い合いはまるでなかったとゆう……わての、俺の……大負け、大敗北……やて。座禅の大本の仏陀が、もしかしたら、大いなる反省を迫っておるのかも……。まさか、な。

よっし、女の卑猥な裸紛いの姿は消えてきた……。

日大芸術学部のバリケードを壊しにきた関東レベルの結集の右翼学生の襲撃を粉砕した頃の、角材と野球バットの風切る音が、ぶっ叩いたら血潮の溢れた轟きが……。野次馬で馳せ参じた、去年の九月の日比谷野外音楽堂の全国全共闘結成の歓声と叫びと赤軍派の登場が……。

せやけど……。

おのれ与武彦は、コムニスト、共産主義者じゃないのや。一九一七年のロシアの赤色革命の当初はソ連も熱かっただろうけど、もう、まるで魅力がない。ソ連の市民も労働者もゲージッ的に管理されて楽し気なところは一切ない。中国だって、動乱好みの毛沢東が生きてる間は躍動的だが、その中身は民族主義民主主義の革命で、毛沢東が死ねば被抑圧の民族主義が単なる愛国主義へ、社会主義なんかどこかへ忘れ去られてゆくのが濃厚な雰囲気……。

ま、愛する女を置いて、世界の苦しい闘いへと行った、格好良いゲバラがキューバ一国の勝利に満足せず南米の森へと馳せた、その元のキューバには連帯を感じる。風船爆弾、ほぼ毒ガスごときを無差別に放るアメリカと闘うヴェトナムには、もっと……熱いものを。

解らん。

たぶん、隣人の別れの言葉、「短い人生で、一番やらなくてはならぬこと」って……全世界で一番に苦しくて、貧しくて、虐げられてる人人のために何かをすること……かも。

解らんけど、一年か二年がかりで、ちゃんと見つめよう。でも、資料も本も差し入れされにくい……。

座禅と瞑想で、あれこれ想像し、考え続けてみよう。

それにしてもやな。

俺、わいは何者じゃい？

第三章　鼠色の空か、青山か

一

新橋駅前の雑居ビルの屋上で、男が西方角の丹沢の山並み、次に、南に傾いた西の箱根方向へと背伸びする。

スモッグのせいか、そんなに曇り空でもないのに、山並みの嵩も山稜も曖昧で見えないのに等しい。冬瓜顔とも馬鈴薯の拡大顔とも評され、目ん玉二つがちっこくて、良くいえば幼児のような輝きで悪くいえば単純、道徳は両親よりも六十年代後半の任侠映画で教わったと自覚する男が、一人、立っている。

男は山並みが目に入らないので、踵を返す。山山が見えないのは、スモッグのせいよりも時代の気分によるようにも思える。

男は二十五歳、保釈になったばかりの帯田仁。刑務所だが実体は拘置所代わりの中野刑務所で、平与武彦の隣人だった男だ。

一九七〇年四月半ば。

帯田仁は、自身を腑甲斐なく思う。

これほど順応性がなかったか。

保釈になって、一年二ヵ月振りに外へと出て十日が経つけれど、ぺたぺたとゴム草履で拘置所代わりの刑務所の長廊下の歩きや運動時間の走りに慣れたせいか、ちゃんとした革靴がどうもしっくりこない。足許が頼りない。地べたからの吸いつきが足りない。張り切って歩いても、アスファルトの道は撥ね返す力が弱いと感じてしまう。

〝話す〟ということにも、ひどく疲れを感じる。獄中で考えたことを、話す相手にうまく話せない。十分間、思いを訴えると、ぐったりと舌の根あたりの肉がくたびれる。きちんとした討論は、組織の原理的思想を作って、学生だけでなく労働者を含む組織の一番の幹部と一度あったが、嚙み合わぬこともあり、二十分したら面倒臭くなり、三十分したら、へとへとと。舌の根との境の喉、気管支、食道あたりの渇きを酒で湿らせたくなった。昼の三時と、お天道さまがまだ意気盛んで、眩しい光をよこしていたのに。

気付いた。〝話す〟とは、今更ながら、本当のこと、大変な作業なのである。おのれの思いを整理し整頓し、喉ちんこの帯みたいなところにしっかり預けて伝え、相手の音声を耳穴で聞いて確かめ、その中身を頭の中で整理整頓し、ほぼ同時に、自らの考えを纏めねばならないのだ。

拘置所では、この〝話す〟が〝聞く〟を含めて、あまりに不足していた。組織のメンバー、家族、友達が面会にきてくれて嬉しくて、長廊下をゴム草履を鳴らして勢いよく歩くと「この野郎っ、静粛にだあ、懲罰にかけるぞおーっ」とロマンを超え過ぎる雷鳴みたいな喚き声で看守に怒鳴られたけど、やっぱり、二畳半の居房に「立ってはならぬ」、「運動などもってのほか」と座っているしかなかった暮らしには、面会室行きが極楽だった。それは、でも、せいぜい、週に二日か三日、声帯と耳の鼓膜が二十五歳なのに、既に衰え始めた……のか。

いんや。どうも、この変に圧されて疲れてしまう感覚は、拘置所での決まり、指示、命令で日日を過ごしていたのに、いきなり自らで暮らしのほとんどを決めるしかない転換、いや、当たり前の毎日になってきたせいではないのか。だったら、懲役となっての刑務所暮らしの後は？　一挙手一投足まで決められての後の〝自由〟は？　しんでえだろうな。

あいつ、全共闘運動の、たぶんピーク、頂点の場所と時だったのではなかろうか、日大全共闘の、それももっとも根底的、ラジカルな芸術学部闘争委員会、芸闘委の、しかしである、ちゃらんぽらんだった一人、隣りの房の平与武彦は保釈の後には、もっときつい感覚と日常生活となるだろう。やつの面会は、隣人だったから分かる、月に良くて一度だけ――監獄での隣人でたった一人の友達だったせいか、いや日芸にオルグに行って以来の年下の仲間のせいか。平の面倒を見なけりゃと促される。

帯田仁自身は二年か二年半は入っているだろうと予測したがたった一年二ヵ月だけ、恥ずかしいような、得したような。しかし、でも、外の、普通の、娑婆の雰囲気には、かなり馴染めない。

自分、帯田仁が、催涙弾によってなお、腋の下、靴下の際の踵に火傷の跡は残っているが、それも、一九六八年だったか、寒い、一月の九州は佐世保でのそれと重なっていて白く斑に目立つけど、その火傷する熱さがどこかで消えかけているのだ。東大の安田講堂での火傷はもっと下腹部、耳の下、腋の下とひどいわけで……。佐世保のあの時より十倍は濃い……範囲が広い。

監獄にいたから直に見てはいないけれど、去年、九月、日比谷野外音楽堂では全国全共闘の結成があったとは知っている。だけれど、それからは、とりわけ去年八月にできた「大学臨時措置法」で大学の閉校廃校の権限が文部大臣に渡されてから、大学当局からのひっきりなしの依頼によって警察が次から次へとバリケードを壊して取り除き、学生の反撃ができていない。

授業料は親から貰って活動費に使い切り、授業料未納でとっくに退学、いや、抹籍となった。それでも、三日前、反目するセクトのそれこそゲージッ的な監視と〝戒厳令〟を恐る恐る掻い潜り自分の元の大学を見に行った。が、立て看を見上げる者はほぼゼロ、集会どころか五、六人のごそごその集まりもなく何か授業へと急ぐだけの雰囲気で、当の学生達が冷え始めていて対抗文化なきサブカルチャーと学問だけが目的と思い込んでいる一人一人という印象だった。分散し切って白けた気分が漂っていた。さして役立つとも思えぬ学問だけが目的で思い込んでいる一人一人という印象だった。

白けた気分だけではない。中退した早稲田だけでなく東大の駒場、御茶の水の明治、水道橋の日大と普通の世間を知ろうと見て回ったが、アナーキー性を失ない、黙黙と授業とサークル活動のみに従う雰囲気の潮が上がっていた。白けるのは、帯田自身達が東大の入試を中止させ、東大の安田城の決戦を六十年代の全ての象徴ほどにやり抜いた後で……仕方がないのかも知れない……としても。

しかし、頭を低くして教室へと足早に行く俯きがちの男子学生が、どうも無気力、無感動そのものの表情なのは、気になる。

いや、革命の本体の労働者が……いる。

でも、学生以上にしんどそうだ。

反戦青年委員会という、社会党や労働組合の元締めの総評が生んだ、組合の枠の突破すら狙って行動する組織は、今や、社会党・総評の〝鬼っ子〟としても毛嫌いされ、潰されかかっている。

こんなはずでは……なかった。

待て。

大学では、なぜか、女子学生が顎を上げ気味にして奇妙に明るかった気もする。女とずうっと無縁で、監獄でも女欲しさに悶悶した思いのせいか。

行動への挫折か、反省か、女子大生が、大学では、自分達が自発的に編集して出している詩や漫画のパンフ、遊び場の紹介誌や、アングラ劇への案内パンフやミニ新聞などけっこう活気を持って、構内のいろんなところに並べ、売っていた。ここから……何かが出てくるかも。おのれ帯田が無知だった領域から……。でもな、既成の権威や秩序破壊のパワーはあまりに物足りない遊びのための遊びの文化、カルチャーのようだな。ま、文化は任侠映画と少しの小説しか知らねえから……言う資格はない。

うん。

小清水徹(こしみずとおる)の兄い、いけねえ、小清水同志も未決で巣鴨にいる。去年の10・21国際反戦デーで逮捕(パク)られ、しかも、石と火炎瓶で機動隊に打撃をかなり与えたから、たぶん保釈は来年か、遅(さ)くなると再来年一九七二年春か秋かと……なる。

それまでは、労働者を知ろう。と同時に小清水同志の保釈祝いの金を貯めねばならねえ。当面の自分の生活費だけでなく、彼の保釈当初の生活費も貯めなくちゃな。無理だな、今の今の自分の生活費も、親から貰っている。ちゃんとした労働者になろうとしても重苦しい裁判を抱えての保釈中だし、そもそもそういう職場を組織は紹介できねえし、と帯田は自らに語る。

帯田の自らへの語りかけは続く、
いんや。

沖縄返還で、また闘いは盛り上がるはず。

それに、一九六三年に埼玉県狭山市で起きた女子高生の殺人事件のことがある。あれは完全に犯人を勝手に被差別部落民と推定、あれこれをデッチ上げて石川一雄さんを起訴した。重くて深くて、中核派と部落解放同盟が頑張っているけど。俺らもしっかり……。

それに三里塚の闘いはこれからが正念場だし。

そもそもヴェトナム戦争は、アメリカが負ける方向がはっきりしてきている。

これから、これから。


――帯田は、空を見上げる。

光化学スモッグが頂点になるにはあと二、三ヵ月先のはずだが、へんに、霞と煙の真ん中の気体が漂っていて、青空が濁っている。

そういえば、公害、いや、企業の利益のための〝私害〟が高度成長経済のためとはいえ深刻だ。水俣病はひどい被害を与え続けているが、氷山の一角だったのだろう。新潟水俣病、亜急性脊髄視神経症を招くスモン、洗剤の泡が二メートルも堰(せき)に溜まっている死の川の多摩川……。うん、人民、人人が黙ってるわけがねえ。

――会議に呼ばれているが、まだ、二時間もある。

ヤクザ映画、おっと、任侠映画でも観るか。でも、ここは新橋、やっているか。やっていても、藤純子主演の『緋牡丹博徒シリーズ』で、どうも女が主人公というのは……ぴんとこねえ。うんや、俺は女性差別主義者なんだろうな。だけどさ、やっぱり侠客の役は男じゃねえと。高倉健、健さんじゃねえと。ま、藤純子の魅力は、人生二十五年間で観た映画の中では幼い時に観た『君の名は』の岸恵子、『浮雲』の高峰秀子以来の輝きではあらあけど。

『イージー・ライダー』を銀座に出て観ようか。でも、評判では、ラストシーンが「一農夫の銃弾で殺される」で、今の気分に似ていて……止そう。『真夜中のカーボーイ』もかなりの作らしいが、去年秋に日本で公開、もうやってねえだろう。

『少年マガジン』を買って『あしたのジョー』でも読むか。なんせ、今年の三月には、ジョーのライバルのボクサーの葬いを歌人で劇作家というか演出家の寺山修司とか達がやったし、そのすぐ後には赤軍派のよど号ハイジャックの実行主犯の田宮高麿が「我我は〝あしたのジョー〟である」とどこかで喋っているか書いているかぐらいの漫画だ。「全身、全霊で燃焼」がテーマで、今までの少年漫画ものとはちと違う。全力、懸命、必死の先が……あるのだ。

いっけねえ、忘れてた。

偶偶その赤軍派に属している監獄の独房の隣人、平与武彦に早めに誰かを面会に行かせなきゃな。

女が良いだろうな。それも、政治がかっていない純朴なノンポリがいい。金も、親の金をくすねて少しだけ差し入れしてやろう。外の雰囲気に無知にならないように、週刊誌も。

そして、帯田は、おのれ帯田が単に半年未満の隣人に過ぎない平与武彦がかくも気になるのかと、ふと、立ち止まる。

それは、それは、平が、単純で、疑り深いところがまるでなく、あっけらかんと党派性の勝るおのれ帯田の言い分を信用し、赤軍派にびびることなく見学しに行って監獄にぶち込まれるその初(うぶ)なところなのだ……ろう。それだけじゃねえな……何なのだろう。

うむ、若い女が……いねえかな。

大学二年から三年にかけて、女子大生と〝金の卵〟で上京してきた蕎麦屋の店員の二た股をして、正直に打ち明けてしまい、二人にこっぴどく叱られ、喚(わめ)かれ、怒鳴られてから女にびびり、仁自身が女と縁がない。

あ、いや。

親父の弟の三女で、今は幼稚園とか保育園の先生になるための専門学校へ通っていて、俺が監獄に未決で入っている間、一応は普通の大学にも挑むためだろう予備校通いをして、俺の留守の間に四畳半に、茶店(さてん)のコーヒー代百円の昨今なのに五百円の部屋代にて住んでいた従妹の奈美(なみ)に、平への面会を頼もう。

従妹といっても、奈美の実の父親は割に早死にだった。それも、俺のおふくろに喋らせると「死の四、五年前から苦悶(くもん)ばかりのストレスによる癌」からくる海での事故死と訳の分からんことを時折口にするが、その実父が死んだ後、母親が俺の親父の弟と三人の娘を連れて再婚したのだから、俺との実際の血縁はねえ。

平、平与武彦には済まねえけど、奈美は、九月には実をつけ始める青い団栗の眼の印象、流行らぬ真ん円顔で鼻穴が少し大空を向いていて、美人じゃない。

でもよ、平だって、〝不正〟通話では「持てて困ったんです、選ぶのがしんどいわけでんね」とかふかしていたが、あのひょろりの軀に、目立つ柔で蒟蒻を連想させる円い顎、意志が軟弱そうな縦長の末成りの茄子顔、うん、両目だけは早朝の盛り場のゴミを狙う烏みたいな輝きの隣人なのに、互いに出会えたのは扇形で鋭角三角形に仕切られた運動場に行く八度か九度だけとしても、目に刻まれているが、要するに、本格的に女に持て囃された光源氏とかドンファンの資質とはかなり遠い気がする。

意外や、奈美と平はうまく引っつくかも。

性格だって、奈美は、じっくりは彼女の中学一年生の時しか観察しなかったけれど、相手への気配りがしっかりしている。何しろ三十センチのイワナを「六十センチ」と言い張る俺に、すんなり「そうですねえ、珍しいわあ、こんな大きいのは」と相槌以上のものをくれたのだ。

問題は――。

平与武彦が、奈美の、かなり世間離れしている魅力を解るか否かだ。

我が組織は〝教祖〟からして「あらゆる美、芸術はプロレタリア人民の階級闘争への決起の契機でしかない」と、二十人で囲んだ出入口がすぐそこの末席で俺は聞いたことがあり、学生は、ちょいと見〝ブウ〟は避ける。これは、男の差別主義の現われなのか……。だったら、人類史が始まり、滅びに至るまで、男は永遠に差別主義に塗(まみ)れて……生き延びるのか。逆に、女に……とっては？

ううん、そうではなくて、平への面会の女、あれこれ続く、獄中への何かしらの差し入れの件だ。

今は、我が派は男も女も六十年代の総括だ、七十年代の方針だ、党建設だ、統一戦線だと張り切り、赤軍派未満のやつとは付き合わねえわな。

昔は——良かったな。と、ゆうても、たった三年ぐらい前か、三派全学連を、民青・日本共産党の蔑みと無視と、K派、そ、革マルの妨害で結成した頃は。

「おい、帯田、今晩は酒盛りなのに、仲間に奢(おご)る銭が足りねえ。一万ばかり、貸してくれ」

社学同、第二次ブントの荒山というシャイなくせして何となく野放図な男が両手を出し、おのれ帯田仁には大金一万円、大卒の初任給よりかなり足りないが、すぐに出した。

「帰りの電車賃が足りない。帯田、二千円、頼む」

中核派の彦谷ってえやつも、気軽に申し込んできた。当たり前、貸した。返ってはこない。それで良い、逆もあったのだし。

でも。

だけれど。

しかし。

それから、党派・セクトの互いの競合とか、対立とか、時にゲバルトとなり……。

いや、そんなことではなく、要するに、平与武彦の面会とか世話をできる我が派の女はいないはず。やっぱり、奈美に、頼もう。

いけねえ、ある大新聞に書いてあった。

「一年以上、独り暮らし、独房での生活は、言語能力を損ない、初めは、ぶつぶつの静かな独り言に頼って、そこに陥りついに日日に自らだけに喋り、他者との交流、コミュニケイションの力を失なう」と。自分だけじゃねえのだ、この〝癖〟というかストレスは。

二

本郷の菊坂の半ばあたりにある修学旅行用の旅館の広間だ。

三十人ほどがいる。

口から泡を飛ばして主張するとか。場合によっては殴り合うとか、中指を突き出してそのまま顔面にぎゅっと打撃を与えるとかの、帯田の予測は外れて、上野や新宿の寄席での落語を聞いてお互いの誉めと、やんわりの批判の雰囲気である。

いいのかなあ、いいのかよ、しゃあねえのかね。

保釈になっての挨拶ぐらいの意味で意見交換の交流会に呼ばれたらしい帯田だ。が、かなりのちぐはぐな感覚をよこす。学生代表が、たった五人。現場の労働者らしき代表が十五人か。〝偉い人〟が五人。他に学生運動のOBとなりながらも闘争に関わってるのが五人か。

帯田自らが、なんも、東大安田城決戦以後について解っていないんじゃないかと解りかける発言が続いている。

「『切迫する情勢の現役・OBの境を越えた交流会、研究会』だ。こいよな」と東C、二年間の東大教養学部に四年ぐらいいる組織の仲間に呼ばれたこの会議だが、確かに、緊張した雰囲気はなく、労働者・学生・指導部が自らの現場についての交流の討論会のようだ。党派内の内部分派、フラクションを形成する気分や刺のある気合いはない。

学生出身で、組織ではあんまり〝偉い〟人ではないけれど、帯田が敬服し、帯田の兄貴分の小清水が畏怖している要の海原一人はいない。

代わりと言っては何だけど、60年安保中は共産主義者同盟・ブント、つまり、一九六〇年六月十五日に国会前の激闘で死んだ樺美智子さんが属し、日本共産党から飛び出して組織をソ連や中国共産党と「さよなら」させて、資本主義から即社会主義への戦略と独り立ちさせた島成郎がトップだったところに、そのブントの傍らにいた我が派の親方が、今、床の間の枯山水の図の前に座っている。親方、いや、トップがちゃんと、普通の交流会や会議に現われるのだから、我が組織は、未だ、非公然や非合法への構えは作っていないらしい。開放的なのは、それはそれで、指導部が現の匂い、流れ、生生しさを普通の構成員が解るわけで良い……けれど、公安警察の弾圧にも構えないと……。

「だから、組合権力を握るチャンスがきたわけで、労働現場を知らないで、『跳ねに、跳ねる』だけの学生には冷静になってもらいたいもの」

官公労系の組合の、つまり官公庁や自治体の労働組合に根を下ろす我が派の準幹部が諭すように発言する。

「それはね、都の、役所の雇傭も、ボス交も、何も馴れ合いの労働組合のことでしょ。民間の僕達は、親組合の嫌がらせ、ううん、厳しい抑え込みに面してるわけで、反戦青年委員会が命。旧官公労の組合は、あまりに甘やかされ、腐敗、堕落に慣れていると映るんだよな。これからの労働運動を考えると、資本主義のどでかい活性源から考えても、民間労働者が七割、いいや、八割の力。もっと官公労の労働者は、僕達に支援を、カンパを」

坊っちゃん刈りの二十になりかけた労働者が喋る。解るところもあるけれど、官公労民間労働者を差別化、いや、区別化、違うわな分断するようなことにも聞こえる。そもそも、東大決戦以降の、全体としての実に厳しい情勢、次の戦略など視野にはないらしい。

「えーと、学生の方の考えは、概ね、次の通りです」

おや、東大の本郷の学生の額ばかり広くて方針が細いと評判の野田がいたか、その広い額の汗を左手で拭き、右手で口を拭い、話しだした。

「労働者諸君っ」

へえーっ、元気あっていいわなあ。ま、労働者はここでは全体の半分がそうだ。

「大学の全共闘でなく、自治会の権力闘争で、勝利しなければいけない。ここ、決定的に重大です。とりわけ、北大、東北、東大、名大、京大、九大においてであります。全共闘のムーブメントを、しっかり自治会に生かす、これ、これです。組織せよ、組織せよであります」

何だ、この学生、いや、同志なんだけど、どこの他の組織も、学生にとっては、要か否か難しいとしても「武装の質は、ゲバ棒から鉄パイプへ」はもちろん、「火炎瓶から、次へ」が切実なテーマであろうに。むろん〝爆弾〟となると、ちいーっときつくて、仕掛けたら、この会に集まった人間が刑法にはなくても最高裁判例の〝共謀共同正犯〟で長期実刑とされるとしても。でも「豆腐の角に頭をぶつける」、「糠に釘に」の発言のような気もする。「組織せよ」は解るが、「組織」は運動の質と広がりの「戦略」の実際からできるわけで……。違うか、K派の十年前の60年安保の負けの総括と方針は〝組織化〟のみの党建設が主で、その通りに、他党派の解体が戦略になっちゃってる……。

解らねえ。

「今日は職場の原点の反省とこれからが聞けて、実にためになったですな。明日から、やはり、工場の中へ、でやり切るしかないということで」

どのつく偉い人が、交流会を纏めようとする。

まずい……。

ついに話すチャンスはなかったけど、そして交流会であって、正式な会議ではないけれど、ここは喋っておかないと。

帯田は、煙草で部屋が紫色と白色に波打って、全員が人の肉の燻製ができ上がりそうな中で、かなりの勇気を絞ってみた。

「あの、組織化も重いけど、次の戦略はもっと重いような。それに、K派と党派闘争も厳しくなるし、それへの徹底した構えも考えないと」

立ち上がるのは何か大袈裟な気がして、座ったまま発言した。

「帯田、いや、高倉だったっけ？　もう二ヵ月か三ヵ月して監獄ぼけが冷めてから話そう」

司会者が、交流会を打ち切った。

三

「おいっ、たらふく飲ませてやる」

五十嵐という同じ大学の先輩で二十七、八になる神奈川県の地域の労働組合の連合、つまり十年前ぐらいには〝泣く子もだまる〟総評の地域版の専従書記の男が、交流会が終わるや誘ってくれた。のっぽ、一八〇センチはある。

「そうだったな、まだ出所祝いをやってなかったな。いや、保釈祝いというやつか」

別の若尾という五十嵐先輩より年上で、そろそろ三十に届くであろう、小鼻の裾の広い獅子鼻でおまけに鼻のてっぺんが酒焼けて赤い組織の先達も、嬉しいわな、ワイシャツの袖を引きちぎるほどに引いた。この先達は、ミニコミ誌を出していて、和らいでいるが〝反戦反安保〟の主張を貫いている。部数三百弱との噂で、これだけでは食っていけないので、女房が、おっといけねえ、この用語はなぜか解らぬが差別用語らしく、保釈されたばかりの監獄の門のところでの仲間から叱られている、そ、安易で、ラブ・ホテルから出てきたばかりの相手の語感もするけれど、連れあい、あるいはかみさんが、小中学生相手の塾の経営者としてきっちり支えていると聞く。

——東大の赤門のある本郷通りに出たら、労働組合の専従書記というのは金回りが良いというより応用の効く金を持っているらしく、のっぽの五十嵐先輩はタクシーを止め「本郷あたりは同業者の別の会社員が多いし、新宿もそう、うん、芋っぽい上野へ」と言い、赤い獅子鼻の若尾先達を促し、帯田の背中を押した。

――アメ横から二つばかり道を入った赤提灯に入った。

「ま、一年二ヵ月、今時は長くはねえんだってな、普通の長さなんだってな、御苦労さんだった。飲め、本名でいいいな、帯田、おい、遠慮すんな」

「な」を語尾に連発して労組の書記の五十嵐先輩は、五坪ほどの店に止まり木六つ、六畳の三和土にテーブル一脚でがらんとしたところで、もう出てきた生ビールを飲む。

「帯田。おまえ〝頭取〟が締め括った後に喋るなんて良い根性しとるな。普通の労働組合なら、委員会、書記長の後なんつうのは有り得ねえ」

のっぽの五十嵐先輩は、帯田の知らぬ労働者の世界を教える。ま、おのれ帯田仁の属する組織は新左翼では最も歴史が浅い方で、「先達や先輩達は社会党や総評系の組合幹部とあんまり区別が明確でなかった」と陰口を聞いている……わけだが、そうとも思える。

「五十嵐、そんなんは、俳句の句会でも、短歌の歌会でも同じだよ。労働組合のダラ幹と体質はそっくり。変えないとな」

ミニコミ誌の赤い獅子鼻の若尾先達は、遅れて出てきた冷や酒をちびりちびり飲む。

帯田も、冷や酒をどくどく飲む。大学の仲間やシンパは散り散りになっていて、保釈祝いのカンパも思うように集まらず、飲んで食える時は飲んで食いたい。

「おまえ、さっきの交流会の終いで、それなりに重たいことを言ったよな、『次の戦略』、それに『K派との党派闘争』と。このまま学生でやり続けんのか」

若尾先達は、かなりの的を突いてきた。

帯田は、黙してしまう。心の中ではぐだぐだと宙吊りで方針の出ない思いが追い駆けてくる。

そりゃ、大学だってK派から締め出され、取り返さなくっちゃとは思う。しかし、ここに使う肉体の損傷と膨大な精神力は「次の大切な、国家への反逆、国家の戦争への準備と加担への政治、社会、文化の大改編への反撃」の戦略に、かなり制約となる……ような。

そもそも組織が新しいので、職業的に革命運動をやろうとしても受け入れる、あるいは、紹介してくれる職場も仕組みもないから、飯を食う暮らしに迷う……というより、困っている。しかも、間もなく七月で二十六歳、やっぱり親の臑齧りは、いくら〝革命のため〟といってもおかしい……図図しい、傲慢だ……そもそも、党派の指導部としての資質なんつうのはおのれに欠落している……これという恋人はいないのに、そして他人には厳しく諭すのに、女なら、銭金抜きだったらすぐに抱きてえ……。K派と見れば組織決定なくしても、すぐにでもこてこてにしてぶん殴りたい。それで、組織に迷惑をかけそうなのだけど、

「ああ……あ」

いけねえと思った時は、長めの溜息を帯田はついてしまっていた。

「おい、あのな、帯田。どうせ実刑がたぶん出るまでの保釈中、まともなところには就職できねえだろう、俺が、労働組合のどこかを手配する。オルグの見習いか、書記の見習いだ。月給は、国立大授

業料の二年ぶん、二万四千円ぐらい、二級酒六十本、六十升ぶんだ」

のっぽの五十嵐先輩が自分の顎にビールの泡を引っつけ、力説する。

「あのな、帯田。俺達は学生の解放じゃねえんだ、労働者階級全体の解放なんだ。それには手っ取り早く、労働組合の賃上げ、労働条件改善、諸の闘争、時に政治闘争を勉強することだ。民同、民主化同盟の古い幹部からも長所を吸収し、次へだ」

民主化同盟って、今の総評の主流で、かつて一九四七年の二・一スト中止の後から反共産党というか共産党排除でできたと、いつか大学のフラクション、細胞会議で教えられた。つまり、そのう、〝反共〟体質なわけで……。

「おいっ、五十嵐。そういう労働組合主義的な狭いことを説くな、帯田に。七十年代は、これからは、在日朝鮮人、韓国人のテーマが労組の本工だけを大事にするやり方の中身を変え、強くさせる。被差別部落民の苦闘も大切に学ぶ時がきている。明白に白なのに黒とする狭山差別裁判が罷り通る世の中なんだから。あのな、帯田、俺んところのミニコミ誌を当分手伝って、視野を広くしろ」

文化的な匂いをさせて若尾先達も熱っぽく勧誘する。

「あのな、我我は階級闘争が一番なんですからな、若尾さん。違うの？」

五十嵐先輩は、確かな原理原則を言う。

「その階級の内容なんだよ、五十嵐。いわんや、こいつ、帯田は監獄から出てきたばっかし。世の中を、半年や一年、静かに見渡さねえと」

四角い卓を拳骨で小突き、若尾先達は酒焼けの獅子鼻に汗を浮かばせてむきになってくる。

帯田も、いくら現に労働者主体のソヴィエト連合の国家のソ連や、プロレタリア文化大革命をやっている中国が存在していても、その二つは魅力に欠け過ぎていて、これから先は、労働者階級が全てではなく、いろんな課題が溢れ出てくる時代だと、うすぼんやりながら見えている……でも、しかし、やっぱり、本隊、本流は……。労働者階級……なのだ……ろう。

「帯田、ミニコミ誌に魅力を感じなかったら、俺のかみさんの塾を手伝え。小学生のは必要ねえ。中一から中三までの英、数、国だ。生活費で大変なんだろう？」

こう言うけど、若尾先達は確か京大卒のはずで、おつれあいもそうで、数学は入試にあるから楽ちんだろうけど、おのれ帯田は早稲田の中退、数学なんてまるで解らない。これから、おいっ、三角関数とかの勉強し直すのか……。しんど。

「あのな、五十嵐、保釈になったばかりの帯田。ヤクザだってな、五年入ったら、一年は娑婆の感覚が蘇らずに苦しみ、親分は一年ぐらいゆっくりさせるそうだ。いわんや、過激派、おっと新左翼は潮の流れの変わり目にあるから、差別のテーマや市民の願いも勉強しとけ」

〝ヤクザ〟という言葉が獅子鼻を赤く染めた〝文化〟の匂いをさせる若尾先達の口から出てくると、帯田は、自身の中途半端な反省を含めて、任侠映画の鶴田浩二、高倉健の姿から、そう、仁義に殉じる生き方から左翼になった気がするので、背筋が伸びてしまう。

「あのさ、若尾さん、俺達の闘いをヤクザ、暴力団と同じに見るなんて、そりゃ、駄目だ、腐敗している」

元早大の学生活動家も三年ほど先輩になると、ヤクザ映画なんか観なかったのか、映画は上映していなかったのか、そんなはずはあるまい、労組の地域の面倒を見るのっぽの五十嵐先輩は、テーブルの対面から、年上の若尾先達を睨みつけた。

「うるせえのや、60年安保も知らん餓鬼んちょのあほが」

おいーっ、京大出のインテリ若尾先達が、関西の地の差別語を丸出しにして、ぅへーい、

「帯田は、わいの方が引き受けるでえ。良えか、おまえ」と、コップの冷や酒を、のっぽで労組の書記の五十嵐先輩の頭に引っ掛けた。

「何をするんでえ、この似非文化人っ」

直接の労働現場にはいないけれど労働者階級をそれなりに代表していると自負している五十嵐先輩も苦労していると分かるのだが、のっぽで背が高いぶん座高もあり、頭の真ん中に髪を集めていても隠しようもなく薄く光っている。その草刈り機を当てたような地の肉に冷や酒が引っ掛かり、その地肌が見る見るうちに紅潮してくる。

「わいが似非なら、おまはんは無産階級を騙る三百代言っちゅうやつや。がしんたれーっ」

なお、若尾先達は三つほど年下の五十嵐先輩を罵る、それも本気らしい。

「っるせえ。帯田は、俺が面倒見るっ、引っ込めえ」

五十嵐先輩がテーブル越しに、年上の若尾先達のサマー・スーツの襟首を引っ掴まえた。

若尾先達も反撃し、五十嵐先輩のネクタイの結び目を摑み、放さぬ。

「あのですね、先達、先輩……ここの主人も他のお客さんも迷惑で、止めて下さいよ」

帯田の仲裁などどこへやら、コンクリートの三和土の上で組んず解れつ転がり合う。

――コップやジョッキまで壊れる音の激しさに、やっと二人は息を、はあはあ、ぜえぜえさせ、離れた。

しかし、帯田は、これからの時代の先行き不透明さだけでないもの、未だ時代には火照りがある、そして、とどのつまり、「帯田を引き受ける」、「帯田の面倒を見る」の争い、二人の熱い思いの方を大きく感じてしまった。

その上で、当分、労働者階級の今の実情、精神があるだろう労働組合の現場を学ぶしかないのかなと考えた。「ありがとうごぜえます、五十嵐先輩」と、ついついヤクザ映画の高倉健の、あれはどこの言葉だったのか胸を過る。

同じく「済いませんのう」と、若尾先達に頭を深深と垂れてしまう。

そう、仁義、おっと、マルクスもレーニンもこの言葉は用いていない、そう、アトム的個人など取っぱらう、人と人との紐帯、大火事の元となる燠火がある限り……。仁義は生きる。生きねばならねえ。

まだ、まだ、ある、熱さが、たぶん。

これからだあっ。

待てよ。

若尾先達、五十嵐先輩がおのれ帯田仁の今を心配してくれるのは何だかんだ言って、組織があるゆえ……のこと。

気を入れ直して、党を強くして、人数を増やすことを本格的に構える……か。

四

青春時代とはいえ、油断をしてはならぬらしい。この頃、時の感覚の速さは、加速を増している。去年一九七一年七月は、日本の頭越しに、アメリカのニクソン大統領が北京へ行くと発表。八月にはドル・ショックのせいで、円は変動相場制に移った。帯田仁は、とどのつまり、五十嵐先輩の口利きで、七、八年前では、〝泣く子も黙る〟と威勢があった総評、今は次の資本と仲良くの右へ傾く労働運動の大再編を予感し、脅えている総評の地方組織の横浜にある県評にいる。仕事は、ストライキへの応援、争議への活、春闘の賃上げ速報などだ。

——一九七二年二月十九日、帯田が保釈されてからそろそろ二年。裁判は遅遅として進まない。どうせ実刑、内心は早く確定してほしいと思っている。

空が季節を早取りして青さに明るさが入り、雲の形が羊や熊や鬼と活発になった上で白さが走っている。

帯田仁は、ビルの屋上から空を見上げ、「解らねえよな」と吐息をつき、「いんや、まだまだ」とも思い込もうとする。この、ぶれ、左へ右への揺れ、時代の読みの判断の食い違いは、一週間ごとに、場合によってはみっともないけれど一日毎に潤滑油たっぷりのブランコのように大きく揺れる。

なぜなら。

保釈になってから、裁判だけは〝統一公判〟を主張したが実際は二十二人の被告と共にほぼ三ヵ月に一度行なわれて出廷するけれど、世の中では、六十年代の東大闘争までの学生や、あるいは反戦派・新左翼の労働者の数は減っているのに、東大安田決戦を遙かに越えてかなり凄まじく、時に胸を打たれて興奮し、降参することが起きているからだ。むろん、やべえぞ、でも、やるしかねえな、人民から見捨てられてもさ、という〝正義〟としても、こればっかりやってたらやっぱりおかしくなる〝義務〟的なことも。

一昨年、一九七〇年八月、保釈になって四ヵ月後に、仁も大学に自由に出入りできなくなる〝戒厳令〟を敷いたK派、革マル絡みのことだ。偶偶だったのか中核派が革マル派の教育大生と電車で乗り合わせてそのまま、身を囲みリンチ死させた報復で、革マル派は中核派をかなり滅茶滅茶に叩いた。気になるのは、革マル派が中核派のヘルメットを被って偽装して襲ったことだ——というのは、帯田の属している解放派も、早大の初な学費・学館闘争でも既に革マル派と非和解的対立が萌していたのだから、かなり厳しい争闘になるということだ。

仁は思い、予測するのだ。

大学の語学で一緒だった一年P組二年P組の同級生、新潟の外れ出身の大瀬良騏一、一歳少しで母親と共に長崎で被爆した、御人好しだった男の言葉を。「党派党派の利害が、どうしても終いに出てきて、学生、人人の大義をないがしろにするらて」の必死だが、侘しい、仁を下から覗き込んで告げた言葉とあの平べったい潰れた鼻と拳骨顔を。田舎者の素朴さの良いところを持って、羞恥心に溢れ、長い間の恋人を射止めた途端に、恋人に自殺されちまった、あいつ。どうしてるん？

越えねえとな。

——仁は、それにしても、六十年代とは違う激しさのいろいろあれこれを思う。

一九七〇年四月に保釈になってから……。

そう、その年の十一月に、大作家である三島由紀夫が防衛庁に押し入り「自衛隊にクーデターを煽る」との新聞記事もあったが、割腹自殺をした、仲間に首を刎ねさせる介錯づきで。何ヵ月後か、三島由紀夫のラストの言葉がどこかに載っていた、「彼らが革命のために死ぬかどうかという点で……彼らは革命のためには死なないね」と。う、う、うううと、仁が呻く言葉が。「彼ら」とは新左翼の人間であり、全共闘派のこと。偶、結果としての死はしゃあないという水準がなるほど「彼ら」の我我だ。

それで、その前だったか後だったか。三島由紀夫の件が、新左翼にも重く……どこの党派も敢えての無視だったけれど、響いてきたような。

いや、その前に同じ一九七〇年の10・21。党派は、あれこれそれぞれやり、みんな動員数をぐっと減らしていたけれど、仁も時間に余裕があり、いや、日常的となった〝習性〟としてのデモへと行くために自らの派の集会場に行く前に銀座六丁目あたりをぶらついていたら、おいっ、アメリカから日本へと、ついに上陸したか、女だらけのデモだった。白地で墨文字の『女らしさってナニ、ゾ!?』の横断幕が目の前を塞いだ。百五十人ぐらいがいる。

旧三派全学連の男の学生以上に胸を反らし、しかし、銀座のネオンの明かりで良く良く見ると、案外に清しくシャイな目の輝きをした女がビラを渡した。受け取ると、また別の女が今度は仁を睨むごとくにしてビラを押しつけ、渡した。デモ隊には「ぐるーぷ闘うおんな」の旗が大きく目立つが、ビラには「女戦線」、「女性解放準備会」発行のガリ版刷りのもある。いろんな女のグループが共闘する初めてのデモなのか。

中身を拾い読む——と。

「ラジィカルが服着ている新左翼にあっても、男＝闘いとして女性排外主義が貫徹され……」

「〈男の革命〉の中には、生身の〈女〉は見当たらない」、「……男と国家の支配権力に二重に抑圧されてきた」……

と、ついにきたかと仁は身が竦む。

大学一年から二年にかけて、女子大生と集団就職で上京した蕎麦屋の店員二人に恋をして、その肉体にも高校と浪人の禁欲生活からの開放で夢中になり、発覚する前に正直にとそれぞれに打ち明けたら、女子大生には蔑みの眼の底の冷えで「そんじゃあ」と別れを告げられ、蕎麦屋の店員からは小刻みに震える指の怒りと両眉を垂れる悲しみの頬の歪みで「さようなら」を言われたことを仁は思い出す。あれは、おのれの〝正直さ〟からではなく、あわよくば一夫多妻への居直り……だった気もする。

逆に一妻多夫なら、くわっくわっと憤おりと腹立ちに煮えくり立つのに。

ロシア赤色革命に参加し、ソ連の政治家、外交官、作家の女でもあるコロンタイの自由恋愛論の上に立つ〝水一杯〟の言葉も過る。「セックスは喉が渇いた時に水を一杯飲むようなもの」だ。ま、おのれ帯田仁が属している組織はソ連の学者の考えなどはスターリン主義者と嗤って一蹴する……けれど。女もか、の気分は解って解らないが、こうであってはならぬと仁は考える。

いいや、そんな問題ではない。江戸時代末期のアメリカの黒船を見た人人もこんな気持ちか。いつか、敵(かな)うわけもない南蛮、西洋の力がくると薄薄知っていて、ある日、現われる……、驚きか。

あ、いや、別のビラもある。

「男への同化ではなく、被差別部落、沖縄、朝鮮、アジアの人人の受けてきている、抑圧、差別を、自らのものとして、差別され、差別している二重性の軛(くびき)を突破し……」

うーむ、真面(まとも)そのもん。男と女の間柄を、被差別部落などと同じくしてしまうのは、その態様や質がまるで別なので〝おかしい〟としても。しかし、見方によっては、部落差別や民族による差別や排外的な捕え方より……ごく日常ゆえに、いや、人類史からも推し測ると深刻なのかも知れない……けど。

その女の欲求、思い、かなり切羽詰まった感情は、一ヵ月弱の後、十一月半ば、日本で初めて、ウーマン・リブ大会へと盛り上がってきた。

同じ組織の女と、いや、表現も慎重になるべきだろう女性同志と恋愛したら、飯作り、洗濯は覚悟で当ったり前となるだろうし、下手を打ったら、セックスは毎晩の義務になるのではとも想像し、積極的に彼女達に近づいていない。欲望の処理は、専ら、左手の五本の指だ。なぜ左手かと問われると恥ずかしいが、右手で川上宗薫(そうくん)、富島健夫(とみしまたけお)、時に瀬戸内晴美、大江健三郎の小説を捲るからだ。野坂昭如(あきゆき)という黒眼鏡をかけて女の口説き方を週刊誌で説くやつの『エロ事師たち』に期待したが、空振り。お、お、おいっ、この小説は、性のニヒリズムを書いていて日本史、いや、世界史で初めてのそれじゃあないのかと、好色心と真逆、男根は縮んでしまった。

いや、ウーマン・リブと野坂のことでなく、本筋の闘いのことだ。自分の、人生の要のテーマについてだ。

楽観に頼ろうとして、思い込みが膨れるのか、どの党派の動員数も、ガンの患者の残りの命の日数ほどに減りだしているのに。

しかし、一方で、三里塚の闘いが火を噴いた。ある日、一方的に「国家のため、空港のため、農地、家を空け渡せ」と国から命じられたのだから、農民は困り果てる。これは、たぶん、三里塚だけではなく全国の農民の心情だろう。農民への舐め、騙し、虐げの歴史は三百七十年ぐらい前の江戸幕府ができてから続いていて、必ずしも顕在化しないとしても、たっぷりと腹の底や、腰の要や、両足に「頑張れ、我ら農民」の思いは溜まっているはず。

去年、一九七一年二月には、その三里塚で第一次強制代執行が三月中旬まで続いた。逮捕された農民、学生、支援の市民は四百八十七人。戸村一作というクリスチャンが委員長をやっている反対同盟の婦人行動隊は、警官千五百人、ガードマン、新国際空港の公団職員らが、所有地の立木の伐採に押しかけてくると、木に鎖で二人ずつ抱き合って縛りあい、必死に抵抗した。属している組織の動員はあったが、総評の下部というか地方版の組合連合が春闘の準備で大変、監視は緩いが「厳しい、サボるな」と、既成というか、反共というか、要するにダラ幹の命令に従うしかなく、しかし、テレビの実況放送と、あんまり近頃は会議にも出ていないのだが出たフラクション、細胞会議で、三里塚の、何としても自らの大地が尽きることなく産む野菜や米を生み出す宝庫を守る、実際の汗や、怖さへの対決や、覚悟を知ったつもりになった。テレビのコメンテイターすら、婦人行動隊が排除されることに「クールだけではマス・メディアは役割を果たせんばい」とついつい出てしまったのだろう九州の土着派で言いつつの訴える力があった。

属する党派の会議では、初初しく、もう少し時を経てから組織に加盟したら、と忠告したくなるような十九歳の、この神奈川県の大学生が「吾の家は、たった五反部の百姓だども、三里塚の闘いの根性、図太さ、しぶとさには、泣ぐう、う、う」と語ったのが、おのれ帯田仁に響いた。

その、ほぼ半年後の九月には、第二次代執行があり、三里塚の青年の反撃で警官三人が死んだ。ゆえに、凄まじい警察の追及があった。反対同盟の青年には自殺者も……出て。

帯田仁には、レーニンの「労農同盟」の言葉が勉強足らずとしても出てくるけれど、マルクスの「何もないから凄い労働者」と「少なくとも土地のある農民」の私有の差のテーマが頭を掠めた。が、軀どころか命を懸ける農民に「嬉しいぜえ」と「もし、革命的情勢がきたら農民は悩むんだろうな」てなことも考えた。当ったり前、この三里塚の人人の「生活の実力防衛」の農民の歴史を切り拓く肉体を懸け切った姿に、頭を畳に、道路のアスファルトの黒灰色の表面に、押しつけたくなった。

農民が、どうも差別的表現らしいが、百姓が、くっきりと、仁に、俗っぽく言うと「カッコイイーッ」、きちんと思うと、「骨太の、食い物を次次と再生産する大地と共の人人」に映ってきた。普通の人人にも、たぶん、そうなはず。農民の印象に、まず、革命が起きた……みたいだ。

けれども……。

なお、帯田仁は、六十年代後半の、学園闘争とヴェトナム反戦の両輪が嚙みあい、東大の安田決戦へと登りつめた気分の高揚が軀の底から湧いてこない。

――しかし、三里塚だけでなく、沖縄も炎を噴いている。一九六九年十一月の日米首脳会談で「核抜き、本土並み」の施政権返還が決まったが、この「核抜き」は当然としても検証のしようがなく、「本土並み」とは基地の使用を本土の憲法と日米安保条約の適用下に置くということだろうが、沖縄の基地の密集度は凄まじく「本土並み」は極めて怪しい。

既に仁が未決囚として中野刑務所から出て八ヵ月後、一九七〇年十二月、沖縄のコザ市で米兵の交通事故処理を巡り、威嚇の射撃をしたりの上に横柄なMP、米軍憲兵隊と住民が衝突、米軍乗用車など七十三台が炎上、嘉手納基地内の米人小学校三棟が全焼している。

去年十一月には、沖縄全域で約十万人が返還協定に抗議してゼネストに突入し、学生との衝突で警官一人が死んでいる。

然れど、帯田仁はなお、じくじくしている。

――日大・東大を頂点とした闘争の最終局面に党派に属さないノンセクト・ラジカルが膨大に溢れ出たように、去年、一九七一年頃から、ノンセクトのグループか、アナーキストのそれか、それとも多岐に渡って分裂したというブント、共産主義者同盟の分派の行ないか、間違いなく少数者、それも極少数者によるゲリラ的爆弾闘争が始まりだしている。爆弾の使用は、刑がとびっきり重く、かなりの決意、熱さ、覚悟が必要だ。何しろ、そこに爆弾があって見ぬ振りをしても罪なのだ。

しかし、しかし、次の視野に、いつかは、我が派も実行するしかねえ……のかも。

いずれにせよ、前触れとして去年一九七一年二月、栃木県真岡市の銃砲店に押し入って散弾銃十一丁、散弾五百発を入手したグループがいる。どうやら、毛沢東派の新しいが少数の組織らしい。残存赤軍派も、銀行に押し入り資金を稼いでいる。

爆弾絡みでは、去年八月に警視総監公舎に時限爆弾が爆発前としても発見された。爆弾ではないが、同じ八月、陸上自衛隊朝霞駐屯地で隊員が刺殺された。十月、東京の稲城町の国鉄南武線の無人踏切二ヵ所に米軍用列車通過の時、爆発物が破裂した。十二月には、警視庁警務部長宅で、歳暮小包を装った爆弾が炸裂した。

帯田は、仁は、頭の中がいろんな方向に別れて悩む。

三里塚では、農民の土着的な憤り（いきどお）の根っこがある。

沖縄には、明治十二年、おっとお、一八七九年の琉球藩を廃して沖縄県に強引にしてしまった日本国のやり方以来の、ついには米軍との直の戦闘による死者の数え切れない生み出しへの真っ当そのものの怒りがある。

ノンセクト、アナーキスト、既成の組織から自立する小さな分派には、党の建設とか多数者獲得という発想ではない、敵への確かな打撃の滾る（たぎ）思想、いや、情念がある。その情念には、どうやら、権力への怨みだけではなく、自らの日本人を問う……やや、清純過ぎる、自己を責めに責める……鎖ざされてしまう、悲しい、悲しい、闘いも組織もひどく狭くなる思いを仁は見てしまう。

あれ。

もしかしたら、総評という日本で一番大きい労働組合の地方版の県評に飯（めし）のためとはいえ勤め、ボーナス無しとはいえ月給を五万五千円、三ヵ月働くと酷暑も過ごせるエア・コン十八万円分を買えるほどのせいか。ほぼ本工だらけ、首切りへの闘いはほんのわずか、ほとんど賃銀の闘いで、ごく、たまーに、官公労の大労組の国鉄とかの支援に出かけるだけ……。そして、ここの本工は燃えてはいない。上、つまり執行部が「YES」と言ったらそれに従う……「NO」と命じたら拒む……。むろん、例外は、国鉄の中の闘いを日日に積んでいる労働者、郵便局の労働者……。民間の組合は、ほぼ零。

これでは、労働者革命と離れ過ぎ……。

　どうしたら、いいのか。

やることは、いっぱい、昼飯を抜いた夜の赤提灯の品書のようにある。

もう半年、一年、いいや、我慢して二年や三年は時代を見つめるのが正しい……のか。

やばい。

こういうテーマより、女が欲しい。去年の十一月だったか、日活ロマンポルノの第一作『団地妻ナントカ』を観たが満たされない。

堪えよ、耐え、我慢せよ、おのれ、帯田仁。

ウーマン・リブで活躍する女、いんや、女性、我が派の女性以外なら、誰でも、いんや、これはまずいわな、思いの中でも注意しねえとな、でも乳房が大きく、尻が形良く出た女が好ましいわな。容貌はあんまり問わない、優しい、いや、いや、包容力があって寛大な女なら……。その上で、これは男の勝手な理窟だろうな。その上で男の半分から八割方は母親の優しさを忘れられないはず……。いずれにせよ、年頃の女の乳房を鷲掴みにしたい。尻の谷間を覗きてえ。

あ、おいーっ。

そんな、あれこれのことじゃなくて、今日の、うん、今日だ、一九七二年二月十九日の午後七時だあ。ラーメン屋に入ってテレビを見たら、「連合赤軍、長野県警と銃撃戦の後、軽井沢の浅間山荘に立てこもる」の画像が迫った。おいっ。こりゃ、ねえだろうが、いくねえよ、山荘の管理人のかみさんを人質にしてるぜ。

でも、なお、中野刑務所に未決囚でいる、あの御人好しの平与武彦は、垂れた両眉と円い両顎の、いかにも一般学生や普通の市民の顔をもっと緩めて、二畳半の独房で飛び跳ねて喜んでいるはず。あ、刑務所当局によって、この件、どうも共産主義者同盟赤軍派と、あんまり新左翼の中では知られていない京浜安保共闘の合同の〝連合赤軍〟とかの統一した組織がやってることらしいが、ラジオも新聞も全て検閲され〝プッツン〟の放送中止と〝墨塗り〟の検閲で、平与武彦は知らされていないだろう。

知らせてやりてえよ。

でも、やつあ、赤軍派のシンパというより、偶偶の観察者、ジャーナリズム研究会とかのサークルの一員として、ま、主には野次馬だろう、こんなこたあには、観客として拍手喝采しても、実行者としては揉み手をしつつ頭を垂れてるばかり……のはず。それで、いいんだぜ。

しかし、銃で弾丸をぶっ飛ばすなど、新左翼の壁とも映った角材と石と火炎瓶からの飛躍をよく決断したよな。さすがに、樺美智子さんを失った60年安保を闘い抜いた老舗、いや、歴史を背負う共産主義者の血を引く一分派だ。

——次の日から、帯田仁に、かつての鶴田浩二、高倉健の演ずる任侠映画を観る高ぶりはテレビを通じて蘇（よみがえ）った。

浅間山荘に籠もっているゴリガンスキーの二人の母親がマイクで説得した。任侠映画を遡（さかのぼ）って、江戸時代や戦前の浪花節（なにわぶし）の世界、「愛する母に背（そむ）いて詫びても、男はやる」の雰囲気も滲んできて、帯田は、組織の会議を、続けてサボってテレビのブラウン管一メートル前に陣取った。

あっ、それをやっちゃ駄目。連合赤軍側は、人質身代わりを志願し、人質への果物の差し入れを願って山荘に近づいた民間人であるスナックの経営者を、バキューンッ。撃っちまった。私服刑事と見誤った……のか。

二月二十八日、朝十一時前。

十日を費やし、警察が山荘に突入し、その警察官二人が射殺され、夕方、少年二人を含む五人が逮捕されちまった。テレビは現場中継で張り切り、累積達成視聴率は九十パーセント近くと後に分かった。

俺も、きちんと構えて銃を握るかと帯田仁は、かなり真剣、深刻に考えだした。組織は、しかし、現段階では許さないだろう、決して。

——人というのは、生涯、幾度、全身を絞って、その一グラムの肉も、一欠けらの心を含め、深過ぎる溜め息、嘆き、呻（うめ）きを吐き出すのだろうか。

浅間山荘の一大高揚の後、この年は閏年（うるうどし）だから、次の日から数えて八日目から、群馬県下仁田町の山林で、リンチされたと分かる男の遺体が見つかり……。

そして……。

続続と、夥しくも女を含めて十二人の内部処刑が判明し、連合赤軍を結成する前の京浜安保共闘は、別に、二人を……もう少し、後に分かった。

こりゃ、ないぜ。

五

一九七二年四月。

淡く、果敢ないのに、満開は見事な桜が散り、健気に葉桜が緑の小さな叫びをしだした。

連合赤軍のドンパチに舞い上がり、しかし、それから続続と内部処刑の屍と、その実情が分かり始め、人人の間の、三派全学連的、全共闘的な、激しく激しい闘いや、物怖じしない運動への共感は、急に冷めた。冷めただけでなく、希望のなさとして突き放し、舐め、嘲り、嫌悪へ……と。

帯田仁も、しゃあねえな、と感じてしまう。

自分達でなく他党派のやったことと考えるようにしてきたが、どうも、共産主義、フランス語で格好つけて口にするコムニスムは、同じ隊列、仲間、そう、同志に対して余りに酷い。というより、内部の意見対立、内部の反対派、内部にあるに決まっていて当たり前の矛盾を、これはドイツ語らしい、アウフヘーベン、つまり、止揚できない。

そうなのである……コムニスムは、革命後、権力を持った後に、内部で大きな分岐ならまだしも瑣末なことで争い、消しあう。スターリンは革命を起こしたボルシェヴィキ党員の数ほどに党員を革命以後に粛清し、その夥しい血の量はバイカル湖ほどではないのか。現に進行中の中国のプロレタリア文化大革命も、劉少奇国家主席らが「資本主義の道を歩む実権派」、約めて「走資派」とされ、厳しい革命の道を経てきたのにとんがり帽子を被せられ〝見せ物〟にさせられてたこ殴りにされ、たぶん処刑された者も大勢のはず。でも、毛沢東の革命戦略は「民族民主革命」であったわけで、一段階の社会主義革命ではなく、資本主義的な面はあるはずで……むしろ、金儲けと、愛国主義へとこのままでは辿り着くはず……。

革命以後なら〝おいしい〟権力を巡って確執があるのだろうけど、それよりも更に革命をとボリヴィアで一戦士として銃殺されたキューバ革命の英雄のゲバラは例外だった……のであって……。

革命以前の内部の人間の抹殺は、もっともっとあまりに……暗い。しかも〝古い左翼〟を越えようとしている新左翼なのに。

あ、いや、連合赤軍は共産主義者同盟赤軍派と京浜安保共闘の野合とも言われ、後者は毛沢東主義のゴリゴリ、旧左翼として良い……だろう。そもそも、こういう分け方は通用しないのか。

やっぱり、レーニンの「労働者の中から革命的意識は出てこない」から出てくるインテリ、理論家、前衛による〝外部注入論〟が問題なのか。ここから「前衛は正しい」が出てきて、みんな〝前衛面〟をして自らの正しさを振り回し、従わぬ者を消す……消し合う……。

つまり、同士殺し、内部処刑は、党や、党の指導部や、労働者の組織に関する〝解決不可能〟と映るテーマ……なのか。

葉桜の下を舞う花びらの渦の前で、帯田仁は、しゃがみ込む。腰の力が抜けていく。太腿の発条が利かなくなる。気持ちの張りと望みがハンマー投げの鉄の塊のようにぐるぐる回って遠くへと飛んでゆく。何より、コムニスムという思想が……。

——だったら、おのれ帯田が〝前衛党のため他党派は妨害物〟として後ろからやってくるK派に怒りを覚えていること自体が〝解決不可能〟の領域に嵌まり、コムニスムの墓穴を掘っていることに……なる。

——おのれがこうも真っ暗になるのだから好奇心から赤軍派の軍事訓練を観察し、ぶん殴られているのを座視できずに連帯しただけらしいとしても、この件を知ったら平与武彦は独房の床に崩れ落ちたままで……。

よっし、今月以内に、延び延びになっていたやつへの面会を……。奈美が、やっぱり、ふさわしい。下手に党派の人間や女性をやったら、もっと平与武彦は混乱するだろう。まるでノン・ポリで、非美型だけど、土の惹く力と優しさを持つ奈美が良い。

——あれ、平与武彦だけでなく、早稲田以来の兄貴分、小清水徹氏も、そろそろ保釈だ。金を節約して、貯めよう。

——当分、組織の内外でおとなしくして、世界を日本を見つめるしかない……みたいだ。そう、ごく普通の労働組合の地方版の労働者の、闘い、団交、ストライキなどのやり方や生活をもっともっと謙虚に学ぼう。

うむ、労働者階級の一員なら、その自身の再生産を含めてそろそろ結婚相手の本命を探し、結婚をして、子供を産もう。ま、その結婚へ至るあれこれは忘れて久しいから、その勉強、研究も……。

帯田は到達した地平の軽さに我ながら嗤(わら)ってしまう……。

けれど、しかし、だ。

——気を取り直して、勤め先の県評の近くの喫茶店に入り、新聞を読むと、えっ、おいっ、「川端康成、ガス自殺」とあった。

第四章

終焉と出発の交差点

一

夏至前だ、仄白(ほのじろ)い。昼が長い、緑が溢れている。わずかに、汗ばむ。悪くない感じだ。

一九七二年六月初(しょ)っ端(ぱな)。

帯田奈美は、目白の幼児教育専門学校の講義の「幼児心理学」が終わり、次の授業はサボリ、新宿へ行こうとする。

奈美は、留年してしまった。油断もあったが、画の才能などないと承知の上に水彩画を独学し、その勉強と片っ端から美術館を訪ねていたら二科目の単位を落としてしまった。両親は専門学校の学費をストップした。しゃあなかった。

仕方なしに、いや、好奇心もちょっぴりあり、高田馬場の安くて狭くて色気を売りにしていないスナックで週三日バイトをしている。まさか、来年の幼稚園か保育園に就職する時にはこんなことは面接でも聞かれまい。

奈美は来月、二十二歳になる。

血の繋がりはないけれど、従兄の帯田仁が気になり、恋人は作っていない。正確には、他に求めてもできない。

原因は……。当ったり前……。

その前にトイレへと、奈美は急ぐ。

おとなしい学校とはいえ、便所の個室には政治に関する落書きがかなりある。隣りにある皇室の子弟の通う大学でも、つい二、三年前まで学生運動が盛んだったというから、仕方ない。いや、健康的なのだ。

赤軍派という組織は国内の学生運動の延長戦を中東のパレスチナでもやっているらしく、三日前には、イスラエルのテルアビブとかいう空港で日本人三人が自動小銃を乱射し、二十六人が死んでいる。度胸がある……とは思うけど、と奈美は戸惑う。

「反帝・反スターリン主義革命万歳！」

「先進国世界同時革命を推進せよ」

「小ブル急進主義を粉砕せよ」

「沖縄奪還！」

と女だけの学校なのにマジックで殴り書きしてある。

でも、もう学生運動は素人の眼から見ると退潮一方……と、ふと、目の前の水を出す水槽のチェーンの紐の陰を見ると、切り裂いたノートの一枚がセロ・テープで四隅を貼りつけてある。

「男の価値観、審美眼を粉粉に砕け。『洗濯・料理用の結婚をするな』、『女を裸の姿と、可愛いとか美人か否かで決める男の態度、思想を今こそ便所へ流そう』」

ボールペンの文字で、署名はない。近頃、ウーマン・リブとか盛んになっていて、中には、新左翼に習ってピンクのヘルメットのデモに出会う……けど。

うん？

『男による究極の差別、ブス概念をへし折れ。男の美人・可愛い幻想の僕（しもべ）を拒否せよ。自らの美に目醒め、確立せよ!!』と「!!」と強い警告というか言葉となっている。

あ、これ……。解答になっていないが、正しい問い……かも。

一旦、出るものも出なくなったが、深呼吸五つを繰り返し、奈美はやっと排泄した。

二

新宿の歌舞伎町のメイン・ストリートの進行方向右手に折れ、約束のやや古びた喫茶店を見つけた。トルコ風呂の隣りだ。奈美は、こういう猥雑さのある都会の匂いに六割は警戒して身構える。四割は、こういうところに、人人の本音の楽しみ、パワー、場合によっては隠れどころの安らぎがある懐（ふところ）の広さに気づきかけている。

喫茶店のドアを押して、見上げると、いた、いた、二階の席に仁が待っていた。

弾む気分で二階へと登ると四人掛けのボックスの向こうに、若い女がいる。うねうねした長い髪で、目鼻だちが整っていて、両目はいつか行った摩周湖みたいな深い翳りと神秘的な輝きをしている。もっとも、この湖の透明度が高いのは「著しい貧栄養湖ゆえ」とある事典にあったのを思い出すのは焼き餅のせいか。

「おっ、久し振り。元気そうだな」

「えっ、はい、仁。ううん、仁さん」

奈美は、期待外れというより謀(はか)られた気持ちに陥る。こんな美人とデイトなんてさ……と。

「あ、済みません、サノさん。この人、俺の従妹です。それで、そのう」

仁が口籠もる。

奈美は、専門学校の便所で先刻見た『男による究極の差別、ブス概念をへし折れ。男の美人・可愛い幻想の僕(しもべ)を拒否せよ』の文字が頭に出てくる。あの言葉は勇気をくれる。でも、でも……現実の壁の突破とはほど遠い。

いや、自分のコンプレックスを態度に出しては良くない。だけど、コンプレックスって何なのだろう……？　もしかしたら、頭の脳味噌の思い込み……かも。ううん、事実、実際だしねと、奈美は、座席のどこに腰を据えるかおろおろしだす。

「うん、サノさん、また困った時は職場の方へ連絡をして下さい。従妹と話があるんで」

仁は、伝票を左手で押さえ、右手でサノという美人の行き先の階段を示す。美人は消えた。無理しちゃってさ、仁さんたら、と思いながら奈美は小躍りしたくなる。

「おいっ、スナックのホステスをやってんだって？　奈美、奈美ちゃん、いや、奈美さん」

「悪いの？」

「えっ……うちの親父とおふくろが甚く心配してたぜ」

「仁さん……は？」

「えっ、えっ……ま、そのう、あのう、うん、男を研究、あ、いや、勉強する、そう、あくまで軽く表面的にだけどよ、そのために……なるかも知れねえな」

仁は、水商売に偏見を持っているらしい、これは差別というのではなかろうか。

「今の女の人、仁さんの今の彼女なの？」

「おい、まさか。七人の零細企業なんだけど労働組合を作りたいんだってさ。それで、横浜からずっとここまで電車の中で相談をされてさ」

「ふうん」

「社長が悪で、残業代を払わなかったり、宴会で尻を撫でたりするだけでなく、仕事中にも」

なまじ嘘ではないだろうことを仁は口に出す。でも、仁さんならあの美人を食いかねないわ。ううん、これで十度以上だけど、きっぱり仁さんは諦めないと良くないと奈美は自分に言い聞かす――そして、信頼できる男を紹介してもらわなくっちゃ、美醜を気にしない男を――待ってよ、そんな男っているのかねと、奈美は例によってぐちゃっと、かつ、深く深く惑う。

「あのな、拘置所に面会に行ってくんねえか」

仁が、切り出した。

――「じゃあな」ではなく、仁は、新宿ではなく、旧宿場町の品川の場末だが、ちゃんと赤提灯に連れて行ってくれた。

仁さんは、やっぱり男の中の男だよね。美人じゃなくても情けをかけてくれるもんと感じ入った。遠慮というよりは見栄のため、奈美は慎ましさを装い、がつがつ食いたいのを我慢して、蓴菜の酢のもの、しらすおろしだけにした。ああ、蛋白質のこってりして脂の少ない牛舌か、鮪の中トロが食べたい。

「あのな、そいつ、平与武彦は赤軍派のシンパか、じっと見ている観察者か、いずれにしても赤軍派に悪意とか嫌悪の情は抱いていねえのさ」

あらあ、嫌あ、わたしの耳たぶ近くに口を寄せてと奈美が甚しい誤解をひどく恥じると、仁は声を潜めて告げた。

「あら……怖い、珍しい、面倒お」

「しいーっ。でもな、いいやつだ。繊細なのに根っこは、けっこう大胆。奈美さんと同じ趣味で、げ、げーじつ……が好きらしい。日大芸術学部の中退だ」

あら、だったら、美、美術、美学について拘る人かしら、面会は止めようかしらと奈美は思ってしまう。ミロのヴィーナスも、ダ・ヴィンチのモナ・リザも完璧ではないとしても美人だ。

「だけど、高倉健の歌う俺が教えた『網走番外地』や『唐獅子牡丹』は素直に歌詞と曲を覚えるやつ。つまり、義理人情が確かにあらあよ」

「古いんだもの、仁さんは……そもそも過激派自身も。直感だけど、あれは六十年代の文化、そう、ファッションだったかもよ」

いけないいっ、と思いつつ、背伸びしてついつい本音を奈美は言葉にしてしまう。

「ん？　そうか。そうだろうか。いや……そうかもな」

途轍もなく不安というか、侘びし気な表情をして、仁はじゃが芋か冬瓜か、はたまた売りものにならぬ南瓜か、それらに似た顔を鼻を芯にして窄め、歪めた。

「ごめんなさいね。だけど、あのね、負け、敗北の……美しさ、そう、美学ってあるみたいだもの」

自らの〝ちょっとブウ〟以上か未満の気にするしかない劣等感に重ねあわせ、奈美は、流行りだした焼酎のソーダ割りを飲み干す。

「そうか……」

「あのですね、あのあの、その平という人に恋人とかいないの」

かなり酔ってると奈美は自分を知るが、思いに反して要の触りを聞いてしまう。

「平自身は『持てて困った娑婆暮らしでしたよ』なんつうことを言ってたけど、隣りの独房にいた俺には分かる、女どころか滅多に面会そのものがねえんだもの」

「あーら。いいえ、そりゃ、可哀そうね」

「うん。序でに教えとくと、やつの欠点というか、それが却って良さというか、冷静なのに、すぐにできごとに感動し、他人を信用しちまう軽さ……違うな、人間としての重さだ。他党派やノンセクトにも凄い善人で吸収力のあるやつがいると教えてくれたよ」

仁もまた、人への値打ちの判断が一方的で単純でないことを示し、おいしそうに日本酒の熱燗をぐびぐび飲む。

「良く、解んない」

「いいんだ、人間、人間の中の男と女だって、たぶん……生涯、解らんはず」

かっくいいーっ、さすが憧れの仁さんと思ったら、薄い財布から一万円札と共に高倉健の背中の濃い藍色の入れ墨を見せながら振り返る写真を出し、暫し見惚れている。あら、やっぱり男色趣味もあるのかしらと奈美の心が束の間、強ばる。

「じゃあな、頼むぜ、平与武彦の面会の件」

仁が外へ出て、品川から川崎までの蒲田や六郷方向が一緒なのに背中を見せた。

古びた男と女用の旅館や、むっつりして看板も斜めになった建て替え必至のラブ・ホテルの屋根に止まる烏が、ほふっ、けっ、けっと笑うように暮れ泥む夕空に浮かぶ。故郷の、背黒鷗のごつい「ぐえっ、ぐえっ、ぎぎゃあ」の鳴き方の方が、ず、ず、ずーっと心地良いと知った。

三

日本の、いいや、北海道と東北の一部はどうも他の日本列島と別らしいが、東京の梅雨は執念深い。持たせるか、食べてしまうか、捨てるかと悩みながら、ついつい、まだ買っていない冷蔵庫でなく、台所の隅とか机とかに乗せていた御飯やパンが、見事、一日二日で青い黴を生やし、この、このお、である。

帯田奈美は、婚約者との決別の件で監獄を訪れたことがあり、既決の囚人がほとんどの小菅拘置所で、あの経験は大事だったと振り返る。もっとも別に池袋にある巣鴨拘置所は東京裁判で戦犯の東条英機らが絞首刑になったところだと後で知り、拘置所自体が怖くなった。今日は、拘置所代わりの中野刑務所なのでちょっぴりだけ気分に余裕が出ている。

差し入れは、売店に置いていない薔薇、それも「好い加減にしなさい」と真紅ではなく桃色にした。つまり、共産主義者が好きでシンボルの赤色ではなく、桃色に。

面会室だ。

仁さんと同じ過激派だが別の組織が面会室で火炎瓶を、面会の終わった後で仕切り板へと投げつけたためか、そもそも〝犯罪者〟に私的な罰を与えさせないためか、ショルダー・バッグはロッカーに預けさせられてしまった。気づいた時は遅かったが、メモ用紙とシャープ・ペンシルはバッグの中だった。

一分ほど待った。

「初めてですが、わたし、帯田奈美と申します」

「知ってる、知ってる。帯田さんから手紙がきたから」

との遣り取りから始まった。

立ち会いの看守が、それこそ、目を皿のように見開くとはこのことか、奈美の顔、軀つきだろうか、ペンで記していく。何よ、「一見ブスにして、かつ正真正銘の……」と書いてんじゃないでしょうね。が、すぐに、ううん、違うわ、この平与武彦って人が新聞やテレビを賑わしている赤軍派との繋がりがあるからだわ、と知ってくる。

「あのですね、あの、あの、あの」

この人、本当に過激派なのかしらねと思うが、仁より二つ三つ若い平という男は、口籠もってばかりで要領を得ない。

そして、平は、いろいろ経た上での凝った初な装いなのか、陽の当たらぬ監獄で色白になったらしい頬や顎のすぐ下の肉を桃色に染める。そのくせ、東大寺の南大門の運慶指導の金剛力士像の阿吽の口を開いた阿のそれの眼が居眠りをしたような両眼で、じろり、じろり、奈美の胸許、プラスチックの仕切り板とこちら側の机のせいで良く見えないはずなのに、ジーンズの股間あたりを探す。いや、思い過ごしか、しょい過ぎか。

「平さん、何か、困ったこと……いいえ、差し入れとか、あります？」

「いいのかなあ、まず、パン……いや、トラ……あっ、何も要らない」

パンって、おいしい木村屋のそれか、まさかトラ、虎は差し入れ不許可だろうしとかなり意味不明のことを平は言い、今度は桃色を越えて赤色に近い色を斑に目許と喉許に浮かべた。

「そろそろですな」

看守が五分も過ぎたと思えないのに、急かす。

「それじゃあ、お元気でね」

「まだまだ、大丈夫、粘れるんですよ」

本当に、この人、活動家なのかしら。やっと、わたしの顔の真ん中に両目を据えて、ふうん、顎は意志の軟弱そうなぐんにゃりした円さ、座高が高いから背丈も一七八センチはありそうだけどひょろり、卵とゆうか茄子型の顔で、頼りないわあ……と奈美は感じてしまう。

「駄目です、時間だ」

看守が、立ち上がった。

「つるせえの、鎖ざされた人の嬉しさ、喜びを考えろってえの。悲しさ、嘆きの心もだっ」

いきなり、細い軀の腰あたりに鉛の錘をぶら提げたように、平与武彦が、静かな声だが、良くないわ、四十歳ぐらいの看守を睨んで脅し、奈美は、へえ、え、えと思う。こんな、柔な印象なのに、たった一回だけ、一昨年、仁さんについて知りたくて観たヤクザ映画の端役、痩せてた役者、そう菅原ブンタとかいう人の眼に、ちょっぴり似てると奈美は、この男を見直してしまう。少し、少し、女として心が動き……だしてしまう。

「……」

あのね、看守さん、沈黙はサボリで駄目かも、ううん、短い残りできちんと要を聞いておこうと、奈美は立ち上がる。

「平さん、ずいぶん長い未決囚の暮らしですね」

「そう、偶、職務質問に引っ掛かって振り切ったら、後になって公務執行妨害罪、銃刀法、それに傷害罪も付けられ起訴されちゃったので」

「いつ頃、保釈ってのがあるんですか」

「弁護士が『今度こそ、出るっ』と言ってて、それが七月の初めになりそう」

「そう。だったら、出所祝い、ううん、よく分からないけど出迎えをしますね」

何となくほんわかからもっと昇りそうな気分がして奈美は面会室から出ようとした。

「駄目だあーっ。こなくて良い。えーと、いろんな男性、女性が……沢山きてくれるから」

かなり張り詰めて強い言葉を、平は投げつけてよこした。

ふんっ。

赤軍派か、そのシンパか、物好きな見物人か知らないけど〝ブス概念〟を信仰してるわけねと腹立たしさで奈美が立ち止まると、あちらも面会室を出て行く気配だ。

「うひょーっ、やったぜええ。女だよ、女。整った美人と別の、いいい、しんねり、むっつり、悩みを心の奥底と襞に抱えてる女だよ、看守さんっ。良い女だなあ、だろう？」

どだっ、どだっ、とんとんと、平与武彦が面会室のドアの入口前後で飛び跳ねるゴム草履の変に響く音がする。

「平さん、もとい、平くん。あ、いや、平、一〇七七番。廊下で、調子っ外れの盆踊りとかゲバルトの稽古や訓練は、あのですね、あのだ、懲罰二週間を食らうよ」

「いいの、いいの。らん、らん、ららっっ」

「いくら、女の面会は、それもクリスチャンの篤志の五十代の人から三ヵ月目だとしてもさ。平、一〇七七番」

なお、平与武彦は〝犯罪者〟にふさわしくなく騒ぐのに、看守は宥める。刑務所、拘置所はこれでは困り果て、迷惑の南極か北極へ行きそう。

「南舎だったな、お前の舎房の係で二年、この面会の係にきて半年……あのだよ……」

段段と看守の声が小さくなる。

「平、一〇七七番。娑婆に出たら……そう、……慎重にだ……うん、女は怖い……うん、うん、女は人口の半分だ、焦らないで」

平与武彦の声は底に響くのに聞こえず、若い看守の声が切れ切れに聞こえ、この看守めーっ、という感情を懐に仕舞い、奈美は、やっと面会室から外に出た。

次の人、杖をついた七十代と覚しき老女が扉の外で待っていた。もっとも、杖と呼ぶより、地獄行きか極楽行きを決めるあの世の入口の鬼婆の持つ拷問の金棒のようにも映り……あら、ごめんなさい、自分を棚上げして。

四

それから、一週間ほど。

あれーっ、へえ、と感じるが、警視庁が『四畳半襖の下張』ってえいう、文化勲章を貰ってその勲章を上野か浅草周辺の質屋に入れ、〝流れ〟てアメ横で売りに出されたという噂を持つ永井荷風の小説を載せた『面白半分』という雑誌を摘発した次の日。ところで、その月刊誌は、野坂昭如という作家が編集長だそうで『エロ事師たち』などと女は現段階では見栄のせいで手に取れない小説を書いているはず、女の羞恥心を解らない作家は駄目で売れないはず、ざまあみなさい。でもね、猥褻文書販売ナントカで取り締まるのは、どうなのかしら……と奈美は考えながら、平与武彦との面会のことを仁に伝えねばと、帯田仁の職場へとダイヤルを回す。０４５…………。なかなか繋がらず、四度目の電話だ。

「奈美さんだろう？」

「もし、もし」と奈美が声を発したら、声で分かるのだ、やっぱり、嬉しいーっ、仁さん、仁は、答え、

「五分後に掛け直せ。公衆電話からだぞ、いいか。０４５……へだ。喫茶店だ。俺を呼び出せ」と言った。

面倒臭あーい。仁は、職場と別の電話番号を告げた。

だけど、仁については、全てＯＫ、許します。ううん、許す以前の……あの、そのう。いや、ちゃんと諦め、自らの〝ちょっとブウ〟の、もしかしたら〝正真正銘のブウ〟の自覚を持って、他の男へ、丁寧に、誠を籠め、矛盾するけど数多く付き合い……と奈美は悲しく、決意をし直す。

「俺だ」

「あ、平与武彦さんのところへ行ってきましたよ。顔色も良く、元気そうでした」

「そっか。歓迎すべきことだな」

「あの『パン』とか『トラ』を差し入れして欲しいらしいけどちゃんと聞こえなくて」

「何だろうな」

「仁さんが言ってた通り、若い女の人の面会とかないらしくて、喜んでました。女は、誰でもOK……みたい。柔で根性なしで居候の無駄飯食いの飼い犬そのものの印象だったけど、動物そのものの印象」

「うむ、そうだろうな。生物史を振り返ると真っ当そのもん、それが。何十億年前の生き物の生殖は女だけでやっていたらしいもんな」

「あ、そう……ううん、そうなのお、お」

「人類史だって本来は女の方が生命力や耐久力がある。男が強くなったのは仮の現象で、二十万年中のこの五千年ぐらいのはず」

「あら」

きりり、きちんと、心の芯や皺まで冷静に仁は見抜いていると、奈美は、改めて、重ねての二十回ぐらい目だが、仁に対して吐息をつく。あ、これ「痘痕も笑窪」ってやつか。

「んで、やつ、平は、保釈になりそうか」

「そう、そう。『七月の初め』と話していたから、あと十日ぐらいらしいのよ」

「よっし、俺も十日間、飲み屋には通わないで、床屋代二十回、三十回分の二、三万円貯めて、カンパしてやろう」

仁が、決して朗らかでなく、忍耐の辛さに向かう気分を籠めて、電話のあちらで話す。

「んでね、仁さん。あのね、保釈の日の出迎えは『くるな』と、生意気、しょってる高慢、美人でない女への差別……あ、これ、その、そうでなく、撤回……なんだけど、言い放ったのよ。要するに、平さんへの、邪心なき親切を拒否するの。ま、かなり、変、ちぃーっと解りにくい男……としてもよ」

そうなのだ、好色魂だけではないとは思うが、あの平与武彦は、ソフトと硬さを両方を孕んで、ま、自分奈美には勿体ない男だけど……少少、いいや、かなり、相手、女、人人に対して舐めているのでは？　と、奈美はあれこれ、いろいろ思ってしまう。

そうなんだよね――と電話中なのに心の中に言葉が満ちてくる。

過激派の学生とか元学生って若いからイデオロギーを初な頭に入れて信じちゃうし、気力、体力が力に満ちて溢れてるもんだから行いにすぐ移し、そのうち自らに酔っぱらって……。あんら、わたしの〝ブス劣等感〟もそんなものかしら。ううん、わたし奈美は、このコンプレックスがあるから、他人には低い姿勢、他人の弱さを解るし解ろうと……努力するもの。

だけど、過激な人達って、思い上がって横柄、高慢、傲慢、他人さまのために正義をやってる感じだもの、新聞や、週刊誌や、テレビの解説で知る限りでは。浅間山荘のドン・パチの後にばれた内部処刑とかソーカツ、〝総括〟って漢字を書くらしいけど、兵隊から幹部まで、「自分達は疑いもなく正しい」の思いで行動し、それを一番信じ込み思い込んでいる大幹部によって……「髪型がいかにも女らしくて腐敗している、指輪など以ての外」と処刑したり、身重の妻を見殺しにするしかない夫、兄をリンチ死に導く弟二人……の地獄だもの。地獄でも、最もの地獄……賽の河原で石を積むことすら無駄そのもん……。奈美は胃袋が十分の一ほど縮み、苦い液すら浮かんでくる、四ヵ月ほど前の連合赤軍の件に。

「あんな、聞いてんのか。あれ、電話が故障かな」

どうも、やっぱり、連合赤軍の件では、組織が別でもがっくりきていると雰囲気で分かる仁が、声を張り上げた。憧れのこの人は、今は内部処刑をするほどの狭くて〝狂〟信的な新左翼ではないらしく「御人好しの組織だ」と本人は言うところに属しているが、分からない、将来は……。

「聞いて……ますけど」

「奈美さんな、平のやつ、もしかしたら、気があるぜ、おまえに、いや、奈美さんに」

仁が、なぜか、声を張り上げた。

「どうして？」

「俺らへの警察の尾行が五人とすると、ハイジャックも銃撃戦をやるやつらには五十人、いいや、百人は尾くんだ。迎えに行ったら、奈美にも尾くんだ」

「そう……なの」

「もっとも、単にやつの戻る家や、アジト、隠れ家の件でも有り得るから……早とちりは駄目かも」

「アジトって怖いーっ。でも、内緒の気分で格好いいーっ」

「そんなんじゃ済まねえことの方が多い」

「そうなんだ」

「いずれにしても、もし、やつと付き合うのなら、その前に、きっちり、やつ、平の思い、考えを知るんだな、性格も。やつは人の善い男だが、そして、多分、見栄のせいでの法螺だけど『女に持てる』とのこと。しかし、でも、しかし、だ。いいか、ここいらを考えとけ」

「あ、はい」

「あのな、やつの差し入れ要望の『パン』はパンツだ、『トラ』はトランクスだ」

「ええーっ」

仁さん、仁は、余韻のないように、忙しいのか、電話をあっさり切った。

好きな女、惚れた女、恋する女を、他の男に紹介して喜ぶなんては普通はあり得ない。やっぱり、仁さん、仁への焦がれは心の底から、爪先から頭のてっぺんの髪の毛一本まで、毛穴の一つ一つで諦めないとね。奈美は、この苦しさ切なさと、でも、だけど、平与武彦への心が少しずつ、小さな海辺の波がやがて風の強さで重なりあうように……。

五

一九七三年、十一月の初め。

いつの時代でも、沢山の「あのさ、こんなことありなのお」、「あれえ、何でえ?」、「そんなあ、でたらめよお」と映るできごとが起きる。

先先月の九月には「今と、この先が見えない」と思いながら、今は組織活動はどうやら、アリバイ的に、つまり、存在を微かに証明する程度にしかやっていないらしい仁の学生のところと、名前は有名で頭にこびりつくK派というところの学生の間で内ゲバが起き、後のところが二人死んだという。「無駄なことを」の前に、怖かった——それに、原子力発電所は「安くつく、とても、安全、石炭や重油みたいに煙など出さずにクリーン」と喧伝されていて、そうとは思うが、福島県の建設予定の東京電力の原発についての初めての公聴会があった。なんとなく無気味とも、いいえ役に立つとも思うけど、そうなんだろう、安全至極だろう……けど、近くに住む人達、仁の勤めている地域組合の連合の大元締の総評に入ってる人も含め、千人ぐらいが「ごまかし公聴会反対」とけっこう切実な顔で、それが新聞に写真と一緒に載っていた。確かに原子力爆弾と同じのを燃料にするわけで……事故が起きたらかなりの規模になるのかも。

ほんと、あれこれある。

これに較べれば、奈美の、未だ新米の、保育園での保母の仕事の方が楽ちんだ。それなりに組合も機能していて、職業病みたいな腱鞘炎、腰痛などについて考えていてくれる。ただ、そのう、「先生は聖職なのよ、単純な労働者じゃありません」と組合の偉い人に説諭されると大きく、惑う。好きで選んだ仕事だけど〝聖職〟なんて……気持ち悪い。

同じく先月の下旬、読売ジャイアンツ、つまり巨人がセ・リーグで九連覇をした。それを決めたのが阪神タイガースとの最終戦で、甲子園だった。阪神ファンは怒りやどでかい不満や、うっぷん晴らしをどこへぶつけて良いのか、ややどころか極めて単純で、三千人が巨人ベンチに殺到。あほ、ですねん。もっとも五ヵ月に二度、ううん、近頃は、二た月一度は通ってくる〝男〟は生まれてから中学ぐらいまで関西らしく、「いてまえっ、巨人っ。せめてたこ殴りせいーっ巨人を。駄目阪神のおんしゃらーっ。しばいたれーっ、肉体的にやでえーっ」と、矛盾そのもののわけの分からぬことを喚いた。よく分析できないけれど、阪神タイガースのファンは、自虐的なのに野球を観戦すること自体が格闘技をやるのと同一視しているらしい。

そして。

この日の東京は、巻き雲が、横へ横へ幾つにも重なり、西から北、西から東へと、重なりあい、何か、気分は楽楽（らくらく）だった。

でも、エジプトとシリアがイスラエルを攻撃した影響で、経済観念が江戸時代から伝統的にしっかりしている大阪では〝石油危機〟とかがくるとのことで、トイレット・ペーパーの売り場に大行列。

すぐにこの波は東京にくるみたいだ。

——奈美は振り返る。

仁の予測した通り、奈美は、偶偶（たまたま）の赤軍派シンパで、それでも〝赤軍罪〟とやっぱりして良いのか逮捕されてからやっと二年九ヵ月振りに外へ出てきてから、つまり平が保釈されて半年後、三度目のデートとなった。

——最初に誘われたのは平が保釈になって一ヵ月後で、それも仁の口から「おいっ、平が会いてえって。いいかな」と、去年の八月の暑くて昼間は道路から透き通った蜃気楼みたいな炎がめらめらと湧き上がる昼の三時、川崎の仁の家に暑中見舞いと口実をつけて西瓜をぶら提げて行った日に言われた。運良く、職場をサボっていた仁がいたのだ。それで、蒲田のごちゃっとした赤提灯で三人が会った。ま、出所というか保釈の祝いの傾きが強かった。しかし、平与武彦、平は、もう仕事先を見つけていて、気障（きざ）な白いブルゾンの襟と袖にペンキの青い跡をつけて「俺、芸術家志願をしたことがあるさかい、ペンキのアーチストになるつもりや」と誇らし気に、かつ、自虐気味（ぎみ）に喋り、舌をぺ、ぺ、ぺろーんと出して伸ばした。どうやら、実家は横浜の東の外れにあるらしいが育ちは関西らしい言葉を照れのように強いて出して。

二度目は、少し時を置いて、去年の十二月、やっぱり、また仁を間に挟んで、申し入れがあった。「何よ、あんた、平は、平さんは、仁さんの序でにわたしなのお。はあ、過激派の三割か四割は、六十年代の半ば頃から流行りだしたヤクザ映画に嵌まって、七十年代になってもそのままなのね、『義兄弟』とか『仁義』とかの熟語とか、疎覚えだけど『夜明けのくるそれまでは、意地で踏んばる夢を追い』とかの台詞みたいな詩の口癖は。うん、八月の暑い盛りに、仁さんと平はこのことで盛り上がっていたっけ」と、奈美はちょっぴり頭にきたり、苛立ったり、情けなくなったりした。

幸せなことには、仁が、奈美の勤めている川崎の国鉄の支線で単線で長くはない積み木で作った箱みたいな電車が走っているようなちっこい駅の傍の保育園に、園児の父親の顔をして終業時間の時に〝待ち伏せて〟くれたことだ。

ううん、いけない。きっぱり、諦めたんだ。もっと、もっと、そこをしっかりしないと、人生、とんでもない失敗、大挫折をする。ううん、仁、仁さんに迷惑をかける。そもそも、恋心を知られたら、恥ずかしい。五メートルの深さの土を掘って、潜りたくなる。身のほど知らずだもの。あれ、この言葉は、身分制について……江戸時代のものかね。だったら、差別まる出しかしらん。

ううん、平、平与武彦で十分。一応、結婚式の記念写真を撮っても、一七五センチ以上で格好がつく。顔立ちは柔で、顎なんてないように円く、でれーん。ま、両目は、保育園児のようにあどけなく、とろーん。いけない容姿を問題にしたら〝ちょっとブス〟よりもかなり下の自らが傷つく。

あっ、でも、あの両目、阪神タイガースの話をする時とか、ほんの時たま、おおどかな鳩の目から、動物園の猿のボスか、ボス狙いの番頭の猿の瞳の黒さになる……。気いつけないとさ。

などと、奈美はぐたぐた思いながら、過激派、準過激派も「忘年会」などやるのか、やるらしい、十二月の初旬、国鉄の鄙びた駅だが東横線と交わっている武蔵小杉という駅の付近で三人で食事をして、飲んだ。狭い店で、九人が丸椅子に座れるだけの店だった。

あっ。

奈美は改めて気づいた。この、他人の顔が見えて分かる狭い店、仁との電話連絡の直でなく掛け直される面倒臭さ、奈美がせっかく電話を大切な金を費して入れたのに掛けてこないまだるっこしさ……みんな、お巡りさん、警察への警戒心なのだということを。

仁が、約束の十分前にきた。

「おいっ。奈美、奈美さん。やつの、照れと羞恥心は天然記念物並みだな。計算に入れとけ」

「あ、はい」

「見栄っ強りとプライドも、かなりだ。気配りしろ、注意しろ」

既に、もう、仁は、奈美と平が引っつくことを想定していた。しゃあない……よね。淋しいことだけど。男を直に知ることのできるかなり嬉しいことでもあり……。

「それに、初そのもん。やっと、やつは気づいたんだ、前科者予定者は女に相手されねえ、芸術だ文学だと突っ張ってれば女が寄ってくるなんつう六十年代に流行った虚栄の道の果てを。だから、俺に奈美さんのことを、もじもじ頼み込んできた、これで二度目だぜ」

「そ、そうなの」

仁の言う芸術は片仮名のゲージツ、文学は同じくブンガクという発音に聞こえてしまうが、どうなのか。

「そうだ。かつて付き合った女の誰にも今では相手にされずに焦り、がっくりして、素っ裸の自分に気づきだしている」

「そ……う」

「女と見たら、優しい女なら、飢えて突進する可能性が七割から八割だ。妥協すんな」

「あ……ら」

「おい、きた、きた」

実に嬉し気に、外の靴音で分かるのか、仁は歪な芋顔をもっと緩めた。

「俺も焼きが回ったよ。六、七年前の三派全学連を結成した後もそうだったけど、ある派とある派を除く他党派のやつらと仲良くしたくてな。なんでだろう」

ほんとうに良い笑顔を仁さんはして、漫画かイラストにしたいように芋っぽい顔の両目を少年のようにくるくると動かし、目の色を嬉しそうに微妙に変えた。

だけれど。

二人の話は、けっこうぶつかりあうのに交わらないと、あんまり、ううん、マルクスとかレーニンとか知らないので論評できないけど、知り始めた。正直に告げると『共産党宣言』の恐ろしいほどの自信たっぷりの叫びと、レーニンの『四月テーゼ』を仁のことで少しはと図書館で読んで、緊張感は解ったし、権力を議会でなくソヴィエトに集めるとか、ブルジョワ革命から社会主義革命に移るとか、どうも頭の中が惑乱するのを覚えたことがある……けど、仁と平の話は方角が違うようなのだ。

ただ、奈美の印象に残ったのは、仁の説く、

「労働者階級は自らの足で立って、自らを解放しなければならない。そのためには、闘いを職場や街頭でやり抜いて、労働者の自立した組織を」

で、やたら「労働者」と「組織」が目立って、うーん、憧れの人、いや、きっぱり諦めるしかない男だけど堅苦しいとゆうか律儀とゆうか、労働者を神様や仏さまみたいにして拝むような……。

平の方は、

「その日本の労働者はかつてアジア、とりわけ中国や朝鮮の人人を虐げ、今なお、アフリカの海まで出て効率良い船で魚を根こそぎにするし、かつて儲けた企業は居直って海外の人人から収奪している。なお居直っている日本の大資本家だけでなく、反省のない日本の労働者、そして我我自身をもまた否定しないと駄目」

と、どうも日本の人人を含めて平自身の罪深さの否定、うん、奈美が高校生の時、ちらりと新聞で知った「全共闘とその自己否定の論」の延長とか穴掘りにあるようで、生真面目と評するか、少少無理な主張のような。ただ、平は、仁によると「見栄っ張りで誇り高い」という性格もあるようで、背伸びしたのか。

背伸びして無理で緊張するせいか、平は、この晩は、かなり便所に繁く通った。それも流行りだした焼酎を炭酸で割ったのを口に含んで頬っぺを膨らませて立ち上がり、便所へと進むのだった。

しかし、奈美は、平与武彦がペンキの跡をブルゾンに前回より多くのところに貼りつけていたし、微かにシンナーの匂いもさせていて、真面目に働く人だと好感は深まった。

それに、今ある労働組合の地域の連合の県評とかの事務局で働いている仁は、どうも、六十年代後半の滅茶苦茶に暴れた学生運動が忘れられないのか、「ま、労働者っても、家族を一番大事にしてマイホームを作るのが夢で、階級のためにというのは親組合からパージされかかってる反戦青年委員会……だけ」と奈美には解らないことを喋っていて、どうもニヒルな感情を滲ませているのに、平の方は、「組織とか党の縛りよりは、やる気の熱い個人と個人の絆の方が根っこでは強いこと……」と言って、考えようによっては怖いけど、ピュアとも奈美は思った。

その上、平は、男と男の論の構えが江戸時代の侍の決闘じみているのを恥ずかしく感じたのか「ま、俺は、実践、実行、行為の現実の前の前で……やっぱり、好きな鯵や鯖のおつくり、おっと、刺し身をぎょうさん、そうや、腹一杯食いたいし、女、ちゃう、女性と……布団を一緒にしとうなるし、あ、いや、愛しあう心が、あのや、あのう、満ちて、互いの合意の上で……です」とつっかえ、つっかえ喋った。

どうも論の説き方が稚拙な平なのだが、そして、当ったり前でしょと感じる「布団を一緒は愛の心が満ち、合意の上で」の余計なこともあるが、そこに横たわるというより寝込んで休み、動かぬ、平与武彦の言葉と雰囲気に奈美はかなり惹かれてしまった。

――それで、監獄の外の平与武彦と三度目に会った。それも、二人っきりでだ。

一九七三年二月下旬、日曜の夜だ。

何でも、アメリカと、ちっこいと映るのに不屈そのもののヴェトナムの北の政府とか南の臨時革命政府とかでパリにおいて〝和平協定〟を結んだと新聞に出てから一ヵ月だ。でも、戦争的なことはなお続くらしい。いずれにしても、仁が応援していた南ヴェトナム解放戦線の勝利めいた方向らしい。

平との二人だけの食事の件は、あーあ、しかし、やっぱり、仁さん、仁が、三日前に、奈美の勤めている保育園に、園児がみんな帰り、自分も帰途についた直後に追いかけて知らせてきたのだ。ぶっきらぼうに「あいつが会いてえってさ。行ってやれな」と。そのまま、それで仁は道の角を曲がって消えた。

――仁に言われた時間の七分前に、京浜急行の雑色（ぞうしき）というちっこい駅近くのちっこいビルの二階の喫茶店に着いた。

席の窓から、今か今かと下の道路を見降ろしていると、駅からやや離れたところにタクシーが止まり、平与武彦が出てくる。あら、寒いせいとしても今日は作業衣のブルゾンでなく、きっちりした褐色のコート。しかし、ペンキの職人の見習いなのにタクシーなんてと奈美が思ったら、タクシーを見送る乗客も初めて奈美は見るが平は暫く見やり、次に辺（あた）りをきょろきょろ見渡し、方向オンチかしら、喫茶店と反対方角へと歩きだした。

少しずつ気付いてきた奈美だが、どうも根拠が薄いのに拡大して考える自身の傾向か、この平はデートに二股をかけているのじゃないかしらと疑ってしまった。

良くないわ、自らが男に持てないからといって、そういう刑事とか探偵みたいな癖はとすぐに反省したら、平が、Uターンしてここの喫茶店の階段を探し始めた。

あっ、そうなんだわと気がついた。

平には、お巡りさん、警官の尾行がついていて、それを警戒しているわけだ。そりゃそうだろう。赤軍派とそれの絡む組織は、三年弱前には、日航機の『よど号』をハイジャックしたし、一年前には『浅間山荘』で銃撃戦をやっちゃうし、その直前には内部の人を十二人かしら、十四人かしら、リンチしてぶっ殺す真っ暗闇を作ったわけで……と奈美はやはりかなり怖い気分、上京してすぐに浅草の〝お化け屋敷〟に行って幽霊の装いの女が現れ出てきた気分……にもなりかける。

「飯を食いに行こう……や」

いきなり、コーヒーもオレンジ・ジュースも注文しないで平は立ったまま言った。

「ええ。二日前、月給が出たし」

「それとも、俺が、料理を……作ろうか」

「どこで、ですか」

「おまはん家や、いや、奈美さんの……部屋で」

うんと小さい声で平は告げた。

「えっ……はあ」

いけない、いけない、ここでぐずぐずしたら、大切なチャンスが消えてしまうと奈美は自らに決心を迫った。

「はい」

「なら、一時間後に。材料は準備しといてや。うん、豆腐と葱、牛肉とキャベツ、干し椎茸と貝柱の乾物と蒟蒻があれば。それに目ん玉の黒そうな鯵があれば十分やて」

十分の割には数が多過ぎるわと奈美は思ったが、そんなことを考えていてはせっかくの機会が逃げちゃうと、慌てて頷く。

平は、伝票を持つと、店の人に「済みません、ちょっと用ができて帰ります」と気の遣い方だけはかなりで、先に、喫茶店を出て行ってしまった。

えっ、わたしの家、アパートが解るのかしら。お巡りさんや、刑事みたいと奈美は煩いような、違う、シンデレラのような舞い上がる気分に似たちぐはぐな感情に陥った。

でも、何で、別別に……？

あ、やっぱり、お巡りさん絡みだ。

これは、かなり構えないと……好きになって欲しいし、あの方も愛して欲しいけど……崖から、海の中に浮かぶ灯台から、飛び降りる決心をしないと……奈美は、崖から地べた、灯台から荒れるだだっ広い海へ……の未来に迷う。

六

東京の西の外れ、部屋代が安い上に、黒い沸かし温泉つきの銭湯が複数ある六郷の町だ。

正確に、一時間後、夜の七時十三分に平与武彦は、六畳に台所と便所がついた部屋をノックした。

部屋を男が訪ねるのは人生初めてのことのせいか、ベニヤ板の扉へと平が拳で叩く音は、文部省唱歌の『春が来た　春が来た』のメロディーのように耳穴を擽る。

「ようこそ、平さん」

嬉しさと不安を天秤にかけて、嬉しさに偏ってしまう奈美だった。

「えっ、うん。おおきに、いや、ありがとう」

両隣りしかない二階の廊下なのに、平は、首を捩って見渡してから、映画で見た忍者のように音無しの静か静かな気配で後ろ手にドアを締めた。

あ、もしかしたら、お巡りさんへの気配り、いや、警戒心というのか、それよりも女遊びに長けて、慣れて、通で、本命の男がいる女を訪ねる常道で正しい遣り方かもと、奈美は気を引き締めた。そんな男に「ようこそ」は胡麻の擂り過ぎだった。

「うん、頑張って料理するよって、奈美さん」

狭い台所の俎板に乗せた食材を目にして、平は身の熟しが軽くなって、高校時代の文化祭でやったフォーク・ダンスほどの足取りとなった。

——手慣れていて、これは、女を落とす一つの技かと疑うほどだった。

平は二十分もかからず、冷や奴、干した貝柱と椎茸の出しの効いている蒟蒻入りのなんとか汁、牛肉のかなり生焼きの、レアというのか、それに丁寧に細かく刻んだ大盛りのキャベツを勝手知ったように皿に乗せ、出して並べた。

あら、先先週に買ったばかりの冷蔵庫は三度しか開けず、塩、味噌、醤油の調味料を取り出しただけ。あれっ、冷えてるに決まってる缶ビール、清酒のワンカップはそのまま。ま、そのうちなんでしょうねと、奈美は椅子に座って黙って見つめる。そうだ、去年、幼児教育専門学校の便所で見た落書きのような主張や、近くの大学で配っていたビラに、そういえば『中ピ連』、確か「中絶禁止法に反対しピル解禁を求める」とかの略の組織が結成されて「やっぱり、そうよ」「でも、ピルを解禁したら女は解放されるのかしら」と反対にも感じながら戸惑った頃の文章の一つに『洗濯・料理用の結婚をするな』があった。それと反対の光景がここにある……わ、と奈美は悪い気分はしない。

いいや、キスもまだされていない。

そう、専門学校の便所には『男による究極の差別、ブス概念をへし折れ』とあった……。大いに賛成ではあるけれど、現の世界ではそうはならないはず。男による一人一人の美しさの判定は微妙に違ってはいても、やはり共通性はあるはず。去年封切りされた『伊豆の踊子』の山口百恵の人気のように……。百恵は翳りと憂いのある稀有な美少女だものね。

そもそも、この平与武彦が『ブス概念をへし折れ』なんつうのをできるのか……。できまい。

「あんね、黙ってばっかりやな。食おうぜ」

「そうですね、食べましょう。おいしいーっ、このなんとか汁」

「けんちん汁の亜流や。おふくろが新潟に三年ばかりいたさかい」

「ふうん。この部屋、何で分かったんですか」

いけない、いけない、もっと料理を誉めなくちゃと奈美は思うが、やっぱり聞いておきたい。

「住所を、帯田さんから聞いたのや」

これで仁への踏ん切りがついたどころでなく、一〇〇パーセント以上の断念になると今更ながら奈美は駄目押しを自らの身心、骨の髄、臍、脳味噌へと刻み込む。

「それで、大田区の図書館で詳細地図を見て……先週、道路の向こう側からこのアパートを確認してるのや」

この人、過激派を続けたら緻密な用意ができて変なところで才能を伸ばしそうで困る。ううん、そこまで調べてくれた……なら、舞い上がるべきことなのかも。奈美は、ほぼ一日一回はする正と反の逆の方向の感情を一緒に今日も抱える。

「この葱と鯵の刺し身を刻んだのに生味噌も、とってもおいしい」

「なめろうってやつ。鯵は、秋刀魚や鯖や鰯と少し別やて。秋よりも六月、七月がうまいんだ」

「そう……なん……だ、道理でね」

誉めはこのぐらいにして、やはり、本当の本当、女の美醜、そう、『ブス概念をへし折れ』は無理としても、女の魅力をどこいらに置いているのか探る必要がある。しかし、厳しいだろうな、この人、日大の芸術学部美術学科の中退だから……して。「え、えーい」と、奈美は自分を励ましに励ます。

「あの、平さん、絵とか彫刻とかに強いんですよね」

「いや、高校の時、横浜の桜木町って駅のガード下や、そこに、悪餓鬼の友達と行って、わい、俺が、阪神タイガースのファンやから、白いペンキで虎の吼える落書きをしたのや」

「へえ」

「そしたら、悪餓鬼がぎょうさんによいしょしてくれてな、その気になって、入試も易しいと……大学へ進んだわけやけど、まるで下手糞なデッサンしかできへんかったし、解ってねえんだよ」

平は、怪し気な関西言葉と東京言葉をごちゃ混ぜにして言いわけじみたことを口に出す。

「せやけど、近頃、少し、目醒めたかな」

「どういう……ことですか」

「三ヵ月前から雇い主のペンキ塗りの親方が、『広告屋に助っ人に行っとくれ。銭湯の風呂場の絵を描くんだ、背景画ってやつだ。銭湯の映画館、劇場、金貸し屋の広告はろは、無料(ただ)だから〝おまけ〟に描くんだわな。おめえ、絵心(えごころ)があるんだろ』と言いましてん」

そういえば、薄地のコートを脱いだ平のブルゾンにはそれまでの青色だけでなく緑とか黄色とかのペンキ、いや、染料か塗料かが点点と貼りついている。

「富士山の絵が、どうしても三割方(がた)や。それに春の雰囲気の山や樹木や蓮(はす)などの絵が五割。せやけどな」

「せやけど、でも……？」

「変わった銭湯の主もけっこうおるのや。観音菩薩、それも和(やわ)らいで寛(くつ)ろいだやつ。それに女風呂には浮世絵ふうの男の役者で男風呂には歌麿ふうの色気のある女の図とか」

「へえ」

何となく、尋常ではないというか、どこかで庶民の道を底で歩むような平には似合う仕事だと奈美は擽(くすぐ)ったくなる。ううん、要の『ブス概念をへし折れ』が、この人との要で、核で、最も知りたい話のテーマだ。

「それで？　平さん」

「うん。銭湯は昼の二時か三時から始まるから、その前に、図案を考えて決めて、必死にやるわけやな、急ぎに急ぎ。せやから、予め、図巻や美術全集をきっちり見つめ、決めておくのやて」

「そう」

「んで、あれこれ沢山、白鳳時代、平安時代、飛ばして江戸時代、そしてや、近代、現代と勉強してると、つくづく、俺の今までの芸術、美については……無知で、解らへん男だったと降参したんだよ」

あ、ビールか日本酒をわたしが出さなくちゃ、せっかく訪ねてきてくれたのだし、そもそもアルコールでこの人の気を大きくさせないと、冒険させないと……奈美はこう思うが、平のお喋りは止まらない。

「何か、凄く感激する絵とか彫刻とか……あったわけですか。ミロのヴィーナスとか、モナ・リザみたいな、ま、女についてのそれで」

関心と好奇心のある絵、漫画、美術のことだけで、いつも情けなく感じるように奈美はありきたりの例しか思いつかない。あ、ボッティチェッリの「ヴィーナスの誕生」もあったか。

「うん、ある、あるのや。近代から現代の境に出た、萬鉄五郎の『裸体美人』やて。良えなア」

「何で……なのかしら」

奈美だって知っている、明治時代の末期の画家でフォービズムと呼ぶのか、野性主義で突っ張った頃の画家の絵だ。後期にはキュービズムとか立体主義の画家となるはず。この萬という画家は東北の岩手の片田舎の出の人、そう、「裸体美人」は東北の匂いをさせる荒い草の上に半裸で寝転び、下半身は、腰巻きでもなく、あの時代にはジーンズなんてものはないはずで、そ、赤い、真紅のもんぺみたいなのを臍あたりから下に脱ぎかけている土の匂いのする絵だ。女は、決して、絶対に、美人でなくて、鼻穴が大きく、眉毛は濃過ぎて、両目はかなり野放図で……不美人と奈美の目の裏にはっきり刻まれていて、今もまた浮かんでくる。

「うーん、あの絵の女についてあれこれ評するには、わて、俺は、不勉強……若過ぎるわ」

「そう……ですか」

「うん。ただ、感じ入るのは、抽象的な筆遣いの原っぱが背景なのに、それが鼻穴の広がる草の緑の匂いへと具体的にやってくる。その上、おっぱいとかの見せびらかしより、女の顔、表情、目つき、口つきの……魅力や」

一度は、未熟な大学生としてもちゃんと絵に真向かったと思わせて平は両肩をぐいっと上げた。

「そうやねん。決して、週刊誌やスポーツ新聞では美人とはしない、ま、非美人とか反美型の女性の持つ……そうやねん、胸を撃つ惹く力をごーんと教えてくれるのや。奈美さん、そう思わへん」

「え、え、えっ……」

「そうやな、男と女では、名画を観る眼が違うわ。描く方も方もやな。女性の画家で女のヌードの迫力があるのを描けたのはおらん……ので」

がっかりという気分を両肩のだらりとした下げで平は表わした。

「じゃなくて。あの、あの……あのさ」

自信が、俄(にわか)に、鳩尾(みぞおち)から胸骨を過ぎて頭の芯へと駆け登るのを奈美は感じる……けれど、待ちなさい、話は画の中の女の魅力についてだ。早とちりは良くない。

「何だ？」

「画での創作上の女とか、小説上の虚構の女とか……じゃなくて、現実の女はどうなのかしらね。そういうわけにはいかないでしょうに」

こんなことを口に出せば、自分の〝ブス・コンプレックス〟が見抜かれて容姿に拘(こだわ)る〝醜い自意識〟と嗤(わら)われると思いながら、奈美は聞いてしまう。

「ゲージツの美(び)は定義が難しいけどな」

平は「芸術」を明らかに「ゲージツ」と発音した。やっぱり、過激派は「物質や社会は、意識や精神を規定する」という唯物論を信じているらしい。ま、そういう面は……ちょっぴり、いや、人によってはうんとあるとは思うけど。

「それで？　平さん」

「うん、現実の女性の美人、非美型、反美型についてはかなり解ってきたのや」

きりっとしない両眼をもっと垂らし気味にして、平が俯(うつむ)く。

「いずれにしても、美人というのは格好の良い自動車や宝石で飾った腕時計みたいに飽きる……のや。それで、例証されるけど、情(じょう)や思いやりがなくて、人倫を踏み外すでぇ」

ん？　この男の目ん玉がとろんとした鳩や兎の目から、獲物を狙う泥棒猫みたいに少し生き生き動き始めた。

「『例証される』って、それ、どういうことかしら」

「俺、わいが、逮捕られたら、典型美人の四人は誰も面会にきいへんかったのや。非美人型の二人が一回と一回だけでんね。二年九ヵ月ぶりに保釈になったら、零だ。電話に出ねえ、手紙を書いても無視、無視でっせえ。これ、おかしいとちゃう？」

「美醜のテーマじゃなくて、そのう、あのう……」

奈美は「あなた、平さんの女との接し方の問題だったし、もっと言えば、平さんの魅力の乏しさじゃないのお」と付け加えるところを、いけないいっ、今夜は〃失なう〃絶好のチャンスと堪える。あ、いや、この平は単に「かつて女に持てた」と自慢したいだけなのか、そして、その自慢によって「自分は女に好かれる偏差値の高い男なのだ」と女を虫のように誘う誘蛾灯みたいなことを説きたいのか。あ、でも、この人、偏差値なんて知らないのかも。十年ほど前から東京のテスト業者が使い始めてるのだけど。

「そうやっ。あん尼めえ、あ、あかん、女子お、いんや女性は、美醜なんつうのは二番目、三番目、いんや、九番目、どだい、いい、しゃらひんことでえ。愛敬、あかん、相手を気遣う思いやりこそやあ。にっこり、微笑む心やでえっ。ちゃう？」

本音で思いを打つ時は、この人は関西弁が専らになるらしいと奈美は気づく。

「目鼻だちが整っとる、綺麗、つんと澄まして美人と自惚れとる女子、いいや、女性は、いてもいたろ、しばいてやらにゃあかんでえ」

なおも、平は、額の左上に青筋を浮かべて捲し立てる。怖いわ。ええーい〃ブウ〃では分からないかも、ストレートに〝ちょっとブス〟以上、〝かなりブス〟でこの場では良いかも。

「あ、あ、あかん。いんや、済みません。拘置所でこんな当たり前のことを認識し得るのに二年九ヵ月の税金を払って」

「認識」なんてえ熟語を使って、冷静になろうとしているらしく平は関東言葉になった。但し、せっかくの泥棒猫の眼から、とろんとした鳩や兎の眼に戻りはじめてきた。

「そう、女についてそこまで見分けて、考えられるなんて、立派ね。だけど、だけど、だけど……だけどもさ」

「『だけど、だけど、だけどもさ』って、そないに執着しなけりゃならないことがあるん？」

「あるわよ」

「それ、何や」

「えっ……そのう。少し、飲むわ」

奈美は冷蔵庫を開けて買い込んでいたワンカップの清酒を出し、ぐいぐい、ぐいーっと飲み干し、気を大きくしようとする。

黙って、平与武彦は羨ましそうに、奈美を見て、缶ビールもあるのだけど求めない、飲まない。

「あのね、わたし、〝ちょっぴりブス〟と〝かなりブス〟の谷間に揺れてブランコに毎日乗ってるのよ」

言ったわ、偉い、と奈美は自らを誉める。

「奈美さん、そない差別そのものの〝ブス〟なんてえ表現を、魅力に溢れた女性が使っては駄目じゃねえ……んですか」

「あ……ら」

「アメリカの白人による人種差別、ニッテイ、いや、日本帝国主義の朝鮮人、中国人、アジア人への今なおの差別や偏見……だけでなく収奪と、心情が似てるような」

白人と黒人の重い課題は、五年ほど前の、アメリカの黒人運動のキング牧師が暗殺されたと高校の時に知って、大切、重大、重要と知っている。美人と非美型や反美型の男による差別と較べられるとかなり頷く。が、『ニッテイ』、たぶん『日帝』と記すのだろうが、良く解らない。

違う、要は「魅力に溢れた女性」とは、わたしのことかあっ——と奈美は、平がいなかったら、アパートの狭い部屋から外へ出て走り回りたくなる。いや、部屋の中でも良い。

「帯田さん、いや、奈美さん、女性は、おのれの容姿へのコンプレックスは誰でも持つはず。ま、どうせ、四十年、五十年経つと皺皺となり、顎に梅干しが固く目立って痼るわけでんね」

「そ、そう……そういう割り切りもあるわね」

「わい、俺だって、当ったり前、劣等感、コンプレックスだらけ。でも、ちゃんと格闘し、勝ち、時に負け、その上の上で、同居しなくっちゃと」

あーら、この人、かなり深そうなことを述べる才があると奈美は感心する。

「平さんのコンプレックスって？」

「ぎょうさん……あるねん」

「もし良かったら教えて」

「えっ……うん」

今の世の中では、男の方が威張っていてその習いがこの平にも染み込んでいるのだろう、料理の皿と丼の載っているテーブルに人差し指でもじもじと、、、×印をちっこく書いてプライドと格闘し弱味を打ち明けたくないらしい。

「ね、お酒を飲んだら、平さん」

心に勇気を与えて口が滑らかになるようにと、奈美はワンカップの酒をもう一つ出しグラスに注ぎ、平の前に置く。

「あのさ、あのさ……仁さん、帯田仁氏には内緒にしてくれんとな。約束してくれはるか」

仁さん、仁に「氏」をつけ、平が鳩や兎どころか子供の山羊みたいな少し哀し気な目つきとなった。

「もちろんだわ、平さん」

「あのさ、わい、俺……」

酒に口を接けずに、平は、なお言い淀む。

「そう……そう……」

平が打ち明け易いように、平が喋る前に、奈美は相槌を打ってしまう。でも、保育園児のような可愛らしさを平が持っていると知った。もっと、もっと面倒を見たい……気がしてくる。

「俺、変に見栄っ張りやて……父親は『隣人を愛せ。殴られたら、もっと殴られるんや』とクリスチャンやから、ひっつこく教えてや……やがて『義を見てせざるは勇なきなり』とかの道徳を父親からだけでのうて小学校の尊敬する先生からも教え込まれたせいか」

「そ……う」

「それで、目の前でそういうことを起きると、ついつい負けてる者やいじめられてる人の味方をしちまうのや」

「そう……でも良いことと思うわ」

「ところが、いざ、行動を起こすとゲバルトが弱くて、恐怖に駆られてしもうて……逃げることもできん駄目男なんや」

うーん、これじゃ、過激派の中でも一番過激な赤軍派じゃ持たないはず……「この際、綺麗さっぱり、足を洗ったら」とも忠告しようかしら。ううん、今の今の切羽詰まったテーマは別にある。

「自らの弱さを知ってるなんて立派だわ、平さん」

「そうかな、そう……かもな」

「そう、そう」

「それに、私大でも学費のとうないいい高い学部に入り、カトリックの父親が銀行に勤めておって高月給のせいや……だけど、中学の同級生の半分は就職するしかなかったわけで。高校の二割か三割も……そうやった」

「そう……そうなの。ううん、そうだわよね」

「うん、これってどうも正義に反しているような気がするわ」

「でも、大学は中退だし……あんまり気にしなくても、平さん」

「そうやろうかなあ。中学も高校も、俺より成績のできたのが……それでもかな」

「その分(ぶん)、社会、ううん、貧しい人のために尽くせばちゃらよ」

奈美は、う、うーんと背伸びして言った。

「そうか、やっぱり、そうだよな」

俯きがちな平が顔を上げ、あら、恥ずかしい、まじまじと奈美を品定めするように見た。

「そう、そう……よ。せっかく、この部屋を訪ねてきてくれたんだから、お酒を飲んでよ」

「俺、飲めんのです。下戸や。せやからヤグザ映画は、仁氏から勧められるまで行かんかった。ヤクザ同士の契りは盃でやるポスターを見て……盃一つで顔は真っ赤っ赤、足許は地震がきたように揺れるのや。これも、劣等感のごっつう強い一つですわ」

ええっ、と驚くことを平与武彦は告げた。

「でも、だって、仁さんと三人で飲んだ時、飲んでたじゃない」

「あれは、脂汗を出しながらの演技でんね。口に酒を含んで立ち上がり、便所で吐き出し……」

「う、う、うう……。いえ、そう、そうなの」

「五、六年前に、仁氏に大学周辺で御馳走になった時も、焼肉とか焼鳥とかおいしくて嬉しかったけど、酒だけは……きつかったのや、飲めんとも言えへんし。なのにや、ものになるかも分からんわてを、組織化、オルグ、いっちょ前の男、あ、あかんて、活動家にしようと寒い懐から千円札より百円玉の方がいつも多い銭を出した……のや」

保母に叱られ、時に意地悪な先輩の保母にしつっこくいびられる五歳の園児みたいなおろおろした目つきをして平は語る。

「そう……ううん、そりゃあ、そりゃあ」

大丈夫だって、仁さんは、仁は、そんな弱みとか演技は胸の隅に仕舞っちゃう男、ううん、人なんだからとは奈美は口にできない。

「しかも、セクトの主義主張は脇に置いて、日大闘争の意義、労働者との連帯の原則ばかり……だったのや。せやけど、易しく、丁寧に。けんど、とどのつまり、『学生自身の怒りのやる気、労働者の辛さへの労働者自らの反逆、これっ』だけは言ってたな」

ここまで仁さんに、兄弟的な思い入れをしていたら、もし、この人とできても秘密を持つしかないのかと奈美はちょっぴり気に掛かる。

ううん、違う、今は平の男としての欲と、ほんの少しの恋心を引き出す大切な瀬戸際なのだ。何しろ仁さん達が学生運動をやっていた五、六年前にバリケードの中で、敗戦後二回目の性革命が起きているのだから、二十二歳でヴァージン喪失は遅過ぎると、女友達の話で明明白白なのだし。

だけど、誇りってのもあって……。

奈美は、躊躇った後に、要の要を問うことにした。

「下戸とか、えーと、ゲバルトが始まるとびびるとか、自分より、できの良い中学高校の友達が不公平に扱われたとか、あのう……」

「そうでんね。わいは、ずるをしてま」

「あ、そうなのかしら、そう、そうですね。そういうことより、いいえ、とっても貴重で、重くて、大切な考え、反省です……よね。でもよ、女にとっての、そのう……〝ちょっとブウ〟と〝うんとブウ〟の谷間に落ち込んでるわたしのコンプレックスとは質が別なよう……と思わない？　平さん」

「え、ええーっ。本当にそないこと真面目に考えとるん？」

「そりゃ……ま、そのう」

この一、二年、張り切っていて、頑張って欲しいとは考えるが、女性解放、ウーマン・リブの女達だって、この問題を解決できっこない……はず。せいぜい、男の鑑識眼に責任を負わせるだけ。

「古い諺で『蓼食う虫も好き好き』っちゅうのがあるやろう。あれ、全く、正しい。地球の人口六十億人の半分の男は別別の女性を好きになる。半分の三十億人の女も然りだんね。ちゃう？」

「はあ……でも六十億がみんな個別個別に異性を好きになるわけじゃ……ないわよね」

「せやけど、わいは、十分、違うな、十二分に、奈美さんは魅力そのもの、土の匂いの雰囲気、ちゃんと働くど根性、そう、他者の傷を温い気持ちで包む性……」

「ふふっ」、と、軽い受けの言葉を発しようとしたが、そんな場合じゃないと奈美は自分に言い聞かせる。

「上唇の捲れ方の、ちょいと見の野放図とゆうのか、伸び伸び自由の奔放さ……良えわなあ。安心できる円みのある顔、目ん玉も円くて何かを永遠にその窪みに隠す魅力……ええわあ」

「そう……かしら、下品そのものの……顔つきよね」

「上品、下品は、資本家、海外のアジアの人人を収奪する人の価値観……と値打ちやて。逆の価値観の方が魅力に満ちておるんやでえ」

「あら……そうなの」

たぶん、平自身が解っていない説なのだろうし、もっと奈美には解らないけど、深く頷き、ついつい含み笑いをしてしまう。

「そう、そうや。それに、奈美さんの目ん玉は活き活きしとるでえ。嬉しい時、心配する時、困った時、優しく手を差し伸べる時……と変わるのや、内緒を深く隠しながら……やて」

これは褒め言葉になるのだろうか、要するに落ち着きのない、せわしない目つきになるのでなかろうかと、奈美は大切な瀬戸際なのに戸惑い、疑いさえ湧いてしまう。

「手を握ってもええ……ですか、奈美さん」

「はい、どうぞ」

「やったやないかあ、そんでは、善は急がんと」

いきなり、平が野獣的な唸り声を挙げ、二つの鼻穴を拡げ、奈美の箸を持つ右手を両手にぎゅっと握り締めた。箸が指から逃げる暇も、隙もない。

「ほいじゃ、次……に」

汗ばんだ両手で平が奈美の手を握ったのは三秒か五秒の間で、キスを仕掛けてきて、もっと感激を兼ねての恍惚に酔っていたいのにこれも二十秒ぐらいで、カーディガンから脱がされだした。

脱がされてゆく中で、奈美は〝ちょっとブウ〟と〝かなりブウ〟の間どころか〝美人〟との隔たりと揺れが止まってくるのを知ってくる。女慣れしている平に腹立たしさや警戒心も……薄れ……て。

七

そして、今の今、同じ年、一九七三年十一月半ば。

奈美が平与武彦（ひらよぶひこ）と週に一度デートと呼ぶのか、恋心と軀の熱さの交換のしあいというか、逢瀬というかを始めてから既に九ヵ月が経つ。

「……横町の風呂屋……一緒に出ようねって言ったのに……」の、喜多条忠（きたじょうまこと）の詩で、南こうせつの曲のフォークソングの『神田川』が、一人で行く黒い沸かし温泉つきの銭湯帰りに商店街のどこからか流れてくる。六十年代後半の学生運動の盛んな頃とはどこかで違い、でもどこかを引きずる歌だ。奈美はこの歌を耳にする度に「あなた、あんた、平さん、狭いラブ・ホテルの風呂も好ましいけど、たまには、二人で黒湯温泉に行きたいのよ、五十五円なんだから」と胸に不満というか情けなさをぶち撒けてしまう。因みに、あのあれのゴムの最高級なのは八百円もする。

もっとも、この歌の詩の核は「三畳一間」の狭い部屋でのほんわかな幸福なんだろう……。

そうなのである。

平と会うのはいつも別別の駅のホーム、喫茶店、デパートの屋上などで、それから代金はもったいないのにラブ・ホテル、場末の隙間風だらけで幸福が冷めて尻あたりがすうすうする安い旅館がほとんどなのだ。平が、奈美のアパートにくるのは多くて三月（つき）に一度だ。それも、次回のデートの日時・出会う場所は必ず平はしっかり告げるけれど、夜中の一時とか、奈美に休暇を取らせて朝の七時とか、まるで泥棒か、江戸時代の忍者のように音なしでアパートにやってくる。

これじゃ、愛は深まらないのよ。

尋常の男と女の仲じゃないわ。

もっと時間をかけて、たっぷり、あれ、あれ、あれが欲しいいしさ。

うぅん、肝腎の、平さんの思い、考え、惑いの今の今をもっともっと知りたいけど、無駄なお喋りもしたいし。

あ。やっぱり、別の女がいるのかも。

いきなり……。

奈美は、かなり身心が共に寒さを通り越えて凍てまできて、もう父親的な存在、うぅん、自分の思い込みの恥ずかしさのそのものの仁に、調べてほしいし、頼みたいし、縋りつきたくなった。醜く、みっともなく、良く良く考えると平にも済まないのだ……と知りつつ。

――ケンピョー、県評と記すらしい仁のところに電話をしたら、一、二年前より厳しく奈美は喫茶店を二度も変えさせられて、やっと一時間後に声と声が繋がった。

「おいーっ、奈美ちゃん、いんや奈美さん。『仁義なき戦い』の映画を観たか。観てねえってか。今年の一月に封切り、今は、新宿や新橋や川崎の三流のその手の映画館に下りてきているんだ。監督は深作キンジだよ、主演は菅原ブンタ、知ってるよな」

第一声、仁、仁さんは、冬瓜顔に鼻穴が勢いで目ん玉となるみたいにしてこの人らしくない主観的な思いを息込んで喋った。

「ごめんなさい、知らないし、その映画、観てないの」

「そ、そ、そうか……そうかもな」

「テレビの『仮面ライダー』ぐらいの人気なのかしら」

保育園では園児が、とても張り切って「ヘンシーン」と右手を高く翳(かざ)してポーズを取るのでついつい同列にして奈美は評してしまう。

「え……。ま、六十年代半ばからの鶴田浩二、高倉健さんの仁義の時代じゃねえんだと……教える映画だよ……内側でも揉(も)める、仁義がおかしくなって、淡(あわ)くなって、果敢(はか)なく……」

「ヤクザって、そういうもんでしょう？　仁さん。あ、ごめんなさい。知(し)ったか振(ぶ)りを口に出して」

「ううん。あのな、奈美さん」

「何(な)あに？」

「この『仁義なき戦い』の凄みは、あのおだ、そのおだ……新左翼の、俺も、あの平与武彦も含めての、近近の将来……なんだよ」

ここで、公衆電話に、仁は、十円玉を詰めるらしく、ほんの少しの雑音が入った。

「あのう、仁さん、その平さんについてなんだけど」

「うん、今月の一日、会って、飲んだ。やつ、何かがあるらしく、しおらしいんだよな、酒に口を接(つ)けねえんだ」

「あの、あのう……」

「彼、平は、下戸(げこ)なんですよ」と言ったが、続けることは止めた。それは、平自身の仁との付き合い方の問題……。

「そうか、んで、用件は何だ。うん、その前に、おめでとうだな。平と、おいーっ、良かったな、愛と愛を交換しあってるんだってな」

朗らかそのものの声が受話器のあちらから届いてくる。

止すわ、あの人の別の女の存在の調べは……。

——もっとも、次の週から、平与武彦は、三月に一度から、二た月に一度か二度、奈美のところにくるようになった。

しかも、ええーっ、と感じるのだけど、いや、ごく普通だわよね、十一月の初め、平の住まいに招き入れてくれた。二階建てアパートの二階で台所つきの四畳半で便所もあった。奈美は鼻の穴を上下、左右へと精一杯に拡大して匂いを嗅いだが、女の化粧品のそれはなかった。他にも、女の痕跡や気配はないようだった。いけない、わたし、お巡りさんや女性探偵みたいだわ、女の嫉妬のパワーは我ながら細かく根深く恐ろしいと奈美は自分を嗤って、それから反省してしまった。そういや〝嫉妬〟って熟語は二つとも女偏だ。でも、だけど……嫉妬には根拠と、たぶん、人類の女性史の積み重ねがある……はず。浮気者の男にどれだけ女は裏切られ、利用されてきたか。ついには、側女とか側室とか妾とか第二夫人とか男は社会的に認めさせたりして……と奈美は、やっぱり拘ってしまう。

「あのな、一昨日、また、帯田仁氏、帯田さんと飲んだのや。今月に入って二回目でんね」

布団が煎餅みたいで、下の階にあの時のあれの音のぎしぎしの音が聞こえないかと心配したけれど、それどころでなく、ちゃんと抱いてくれた後に、平が即席ラーメンだったけど、たっぷり蘖と小松菜を入れてくれたのを出し、言った。

「わいは、帯田さんに会うと安心するんや。セクト、組織に入っていよる人間やけど、きっちり冷静に見つめておるものな。いや、時に向きになって『労働者、労働者階級』と喚くけど、あれはコミュニストの御経や、水戸黄門の葵の御紋みたいなもの」

「そう……なの」

「それでさ、わい、俺は保釈になってもう一年四ヵ月だ。帯田さんの話とか他のやつの話を聞くと警察の尾行や看視が厳しいのは『あと八ヵ月』とゆうことなんだ」

平は続けて、奈美に迷惑をかけないために、この部屋にも呼ばなかったけれど、確かに、警察の尾行は少なくなって、一年前まではペンキ屋の前に車を止めて監視していた刑事にも今は出会わなくなっていると言う。

「そう……」

「それで、八ヵ月後にはちゃんと一緒に暮らそう思うてまんね」

よっし、と思う言葉が平与武彦から出てきた。何なら、わたしが働いて、あなたは紐でもいいわと奈美は思う。

「ま、帯田仁さんの忠告もあったけどな」

やっぱり仁さん……と後ろ髪を引かれたり感激するが、ここは大事な演技の時、奈美はきょとんの顔つきを無理遣り作る。

「わい、俺は、政治や社会にきちんと真向い、対峙せんとあかんと思う……せやけど、あんたはん、奈美さんを好きになってから、公安警察に目立たんようにい……い、い、うう、ああ、あ」

任侠映画の好きな仁さんさえ、いくら何でも浪花節はテレビやラジオで聞かないし口にもしないのに、平は浪曲を唸るみたいに言葉の尾っぽを引きずるので奈美は急かしたくなる。

「それ……で？」

「とりわけ、奈美さんが困ったりしないようにと」

「大丈夫よ、わたし、闘争とか共産主義とか関心がほとんど、ううん、あんまりないもの。ごめんね、たぶん、将来も」

「だけど、けども、けど……せやけど、男と女って、それで済まされるとは思えないのや、好きおうて、愛しおうてるのなら」

「………」

きたきた、ついにここへ、とも、そこはそうなのよね、とも、そして、この後、二人が一時的でなくずうっと女と男の間でいくのなら、必須の、どう考えても通り一遍ではいくら何でも済まされない重くて重いテーマと、頭の芯あたりで引っ掛かっていたことが箪笥の上から滑ってきた目醒まし時計のように改めてどすんと奈美に落ちてきた。

「わいは、赤でない。黒や……ね」

「は……あ？」

「既成の新左翼、帯田氏も含めての赤、共産主義者は、第一に党の利害、第二に党の利害で内ゲバばっかり、第三に人人の利害がやっとやねん」

「解らない……わ。ごめんなさい」

「ううん、俺は、無政府主義、アナーキズムに関心があるのや。拘置所の終わりから、保釈になっての連合赤軍の内部処刑の夥しい屍で……それと、党派、組織、セクトの勢力拡大のための殺し合いを直にではないとしても知り、見つめ、舵を切ろうとしてるのや。決断に、二年七ヵ月も費やしたのやけど。わいは駄目男、優柔不断なんだ」

「まるで解ん……ない」

少くとも、わたしの〝ブス・コン〟を、仁さんは減らして気にすることがないと内緒で読んだ日誌みたいなもので教えてくれたけど、この人、平さんは、根っこから引っ繰り返してくれたのだと奈美は深く深く思う……のに。

「なのにだよ、奈美さん。やらにゃ、人として廃ると決心しながら、保釈になってから、新左翼の集会に出たのはたった三回。その度に、お巡りが尾行してくるのや」

「あら、だったら、ここも、ばればれなの?」

「たぶん。でも、保釈になってから、引っ越し、部屋替えをしたのは三度目……同じペンキ屋だけど勤め先を変えたし、もしかしたら安全かも」

「そう……」

「でもな、過激派の機関紙やパンフなどその手の本屋に買いに行くしな、やっぱり、ばれてるとちゃうのかな。その後は、電車で急に出発間際に降りたり、尾行を撒いたり切ったりは……してきたし、昨日もしたけどや」

平の話に具体性があり、その不安は左の胸の上あたりから灰色がかった翼を拡げてくる。灰色は黒い色を濃くして、髪の毛の先、手足の爪の先っちょ、腋毛のあたりまで圧してくる。

「ねえ、黒いって、そのう、それの、無政府主義とかアナーキズムって……何なの？」

　高校の世界史でほんの少し、ちょっぴりそのものだけを学んではいたけれど、この頃の新聞で「いわゆる黒ヘル・グループの武装路線の超過激さ、危なさを孕む爆弾闘争」とかの長ったらしい見出しの記事を奈美は読んでいる。

「奈美さんな、無政府主義、アナーキズムっちゅうのは、一切の権威を舐めなきゃあかん、特に国家の権力は否定すべしの考えや。格好ええやろ？　ボルシェヴィキ、おっと、ソ連共産党の権威や権力に頼って人人を苦しめるのと違うのや。せやから、人民、人人の自由を縛らへん、強制など無縁で正反対の考えやねん」

　そんなあ、国や組織の力の圧迫もなく、みーんな自由で仕放題の考えで反乱とか、かなり怖い革命なんか起こせるのかしらと奈美が頭を傾げることを、平は、一見ぐんにゃり円い顎を張らし、卵型の顔すら長四角に見せて熱い様子で説く。

　えぇーい、見抜かれないように、ここでは黒と赤の違いを、仁さんのことと比較して、冷静さを取り繕って聞こう。仁さんは、赤い色に、どうも近頃、冷めているというか、ニヒルな態なのだけどと奈美は戸惑い思う。

「仁さんの、そのう、組織は赤いんでしょ。なのに、黒い平さんは、何で仲がいいの？」

　言えたわ、舌の回りは良くなくて少し縺れたけど。奈美は、自らの仁への思いの心の無意識の湿りと深さを改めて知り、慌てて打ち消そうとする。

「そりゃさ、仁さんは無政府主義者じゃなくてマルクス主義者だけど、無政府主義をとことんあほにして時に弾圧したレーニンの考えじゃなくて、ポーランド出身のドイツの女性革命家のローザ、そう、ローザ・ルクセンブルクを、今時、信じてるからだよ」

「良く……解らないわ」

「うんと昔、ドイツで赤色革命の時に、武装して蜂起する途中で殺されたのがローザ。噂やと死体は暗くて黒い運河を漂った……そうや」

「そうなの」

「レーニンみたいに上からの眼差しで、理論的に優位なインテリがほとんどの前衛から人人に考えをぶっとい注射のように外から注入するのに反対したのや、ローザは。レーニンと反対に、そもそも労働者や人民には凄い力があるのやと」

「へ……え」

珍粉漢粉とはこのこと、奈美にはとんと解らない。いずれにしても、平と仁さんの間には、理論においても似ているというか、ちょっぴりの共通性というか、許しあえるものがあるらしい。

ううん……。

今はそういう場合、時、場所ではない。

〝ブス・コン〟を、精神どころか、肉体中の肉体で解き放ってくれたのが、この平与武彦なのだ。

きっちり、心構えを定め、この人と愛し合うしかない。どんなに厳しい途中と果てが待っていても。この人が、刑務所に入って五年、十年経っても、ちゃんと耐えて、待って……奈美は、リアルな平の現実のあれこれを知りながら、改めて、いや、しっかり決心する。その決心は、高所恐怖症ぎみの自分奈美が、故郷に近い襟裳(えりも)岬の灯台から海へと、実際に、現実に飛び込むのに……似ているなあと思いつつ。

でも、ちゃんと……ここで。

「ね、もっと、もっと、勉強するわ、その黒い……主義とか」

「やあ、嬉しいわ。ほな」

平は、書棚の上に積んでいた、クロポトキン著なんとか、ぼろぼろのバクーニンという人の『国家制度とアナーキー』を奈美に、埃(ほこり)を、ふうーっと大きな吐く息で払い、渡した。

だけど、違う……のよね。

わたし、わたしだけを好きともっと確かにして欲しい。

好き合い、愛し合ってると女と男の間には、信条とか理論とかは大切なんだろうけど、無理。情と心と必死な努力で……さ。

今、わたしは、喜びの嚙みしめと、これからの凄い不安に立ち向かうとちゃんと決意したのだから……そう……と、奈美は、背筋に若竹を入れたようにしゃきっとさせる。

「ね、もう一度……抱いてくれないかしら」

「おう、おう、やるでえ。頑張りまっせ」

奮発して横浜の元町で買ったスリップの裾を捲り上げ、平がやっぱり頼りない、卵型の丸顔を崩し、意志の弱そうなぐんにゃり顎になった。

——女って、短い間に、成長し、熟するのねと奈美は、四畳半のアパートの隙間風などどうでも良い気分で、のろのろと薄い布団から起き上がった。

「俺ん家にきてくれたのやから、タオルとか下着とか洗濯は俺が……置いてってくれっか」

「んもお、厭よ。持ち帰るわ」

「あのさ、あんね、奈美さん、もう、呼び捨てにするさかい、他のやつには喋らんで欲しいのやけど……拘置所に入って、女の人のほとんどがね、梨の礫になってから……我れながら怪しい趣味がじわっと湧いてきたんや」

ぐんにゃりの丸い顎の卵型の顔に、今さっきの黒いとか無政府主義の硬い話は似合わないが、声を潜めて内緒の打ち明け話をするにはぴったりだ。

「何よ、それ、平さん、与武彦さん」

「嗤わへん?」

「当たり前でしょうに、与武彦」

あら、呼び捨ての方が良い感じだし、この人にふさわしいと奈美は感じてしまう。

アパートの隣りの住人が水道の栓の金属的な音を軋ませ、水を使う音が、薄い壁から響いてくる。

「聞こえちまうね、俺達の話し声が」

テレビはなくて、トランジスタ・ラジオをONにして与武彦は壁際の本棚の上に置く。もっとも、隣人に話を聞かれるだけでなく、やだ、恐ろしい、警察の盗聴なんかを気にしてるのかもと、もしかしたらの八ヵ月後の同居・同棲のあれこれの警戒の暮らしの気忙しさを奈美は考えてしまう。ううん、それより大切な二人の愛さえ確かめあえるのなら……。

「それで、女の人の軀の匂いに淡く憧れてしもうたのや。拘置所には、面会室を除いて、一滴、いや、一つの気泡もないもんでな」

「そ……う」

「ほいで、奈美さん、奈美が面会にきてくれてや、その憧れが強まったのや」

「ええっ……厭だわ」

奈美の本音は、そうか女の魅力の一つに体臭もあるのかもと知り、嬉しくなるがこう答えた。

「せやさかい、それから娑婆に出たら、じっくり、とっくり、たっぷり……女の人の匂いを嗅ぐのやと強おーい希望の一つにしてきたのや」

この人、与武彦は、黒い無政府主義の組織を作っても、組織化は陸にできっこないわ、話に気品とか清らかさが薄いし、回り諄い。

「そんで？　与武彦さん、与武彦」

「奈美のげっつい匂いの濃い下着を抱いて眠りたいのや……汚れたやろ、置いてってや」

悪い気分どころか、人気の絶大なストリップ嬢の気分にもなることを与武彦が言い、替えは、しかし持参してきていないしと戸惑いに奈美がふらふらしていると、ラジオからフォーク・ソングが流れてきた。

どうしてこんなに流行るのか。『神田川』だ。なぜか、肺の表面を優しく撫で、やがて鳩尾を引っ掻き、耳たぶを引っ張るのは……。

「俺だって、わいもや、まだ解ってないねん、無政府主義や、人人に命を捧げ、賭け切るとか」

『神田川』のイントロ、序奏の哀し気とも楽し気とも淡い郷愁とも思える音楽など聞いていないよう だ、与武彦は。高さが一メートルもない整理簞笥(だんす)の抽出し(ひきだし)の中から、本や雑誌を取り出し、両腕に三冊を抱いた。

『辺境最深部に向って退却せよ』とタイトルのある太田龍とかの人の著者の名がある。『山谷――都市反乱の原点』、竹中労とかの人の本だ。『無知の涙』、あら、ピストルで四人殺しちゃった人の本……。

「せやあ、読んどいてな、きっちり」

この頃(ごろ)は、泥棒すら持たないだろう風呂敷に先刻の本二冊と一緒に計五冊を包みながら奈美に持たせる。あらあ、耳たぶから上をひくひくさせる、与武彦は。

「もう、お終(しま)いのリフレーンやな」

「え……っ」

「聞いてねえの？　この歌、奈美」

ラジオからは、叫びや喜びとはまるでなく、抑えて気取らぬ、歌い手のかぐや姫の声が流れている。

『……何も怖くなかった

ただ貴方のやさしさが　怖かった』

「この詩の『三畳一間』の貧乏でも怖いものなしの俺達の……青春で共感をくれる……けどさ、そして、過去形で歌と曲に詩を託して、これから、再び花を活気をもっと本当らしい闘いを、が欠落してる全共闘や赤色コミュニストの周辺の限界があるんや……が」

「ふうん」

「ああ、凄えと感じちゃうのは『ただ貴方のやさしさが　怖かった』の繰り返しの詩でんね」

「どうして？」

奈美だってこの曲、歌詞、歌い方と、うんと好きなわけだけど「倹しさばかりの青春も良いものね」の感情なのだ。

「あんね、『ただ貴方のやさしさだけが　怖かった』が、真のテーマ、芯と思う……のや。貧しくて、やっと三畳の部屋を保ち、せやけど、けんど……幸せ、だったのや、この二人は。でも、男は思うしかない『悲しいかい』と聞くほどに」

「ふう……ん」

「たった二人だけの幸せに浸って良えのか……っつう自問があるのや、奈美」

「そ、そ、そう、なの……ね」

「その問い、疑い、後ろめたさが、かつてと現のセクト、そうやねん、赤色共産主義者とその共鳴者、『おかしい党派至上主義、もっと奔放に、自由に』のノンセクト・ラジカルに依存してこの歌は流行っておるのやて。古い……柵への未練やて」

また、こ難しいことを与武彦は口にする。

「そう……なのね」

解らないけど、これからの二人には大切なようで、奈美は解った振りをする。

「いいや、わいも……やっぱり、激しく、厳しく……切なく考えるのや。『神田川』に共振し〝音痴〟

なのに歌い……でも、気に掛かるのや」

「何を？」

「怖い……と。奈美さんの、萬鉄五郎の『裸体美人』の女のような、あ、もっともっと伸びやかな顔立ち、そない女の人と寝床を一緒にできて……わいの、やらねばならんこと、生きて証しせねばあかんこと、そもそも好い加減で、くわっとする時はあってもてれんこ、てれんこ……俺は、そこでのちっこい喜びに嵌まって、道や、道義を捨て……駄目人間になると」

『神田川』の歌を聞いて、時に歌って「自らの小さな喜び」へと導かれるこの人、与武彦って……大丈夫かしらと奈美は、小学校時代のたった四段の跳箱の初めての挑戦を思い出してしまう。初めて跳べたら、呆気ないのに。

うぅん。

小学校の跳箱とは、違うものね。

あら。

冷めたいーっ。頬を叩いて、困るわ。

もう冬といっていい十一月下旬なのに、突発的なちっこい嵐か。黒っぽくて藍色の濃いカーテンが、たった五センチの隙間から、こちらへと文句や怒りがあるように揺らいでいる。

もしかしたら……。

ここの話、与武彦とは話が、これからの全てなのかしら、少くとも命運じみたものがあるのではと、奈美は流行りのアルミ・サッシではなく木製の窓枠を壊れ易いガラス窓と共に鎖ざした。

第五章　幻の青山を追い……たいけど

一

一九七四年一月の凍てつく日。

空は「抜ける」という形容詞が似合う。小さく白い羊雲も、名を知らない飛ぶ鳥も、スモッグすら青さの色に吸われていく気がする。真冬に、快晴が続いている。列島の太平洋側、関東、東京は雨が恋しい。日光の華厳の滝は水の放水が止まってしまった。

水は足りなくても、洗濯用の洗剤は不足している。オイル・ショックのせいだ。テレビ、ラジオ、新聞は〝狂乱物価〟と騒ぎ、福田大蔵大臣もこれを認めた。

平与武彦は、警察の目を考え、三つめのペンキ屋に勤めだし、我れながらしゃらしゃらひんで、つまり、まったくしゃあねえ駄目男やと、自らの左右の頰をバシッと叩く。叩き過ぎた。痛い。でも、こないな罰では足りねえ、足らんと、頭のてっぺんに拳骨を与える。高校では柔道部に入っていたせいか、首の骨はしっかりしていて、首の肉も柔軟、しりくそばい。つまり、擽ったいだけだ。

与武彦に、もう長い間、横浜へと越して住んできたのに関西弁が溢れる時は、自らを苛(さいな)む気分の時でもある。

そうやねん。

心情的には、連合赤軍の浅間山荘のドンパチで明るみになった、森恒夫と永田洋子に集中した権力と独裁による内部リンチでの累累(るいるい)たる屍の、敵の警察での発掘と証明、森を初めとするメンバーの自供でのある程度の全貌の解明以来、赤より黒、共産主義より無政府主義へと心情は移った。なのに、行い、行為、営為には、なお躊躇(ためら)いがあり、何も、やっていないのだ。

日和見(ひよりみ)主義……そのもんや。

むろん、その躊躇(ためら)いは、おのれの勇気のなさに起因している。そして、あの帯田仁の従妹である帯田奈美の存在の大切さ、かけがえのなさ、重さが、もっと大きな怯懦(きょうだ)の原因になっている。

奈美に拘置所代わりの刑務所で出会った時の感動……こないな少女っぽいと表現するより少女そのものの魅力のある女が今時いるのかと。ちょいと見美人ではないが、不思議な可愛らしさを持っていて、よおっく見ると美人だった。うん、あどけない瞳は、北国の聳える山岳とか、針葉樹の翳(かげ)りがある。

もっとも。

美を美と感じるとか、その判定は、美術評論家やその研究者、現(げん)の画家や彫刻家などの権威とは別に、いんや、その権威を含め、百人いたら百人が別別の値打ちの判断をする。素人は、権威に靡(なび)く傾きはあるとしても、もっとしなやかで伸び伸びして、個性のある判定をして百花繚乱(りょうらん)で自由なのや。

それこそ、アナーキーに、無政府主義的に。

思い出すのやて。

中学一年生だったが、奈良に住んでいたので、美術の教師が東大寺の法華堂に五十人の学級ごと連れて行ってくれた。

その美しさに、びっくりしたのや。ほいで、思わず、叫んでしまったわ。

「こん月光菩薩はん、美しゅうて堪らんな。大美人やなあ。結婚しとうなるうっ」

と。

そう、太めで、ふっくらして、目の形はゆったりと切れ上がり、良くは見えん目ん玉は団栗の形を想像させ、感激したんえ。うん、両唇も、上と下に別れて捲れぎみでな。

そしたら。

「平、この像は、人人の病を治してくれる菩薩で、女じゃないのや。そんに、こない顔はでぶの特徴そのもの、むっつりして。おまえ、何を見てるのや」

美術教師は、叱ってな。

せやから。

与武彦は思う。

大学は芸術学部美術学科中退だが、鑑賞しても、描いても、美については、一つ一つが個別であり、自らの作品、おっと、人間の女も、それぞれにあり、主張するとゆうことや。

この点だけでも、与武彦は、帯田仁に仁義を感じる。よくぞ、奈美を紹介してくれた。目蓋のゆるゆる反った中にある団栗ごとき初初しく人懐っこい両眼、しどけなく上下に捲れている唇、ふくよかな円い顔の形、鼻もちょっぴり反って挑み、小鼻すらそうやて。客観主義の美学研究者、金の値打ちにしか結局は比較できない金持ちの趣味、リアリズムだけが全てと思おとる社会主義者には解らん奈美の〝美〟なのや。

性格も、実に、良い。

慎ましく謙虚や。〝よくよく見ると美人〟なのだが、それを鼻にかけない。かつて、日大芸術学部闘争委員会で人としての義務と流行りと少しの絆で適当に闘っていたら寄ってきた、敢えてアルファベットの頭文字にすると、W大のS子、P女大のY江、T女大のW子、A短大のK子、その他のA子、S美、F江とも。そうや、わいが逮捕られたら、みーんな、逃げよった。

そこへ行くと、奈美は……。

なのに。

なのに。

せやけど。

あかんのや。

俺は、わいは。

二年九ヵ月拘留され、決して現実には有り得ぬ性への焦れの膨れ上がった欲が続いていよる……。

それが、娑婆に出てきてからも。

与武彦は自らを甚振る時の関西弁を胸へと吐き続け、覚悟して頬の肉を、きつく引っ張り、今度は本格的にぎゅっと抓る。せやあ、痛くはあらへん。駄目男や。反省が、まるでできておらんわ。

そう。

それも、奈美に心、胸、心臓、ハートを奪われ始めてからなのだ。

与武彦は、悩む。

奈美と初めて交わったのは去年の二月の半ばなのだが、それを境にして、他の女を抱きたくなったのだ、やたらに、無性に。

実際、ペンキの職人として襤褸アパートの階段の手摺や底の鉄板の錆を肌理の細かさ荒さの四種類の紙鑢で落として磨き、ペンキを塗っていたら、「丁寧な仕事振りね」と声を掛けられ、「三時だわ。お茶をいれてあげる」と三十少しぐらいの女の人に言われ、甘えてアパートの一室に入ると、四月だったが噎せ返る化粧品と女の軀の発する匂いにくらりとして、しかも、カーディガンの胸許から乳房に続く首の肉がむっちり色白に微かに波打っていて「こりゃ、あかん。奈美という恋人がおるのにや」と自らを叱り付けただけれど、仕事が一段落して帰ろうとしたら「ねえ、お酒を少し飲んでいったら」と再び言われ、下戸ゆえにかえって下戸と断ることはできず、部屋の中でもじもじしていたら「手を洗ってあげる」と鉄錆とシンナーとペンキで汚れている指をシャワーだけがついてる狭いところで綺麗にしてもらい……できてしまった。なんや、われは、おどれーっ。

そして。

この三十少しぐらいの女の人はペンキを塗ったアパートのオーナー兼管理人で「独身よね？」、「住所は？」、「電話は？」、「明日、あさって、やなあさってと三日続けて御馳走するわ、いいよね？」と連続して質問を浴びせ、この仕事は職人仲間と交代してもらい、逃げた。

〝一人の男と一人の女〟のどでかい規律は誰が作ったのか。社会科学系の学問に弱い与武彦は、クリスチャンの父の影響で、それは十字架にて処刑された彼のイエスだろうと推測するが、この規律はおのれ与武彦を強く強く縛ると知った。

なのに……。

三十少し前の女に懲りれば良いおのれ与武彦なのに、それから半月経つと、奈美と十日間会ってなく、従って抱き合ってなくて、どうしても女、いや、奈美と別の女と裸で付き合いたい衝動、いいや、単なる自制できない性的欲望に敗北……しちまった。

ペンキ塗りの仕事を終えて横浜は川崎の隣の鶴見の実家へ短時間でも寄ろうとして、でもストリップの看板が目に入り、どうしようか、いや、やっぱり、銭金と引き換えの女体観賞は引っ掛かる、何より奈美に済まんとやっと断念し、喫茶店に入って二、三年前に出た『大杉栄研究』を読むことに切り換えた。大杉栄は、天皇の元号では大正時代、一九二〇年頃の、アナーキズムとしては初期にして最終的な活動家、思想家だ。ボルシェヴィキつまり共産主義の「労働者やその党派による中央集権的権力と独裁」に反対し、従属や支配の拒否、「個人の自由な連合」を主張したが、関東大震災のどさくさの中で、伊藤野枝と甥と共に憲兵隊に殺された人物だ。

そしたら、喫茶店は混んでいてカウンターの止まり木しか席が空いてなくて座ると、隣の同じ年頃の女が「奈良・大和路」とかの旅の案内書を読んでいて奈良公園の鹿の写真を覗いている。

「あのですね、奈良に行くのなら新薬師寺か、東大寺の法華堂、戒壇院が断然……お奨め」

ついつい奈良で中学二年まで過ごした与武彦は親切心で口を出した。口を出してから気付いたのだが、そして言い訳になるけれど、奈美の北国の山岳みたいな翳りある瞳に似ていたのだ、ちょっぴり。それに、膝上二十センチぐらいのミニ・スカートでおいし気なストッキングなしの生肉の太腿が斜めからだが見え隠れして気持ちと下半身が急に浮き立ってしまった。

「あら、新薬師寺には何があるんですか」

同年輩の女が聞いてきて、美術教師、それも中学や大学のではなく、ちゃんとしたそれの気分で与武彦は説き、「やったあ」とその時は思ってしまったが、「飯でも」と切り込み……ついに、その夜、女のアパートでなく狭いとしても一ランク上のマンションに泊まってしまった。与武彦の学生時代は「戦後第二の性革命の進行」などと週刊誌やスポーツ新聞を賑わせていたが、自身はバリケードの中でそんなことには出会すことがなかったのだけど、そのちょっぴり奈美似の女は東京でなく千葉の大学出身なのにあれこれ経験したらしい。

この女とは、誘われ、誘うままに、ウーマン・リブみたいな何とはなしに男の伸び伸びしなやかな野性を縮こませる怖さはないし、今は一切の社会的活動なしのラジオ局勤めだし、ついつい三度、独身なのにダブルベッドの女のシーツの上で格闘してしまった。

「わいの青春はまだまだあるのや」と思った三度目の後、いきなり、俄に、唐突に「わいは、しゃらひんで、だだくさで、いい、いい、むさんこにとうない男やあ」と中二までの奈良の言葉が舌だけでなく全身に駆け巡ってきた。

こない好い加減さで、女に誘われ、誘うままにベッドの上を転げ回っていたら、どないするのや。奈美が、悲しむ。発覚せずしても、おのれの偽善、裏切りそのものとなる。

何が、抑圧され、虐げられ、貧しい労働者、とりわけ、その日暮らしの日雇い労働者、アジアの日本の大資本の進出で苦しむ人人との連帯や……たぶん、性的なパワーの質量を絞り切り、搾り取られた後だったせいか、与武彦は悔いの底へと、女のマンションの出入口を出た途端に陥り、作ってくれた卵焼き、蟹雑炊を植垣に、道端に、嘔吐した。

ほんの、三ヵ月前に、やっと、やっと焦がれてきた奈美ときっちり結ばれたのに……。

——居直ろうともした。

無政府主義の初期にして最後の、一番の推進者、大杉栄の〝リベラルな愛〟の論に。

うん、60年安保の前に、そう、一九五七年頃だ、「きみという女は、からだじゅうのホックが外れている感じだ——それが越智の口癖であった。」ので出しで、ぎょえーい、十年どころか二十年、いや五十年先取りしている『花芯』という小説を書いた瀬戸内晴美という女の小説家が大杉栄についても書いていた。そうや、健やかな保守というか、決定的な保守の危機は守るというか、しかし、東大安田講堂の一九六九年一月のたぶん学生運動の最終決戦などの中身では〝歴史〟と真向からきりっとした記事を載せていた雑誌の『文藝春秋』に連載し、拘置所では角川文庫で読んだ『美は乱調にあり』の小説に書いてあった、大杉栄の恋愛論が。

それによると、無政府主義の中心人物でイデオローグの大杉栄は、病弱で知識は少ないけれど支えてくれた妻の保子、奔放にして既成の女と男の秩序を壊す心情で日本最初の女の叫びと解放の初歩を目差した機関雑誌『青鞜』の編集長の伊藤野枝と、おお、近頃まで国会議員を社会党員としてやって無政府主義より社会主義でやり抜いた神近市子との四角関係を〝フリイラブ〟の論として主張したとのこと、ほぼ公認に近く。それは「一、お互いに経済上独立すること」「二、同棲しないで別居の生活を送ること」「三、お互いの自由（性的のすらも）を尊重すること」の三つの条件だと瀬戸内晴美の小説、しかし、ノンフィクションの傾きの濃い中に記してある。たぶん、この三条件は事実の……はず。

しかし、これは、よくよく思うと、男の身勝手、いわんや、一九一七年のロシア革命の前あたりでは、女が「経済上の独立」は極めて厳しかったわけで……それより、男と女が恋心、愛の募り、性への交わりとゆく一対一の切実な気分、だから、恋人以外の異性のことや婚外のそれは、我慢、忍耐、必死に歯を食い縛り……。

そういや、伊藤博文が中国のハルビンにてクリスチャンで指を詰めて決意した朝鮮の英雄の安重根に殺された次の年、日本の無政府主義の元祖で、ほぼ捏造の大逆事件で捕まり死刑になった幸徳秋水も、盟友の荒畑寒村の獄中にいる中でその事実上の妻の、やがて大逆事件で処刑されてしまう管野須賀子を奪っている。獄中にいる同志の妻を……。

やっぱり、とうない、いかん、だだくさ……の無政府主義者や。

あ、いや、おのれ与武彦のことを棚上げにして、立派なことは……言えへん。

それに、こないなことより、もう、わい、平与武彦は、労働者階級、そ、プロレタリアへの権力集中と独裁を譲らぬ共産主義者、こうなると彼らの好きで好きで堪らぬ赤旗、赤鉢巻、赤腕章までが血のみを求めて飢える集団と映ってくるけれど、はっきり、彼らから無政府主義へと舵を切ったのや、心の中では。悲しいかな……実践は、ほぼ無でんね。

せやけど、国家を始めとして一切の政治的な権力を否定し、個人と個人が独立して、自由な社会へ……は、夢というより幻やろか。

たぶん……。

予感だけでなく、静かな分析でも……。

頭を冷やさなくても……。

解る。

与武彦は、ぐたらぐたら自問しながら、自らの思い、考え、望みは、永遠に極少数派、せいぜい、一億人の三千人と知る。

知りつつ、なお……。極少数派の人間としても、生き方の美学を追い求めたいのや、切に。

何や、美学などヘーゲルをちらりと読んで難解で放り投げてまるで知らんのに、美学じみたものに酔っとるのか、おのれは。

これも、知りつつ、なお……。

敗け、滅びと覚悟しながら、しかし、人を縛る楔や抑圧を壊し尽くし、互いに権力を持たず使わずの、果てしない人間の自由への共同体へ……。

二

一九七四年四月一日。

私服の尾行の影、匂いがあらへん。ほんまかいな。今日はエイプリル・フールやから気をつけねえと。

平与武彦(ひらよぶひこ)は、四度目のペンキ屋だが、朝八時から働いている横浜は新子安(しんこやす)のペンキ屋へ行くと「ごめんね、あんたのところには電話がないから連絡できなくてさ。うちの父ちゃん、ほら、ルバング島に二十八年間も残って、偉いねえ、悲しくもあるけど、小野田寛郎元陸軍少尉を歓迎したいと、和歌山へ出かけちゃったのよ。だから、あと二日、休み」と親方のかみさんから言われた。

暇潰(ひまつぶ)しに横浜の東口の東京寄りのあれこれ新左翼の機関紙やパンフを置いてる小さな本屋へ行くか。まだ開店してないか。それより、格好つけての白のジャンパーに膝下で裾を絞ってるニッカーボッカーの半ズボン姿は目立つし、神奈川県警の公安のやつらに気づかれて尾(つ)けられてもなと惑う。

そう、あと三ヵ月ちょっとで保釈されてから二年。尾行は、半年前からかなり、ぐ、ぐーんと減って、ここ二ヵ月は淋しいほどない。でもここは、慎重にだろう……。もっとも「何かをせねば、世の中がおかしくなるでえ」の感情だけは高ぶっているけれど、行為らしい行為は何もしていない。警察も、六十年代後半の、学生向けの人員と予算を削りたくないのだろう、半年前まではかなりひっつこかった。保釈のすぐ後は図図しく、川崎の溝の口にある最初に勤めたペンキ屋の前に車を一日中止めて、そうや、神奈川県のペンキ屋なのに品川ナンバーやったから東京が縄張りの警視庁でんね、朝十時から夕方六時まで、違法駐車なのに車を止めて、そのうち「元気だなあ」、「真面目だな」、「俺たちより勤勉だよ」と話しかけてきて、更には「お茶なんてもらえない？　うん、出涸(でが)らしの安いのでOK」などとねだる私服(でか)も出てきた。

そう、去年の十一月、帯田奈美と約束したように、今年の八月には一緒に暮らし、入籍もする予定だし……落ち着いて、注意深く対応しないと。

待て、待ちいな。

せやけど、最も大切なのは、おのれの欲や願いより、人人のため、日本人の誠の赤い心をアジアと世界の人人に示すため、釜ヶ崎や山谷に住んで日雇い労働の現場で喘ぐ人人のため。そのために、行為をせんとあかん……のに、奈美の心と肉を奪うのと、反吐の出るほど嫌いな国家権力の犬を遠避けることばかりに労力を使い、ああ、何のこっちゃ。

与武彦は、自らを甚振る思いを一人、自らに打ちまけ、自らの胸の内で問答し合う。

そして、面倒見が良いし、好きだし、奈美を紹介してくれたしの帯田仁が更に、もっと、羨ましくなる。あの帯田仁は、あんまりセクト主義では突っ張らないのだけど、それでも〝労働者階級〟を神棚に置くことができる。党派とは一線を画してきた与武彦は最初こそあほくさと感じたが、近頃は、帯田の、神棚どころか神そのものみたいに労働者階級を大切そのものにでき得る、宗教の信仰みたいな深さに吐息をつきたくなる。

おのれ与武彦は、それこそ『旧約聖書』の中の『ヨブ記』にあるように、善き信仰の人のヨブが神とサタンの賭けというか、神の試みなのか、さまざまな酷さの極北の苦しいことを受けながらも神への信仰を捨てないなど、やっぱり、受け入れがたい。おのれは、神そのものを見失っている、予め。帯田仁の属する解放派を含め、中核派も革マル派もブントも、そう、ブントの一分派の赤軍派も、その残存部隊と毛沢東信奉の京浜安保共闘も労働者階級こそ神で全てという点では異ならない……はず。

やっぱり、共産主義者は共産主義者なのだ。

しかし、ロシアの赤色革命の労働者階級は凄いし立派としても、それを牽引し権力を握ったボルシェヴィキ・ソ連共産党は、やがて、粛清また粛清、スパイの疑いをかけ粛清、小さな異論を大袈裟にして粛清と仲間と人人の屍の山、それも東京のど真ん中にある愛宕山どころか奈良と大阪の境にある生駒山ほどの堆さで築いた。そのほんの実証の例としてスターリンをも生んでいる……。

日本の労働者階級のほとんども戦前は朝鮮、台湾、中国を侵略してきた……。今でも、アジアへの企業の進出で安い労働力を使い儲けているのを支えている……。

そう、共産主義の労働者階級の神格化と似ているけれど、組織を守り、党を作ることへのあまりの固執が今の左翼の全てと映る。

与武彦は、ほぼ二年前の、連合赤軍の浅間山荘の件を思い出す。なお……胃の底が傷む。

——およそ二年前。一九七二年の二月、監獄の中は凍てついていた。

例によって、外で何かが起きているというのは、ラジオが「ンプッ」と途中で音が消えたり、新聞が房内に夕方近くになって入って墨塗りで真っ黒になっているので分かっていた五日目頃、珍しくも、実質的に息子の与武彦を〝勘当〟扱いにしていた父親が面会にやってきた。

「おいっ、与武、おまえ達を釈放しろって連中が騒ぐかも知れんが、絶対に同意するんじゃないぞ。あと半年か一年の辛抱なんやから」

カトリックの信者で誇り高い父親が看守に丁寧にかつ恭しく頭を下げてからの開口一番がこれだっ

た。

「何か……あるのやろか、外で。お父ちゃん」

「ええっ、新聞やラジオで、読んだり聞いたりしないのか。そ、そうか。駅弁の釜飯のうまい横川、うん、その傍の軽井沢の山荘で、連合赤軍とか五人が籠もってる。銃も持ってて散発的に撃ってるのや」

「ええっ、銃もやてか……お父ちゃん」

「そうやねん、与武。ついにだ、大変や」

ここまで久し振りの親子の対話が成り立ったと思ったら、

「お父さん、あのですね、そこまでにして下さい」

と看守が制止した。

――共産主義者同盟赤軍派の救援部などとっくのとうに機能していないのは身をもって知っていたが、面会もなく、焦れていた。

三月に入って、政治犯にも普通の刑法犯にも温く手を差し伸べてくれる救援センターの若い女性メンバーが面会にきてくれたが「あの人達、十日間、頑張ったわけよ。全人民の七割ぐらいがテレビに釘付けだったわ」と教えてくれた。娑婆の高揚感が、手に取る以上に分かったし、この女の人の面皰すら破裂しそうな笑みいっぱいの表情も晴れやかだった。

――ところが、だった。

三月七日頃から、ラジオがまるで嘘みたいに全て放送され、新聞の墨塗りがなくなり「群馬県警が連合赤軍内のリンチで殺されたらしい遺体の発見」が報道され始めてきた……。

何か、かつて日本の左翼史上でなかったような恐ろしい、いや、おぞましいの形容詞がふさわしい……ことが浅間山荘の直前に起きていた……のである。

自腹を切って取っている新聞には「底知れぬ恐怖と独善　理論闘争より醜悪さむき出し」の論評が載っていた。何をもって「醜悪」なのかは別の問題であろう……が、この流れが世論を加速させていくのだろうと考えた。「醜悪」という美醜のテーマではなく、狭い山岳のキャンプでの訓練や合宿の閉じ籠もった時の共産主義者の業なのではなかろう……かと。どんな極少数でも、共産主義者は〝権力〟を求めて足掻く……とも。

ここいらから、与武彦は、国家権力の否定はもちろん、反乱者側も権力を持たない反乱へと個の自由なる繋がりへと……気分が移りだした。

三月半ば、やったあ、お母ちゃん、もとい、母親が面会にきた。

「あのね、与武彦ちゃん、あ、与武彦、過激派の行く末が連合赤軍の浅間山荘のドンパチより、ドンパチ以前の内部リンチなんだよ。仲間のほぼ半分を殺して消しちゃうんだから」

面会時間を打ち切られ、母親は「いつ、おまえが家に帰ってきてもいいんだからね。待ってるよ」と言い、面会の看守が釈放の権限を持っているかのように「済みませんね、看守さん。我が儘で、国を思わない息子を育てたのはわたしの責任です。わたしが悪いのです。だから、だから、よろしく」と、あれーっ、白髪が頭のてっぺんに増えて集まっている、幾度も頭を下げ下げして、それも、臍まで垂れ、面会室から出て行った。

「おいーっ、平さん、違う違う、平くん、ううん、平っ。いや、一〇七七番」

未決囚として中野刑務所にきて一年四ヵ月ばかり、痩せこけた看守が南舎で号令を掛けたり、懲罰房へと送り込んだり、面倒も見てくれていたけれど今は面会の係となっていて、定年の近い五十代半ばぐらいだが、風邪を引いているのか鼻詰まりの声を出した。

「良いお母ちゃん、おふくろさんだよなっ。平、親不孝はほどほどにした方が……な、保釈になったら、ゆっくり、静かに、考えなくちゃよ」

「えっ、でも……さ」

「俺だってよ、いいや、本官のお母ちゃんは去年の十二月、煙草も吸わないのに、肺癌で死んでさ、つくづく、お母ちゃん、母親の息子への思いやりの深さ、肌理の濃やかさ、命懸けの愛……に気付いたもんよ」

「へ……え」

「いけねえ、次のが待ってる」

面会室から一歩外へ出て、ビックリ箱と呼ばれている収容されている人間を一時的に閉じ込める半畳もない部屋の前で、老いた看守は腕時計を見た。

「あのな、こう見えても俺は中学の不良の番長、親分だったんだ、日中戦争の時だ。そのワルの不良番長がばれた時、お母ちゃんはびんたをよこし、それでも番長を続けたら、しくしく、本当に悲しいらしく、泣いて……さ。それが二た月も続いて……よ」

ビックリ箱に入れられる前に、舎房に連れて行く係がやってきて、この痩せた老人の看守は急に口を嚥んだ。因みに、この老看守は、この三ヵ月後だったか、帯田奈美が面会にきてくれた時は「早まるな」と余計な忠告をしたっけ。

ま、看守は敵の一つとはいえ、いろんな人がいろんな人生を送ってきたのやなあと思った。

が、全共闘のピークの時の、一九六八年十一月の東大教養学部の駒場祭のポスターの、東大出身の作家の橋本治の「とめてくれるなおっかさん　背中のいちょうが泣いている　男東大どこへ行く」の言葉と画のポスターが、もう既に、カラーでなく白黒の写真のように朧に蘇える。しかし……これは、甘えの言葉やね。

母親に甘えたいが、甘えては、男、いいや、誠ある人、勇気ある人間になれん……のて。

南舎の独房へと連れられていく中、小中学校のそれのように長い監獄の廊下を吹き抜けていく寒風を受け、この時、平与武彦は「物質的には父親から、精神的には母親からの独立」を決心した。

そして、父親と母親が相談して決めたのだろうが、浅間山荘のドンパチと、その前の山岳でのキャンプ中の軍事訓練、「共産主義化のための総括という内部処刑」、少人数としても大幹部の森恒夫と永田洋子の共産主義者の小さい世界としても、権力を占めている者の酷さと狡さをたっぷり持つ人間のヤル気を疑われても仕方のないようなあっけないほぼ無抵抗の逮捕などが満載の月刊誌、週刊誌が数多く差し入れされた。

「〝処刑〟は弟二人で」、「夫が身重の妻を見殺し」、「夫のリンチ場面を目撃」、「指輪や髪の形が女らしくヤル気がないと総括」などの見出しに、与武彦は疲れ切り、落胆し、怒り、がっくりして、以後十日間ほど飯が喉から食道へと進まず配給食の七割を残し、看守に「おいっ、拒食は懲罰になるんだぞ」と警告を受けた。うるっせえのや。

この浅間山荘へ至る連合赤軍の問題は、やはり「共産主義化」にある気が与武彦にはしてきた。しかも、共産主義の問題として、少ない人数の中ですら権力を誰が握るのかが重大になってくる……と。

それから、また、十日後、帯田仁が面会にきてくれた。

「おいっ、平、ん。落ち込むなよな」

こう帯田の方から口を開いたが、与武彦自身より憔悴していた。冬瓜やでかいじゃが芋顔すら窶れ、気のせいか細長く見え、ややあどけない両眼はもっと退嬰して幼稚園児が園長先生に叱られたよう。そりゃそうやろ、レーニンの組織論ではなくローザ・ルクセンブルクの労働者の自発性を信じるといっても、やっぱり共産主義者やからと与武彦は推測した。ついつい、おのれは共産主義者同盟赤軍派の軍事訓練を半分は見学だが半分は当日にその気になったことを忘れ……。あれは取材や、その後にやっと拘置所で普通に本を読む機会をもらい、無政府主義へとゆく反面教師へとなる……。

「帯田さん、原因はどこにあったと考えますやろか」

「解らねえよ。浅間山荘の銃撃戦に血が騒いで興奮した後、あの酷さの発覚だから……落差が大き過ぎ……天国と地獄だぜ、あーあ」

帯田は両肩を内側に向けて、落とした。

「解らないで済まされへんよって、帯田さん」

「そうなんだけど……やっぱり、赤軍派は社会主義への一段階革命戦略で新左翼そのもの……京浜安保共闘は毛沢東信奉の民族民主主義から社会主義の二段階で旧左翼の色の濃いスターリン主義……強引な野合だもんな。無理が出らあよ」

この帯田さん、帯田は、やっぱり、共産主義者の上に楽観主義者と与武彦は思った。表層的反省や。

「あと、芸術より漫画や娯楽映画が好きな俺だから、うん、好い加減な反省だけど、俗、通俗、風俗を毛嫌いしては駄目……ってえことかな」

浅間山荘に辿り着く前の、女のメンバーの化粧とかおしゃれのことで処刑したことを帯田は言いたいらしい。確かに、そうや。せやけど、根っことちゃうでえ。

「あのな、平くん。でもよ、成田空港を作らせないという農民の魂は機動隊をぶっ倒すほどだし、狭山差別裁判ではかなり燃えてるしな……これから、これから」

帯田仁は、終いに、与武彦を元気づけるよりは萎れてくしゅんとしている帯田自身に虚しい活を吹き込む、新左翼用語では〝空気入れ〟をするように面会室から、文字通り、歩みものろく、酒に悪酔いしたようにというより、いきなり四十歳へと老けたごとくにとぼとぼと外へと出て行った。

済まんですわとも思うが、与武彦は、この帯田の後ろ姿を見て、やっぱり、赤い共産主義ではなく、プロレタリア〝独裁〟とかソヴィエト〝独裁〟とかの権力を絶えず求めるそれでなく、一切の政治権力を否み、個人個人の自由を前提にした結合の社会へ、つまり、無政府主義、娑婆ではこの頃活発で黒ヘルと呼ばれる人人の心情へと気分の軸を据え始めた。重ねて、ごめんや、帯田はん、仁さん。

――あの、拘置所で知った連合赤軍による内部リンチ粛清と、別に毛沢東派の京浜安保共闘によるスパイ容疑の極限的な猜疑心による処刑の暗闇のがっくりそのものの気分は、なお、与武彦に棲み続けている、二年以上も経つのに。

そして、あの暗闇そのもののできごとは、もしかしたら、共産主義者だけでなく、黒、無政府主義者を含めても問われていて、問われ続けるのかもと、ひょいと、不意に、思うことがある。

無政府主義、アナーキズムの主張する「自由な個人と個人の連合」といっても、やっぱり国家権力を打倒する時には、労働者の権力が必要……なのかも。でないと世界で初めての労働者権力だったパリ・コミューンの時の労働者みたいに呑気で遊んでいるうちに、反動にぶっ殺され潰されちまう。

そもそも「個人と個人の自由な連合」は有り得るのやろか。個人は、親子を持ち、恋人や妻を持ち、友達を持ち、そこでも自由では……ないだろうとも思う。

せやけど。

日本の大企業は戦前ほどに、いや以上に、アジアに進出し、安い労働力を貪って豊かな自然を吸い尽くし、もう、日本帝国主義とゆうていい。むろん、大資本家を励まし助けるのは国家やて。それだけでなくて、そもそも本国の日本での日雇い労働者への阿漕な扱い、冬毎に寒さと飢えで何十人、何百人が死んでおるんや。日雇いよりは楽ちんだけど、臨時工、正採用ではない労働者も辛かろうや。いつ馘首になるかも知れへん。本工の労働者も表面は別としても本音で見捨てよる。

だったら。

やはり、がつーんと、命懸けをやる必要がある……のかも。

中身、思想、具さな思いは解らへんやろが、恋しく、愛しい……奈美への生き方の証としても……。

愛しいと思いながらも、他の女に肉欲で転ぶ罪と科の……引っ繰り返し、詫び、罪償い……のため

女性は太陽であった」の頃の、次の編集長の奔放で鋭角なる伊藤野枝や、筋が庶民のものに通じて通し抜いた神近市子と、我が愛しの奈美はあまりに異なる。ここいらは、無知、不勉強のおのれ与武彦が例の瀬戸内晴美の小説『美は乱調にあり』で知ったのだけれど。

奈美は、思想的、政治的には、せやあ、どだい、まったく、性格と同じで、むさんこに初でんね。

そもそも、目出度し目出度しの最初の枕並べの次の次に、隙間風の吹き抜ける安い旅館で、よっし、ハートをもっとと、知、ちゃうわな、抒情にも強いのやでえと見栄を張り、啄木、奈美の生まれ育ちの北海道の札幌、釧路、小樽にもいたことのある石川啄木の、大逆事件でのデッチ上げで幸徳秋水ら十二人が処刑されたすぐ後の詩、『ココアのひと匙』を、一と月前に知って暗記したのだけれど、疾うの昔に、高校時代には知悉していたように、高ぶる思いはあるが抑えに抑え、いつかどこかで聞いた焼場での葬いの歌ごとくに低く……。

『われは知る、テロリストの
かなしき心を——
言葉とおこなひとを分ちがたき
ただひとつの心を
奪はれたる言葉のかはりに
おこなひをもて語らむとする心を——
われとわがからだを敵に擲げつくる心を——

しかして、そは真面目にして熱心なる人の常に有つかなしみなり。

………』

と。

おのれ、わい、与武彦にしては、よくぞ諳じることができたと我れながら自らを誉めてしまうが、やっぱり、黒ヘル、無政府主義の、権力とか独裁への疑い、反発、そないなことをやってはあかーん、こらあ、国家権力よ、あのだよ、共産主義者よ、その煮つめた許せぬスターリン主義者よの、ちょっぴり熱い心情のせいだろう。

「嫌あね、葬式の御経みたいな詩……でさ。本当に、石川啄木なの？」

少し腹立たしくも、初の度が過ぎて良えとも、与武彦は綯い交ぜにして奈美の評を思った。

つまり、大逆事件を、実は爆弾作りをした宮下太吉などを含めているらしいが、啄木は全員がやったと信じ込んで作った詩であろうが、その上での無政府主義や社会主義者のテロリズムへの大いなる弾圧は奈美とは縁が薄いのだ。

風が、すうすう入り、両隣りの部屋の男女の根っこからの歓びの掠れ声や、土砂降りの飛沫の跳ね返りや性への欲を、責付く音鳴りの中で、もしかしたら、奈美とのこれからは大事なことやなあと身構えた。

そしたら、おのれ与武彦よりも声に締まりも、減り強りも、従ってロマンもなく、幻想が崩れるというのに、待つのやて、と思うのに、奈美がシュミーズを脱いだ上で、つまり、裸で、やあ、わい与武彦への、対抗、カウンター、いんや、生の声で愛の合唱やろな、喉よりは食道から下の胃袋から出す声で朗読、いいや、生の声で諳じ始めた。

『かなしきは小樽の町よ……お
　歌ふことなき人人の……お
　声の荒さよ……お、お、お』

知っている啄木の歌だ。小樽は、彼の、うん、戦前の思想取り締まり役の特高警察によって逮捕られ、東京の築地警察署で拷問死を強いられた小林多喜二が、生まれの秋田から出て大学に入り、それから勤めたところ。日銀支店の建物は今なおシック、運河などはたった一回訪れただけだが、うーんとクラシックの流れの緩さと悲しい色、小さな坂の上の盛り場にあった店でのラム、焼いた小羊の肉のうまさは、あれ、忘れへん。

「聞いてるの、平さん、平くん、ううん、与武彦さん、じゃなくて、与武彦」

この女、帯田奈美の決め手の魅力の目ん玉の奥の、雪と氷でこちんこちんになる印象と、両唇のだらしないほどの捲れ、あ、いや、いや心を許すしどけなさの武器を用いるように、きいーっと、与武彦を見た。全裸に近い女の、反発、喧嘩ごしの態、大いなる抗議の形、姿、雰囲気は、例えようもなく、ぎょうさん、良え……なあ。

「与武彦さんっ。わたしの生まれ育ちの小樽をこんなふうに歌うなんて……小樽はね、人人は優しいし、自然と町が調和してたし、わたし愛していたわ」

「そ、そ、そうだろな」

「啄木は、勝手な思いを、勝手に作っちゃったのよお」

「えっ……そうかな」

「あら、寒いわ、与武彦……さん」

との奈美の言葉で、組んず解れつ……見事そのもんやった尻の左右への主張とゆうか、叫びは、その谷間の、赤さが濃いところも。

………。

「ね、楽しかった。気持ち良かった。嬉しかったわ。ごめんね……啄木は、北海道に、とんでもない思い入れとか傷があるのね、知ってるでしょう？　次の、この歌を」

「ま、忘れてなかったら、喉で、声で」

「ふふっ、そうよね。

『函館の青柳町こそかなしけれ

友の恋歌

矢ぐるまの花』

の歌を、なぜか、十八年住んだ北海道のせいかしら、覚えちゃったの。たぶん、この『青柳町』って遊郭よね。女が軀を売るしかない辛さ、切なさ、愛しさを啄木はロマンにしちゃったのよ」

そ、そ、そうなのかと平が感じたことを奈美は告げ、あーあ、このポーズ、ええのや、裸の姿で頬杖をついたった。

とどのつまり——アナーキズム、無政府主義の解説は足踏みした、未だきちんと奈美と話し合えていない。もっとも、あらゆる主義や主張は行為をもって始めねばあかんわけで……と与武彦は考える。

考える……だけではなく追い込まれていく。

それがまた、奈美への誠実な証し……やて。

行為。

行い、実践、実行……。

三

そして。

同じ年、一九七四年。四月十日、桜がほぼ散った。与武彦が今住む、汚染度全国上位の横浜の鶴見川の上流にすら、花筏とはいかないが桜の花弁がけっこう流れてきている。しかし、あれだけ目を細めてしまう眩しい薄桃色の桜が一気に散るのは侘しさの果て……と、直感的に小学校一年の頃から思っていたけれど、今年は別の眼と気分で幾度繰り返すのか、また思ってしまう。

そうやねん。

花びらはもちろん、芯の雌蕊を失い、赤さのちょっぴり濃い雄蕊だけが残っているとしても、そう、無残を曝すことこそ男の雄蕊とゆう女への差別性を含んでしまうが本音の感情、そして、桜の木の若芽、若葉の緑の勢いに、花の滅びは次を確かに準備させると信じるに足りることを知らせる。

今日は、勤め先のペンキ屋に出かける前に、奈美の部屋を訪ねる。今夜にしたかったのだが、夜更かしの癖がある上に低血圧なので寝坊助、無理した。この日は十一日振りに奈美を裸にして抱けるのや、〝嬉しいわの〟という高揚気分のせいで、睡眠三時間、日の出の五時十分頃に、継ぎ接ぎだらけ穴だらけのカーテンを開けると、藍色の空がなかなかの見応えがある。春の暖かさとスモッグの霞に文句を付けさせない澄んだ力と曙の知らせが確とある。

溜まり過ぎやなあ、と与武彦はてんでばらばらに散らばっている新聞を見やり、奈美のアパートを訪ねるのにはまだ時間があると、古新聞を片付け始める。

そうか。

政治家と、資本家と、労働者を管理して顎で使う部長課長などの職制は嫌いそのものだが、首相の田中角栄は、あのや、ちぃーっ、別で、中学進学を貧苦のせいや、断念。中央工学校は中学なのか高校やろか、そこをやっと卒業し、総理大臣やて。情も錦鯉も、ぶったまげる札ビラのそでのしたも、超エリートの官僚も、飲んでうんこにしちまう男やな。

その田中角栄の記事が出ている。

今年の一月七日、フィリピン訪問、マルコス政権の元で戒厳令中、まずまず。

タイ。学生五千人が「日本は全てを奪う」「経済帝国主義、日本」のプラカードで出迎え。どきりやなあ。ぎりり、ほんま真剣に、考えんとあかん。

マレーシア。ここでも、学生のデモの出迎え。

インドネシア。首都ジャカルタで、学生のデモは労働者・市民を含んで暴動化。良えこった。軍の銃で、八人の死者、これは困る、勘弁や。どうも奈美の乳房と尻と太腿とあそこへの全ての関心、好奇心、感激が集まり、読み飛ばしていた。新聞には、日本大使館の日の丸が焼き打ちされたとある、「日本資本は帝国主義を形成した」のビラが撒かれたとある。「むかし労務者、いま日本資本」とのビラも。うん？「むかし、労務者」って何や。もしかしたら、先の大戦中の日本軍政下の元でやった強制としての徴用のことではないのやろか。今年の二月。帯田仁、仁さんが、差別とか、侵略した国国の人人に疎いのに、頭を垂れて、傾げ、吐息をついて喋っていた……わな。

とどのつまり、アジアの人人は、日本の資本の企業、進出に腹を立てて困っておるんえ。

古新聞の二月。写真では額の後退に伍する顎髭を持つ、ソ連の作家のソルジェニーツィン、スターリンを批判して収容所のラーゲリに送られて後、『イワン・デニーソヴィチの一日』を書いた人だ。そして、ソ連では出せずに国外で『ガン病棟』、『煉獄のなかで』を出版したこの作家が国外追放になったとある。読み飛ばしていた記事だ。ソ連の、異なる考えや意見の人、批判派、反対派、異端派への徹底的な排除を越えて、抹殺の凄まじい意志と人類史の果ての怖さを思っちまう……でえ。やっぱり、共産主義ではのうて、権力を持たず、権力で圧し殺すことはせん無政府主義、アナーキズム、いろいろあろうけど、今の黒ヘルだけやて。

あかん。

早朝六時四十分に訪ねて、奈美に会うとせわしないけど愛を確かめる短かい束の間に時が迫っとる。

与武彦は、古新聞の四隅をきっちり揃え、細い麻紐で十字形に縛る。嵩張っている。重い。

あ。

おいっ。

やべえよな。

最近、この二年、一人暮らしなのにゴミが増えて、包装用や梱包用のプラスチック、本能的に後ろめたさを感じるが残飯とあり「良えのか与武彦」と自ら問うてはいたが、この古新聞のずしりの量は、何や。広告のちらしもかなり。とりわけ、化け学そのもののプラスチックやポリエチレンのつるつる感覚は何や？　気持ち悪いので、冷蔵庫に野菜を仕舞うのには古新聞を使うのやけど。

そう、紙って、木から作る。森が繁る、その木から。だったら、インドネシアの大森林や、もしかしたら日本の資本家だったらやりかねない、ブラジルのアマゾンの奥の森林まで伐りまくり……。儲けに狡い、賢い、戦前も反省しない日本の資本家だったら、やりかねない。ちゃう、ちゃう、やっておるのや。


——与武彦は、やや遅れがちの腕時計を見て、アパートの外へと出る。

ゴミの集積所に猫が二匹いる。二匹とも、関西出身の与武彦ゆえに阪神タイガースが好き、うんと好き、勝ちっぷりが豪快、負け方がどうもそのタイガースのユニフォームの縞模様に似ている。

せやけど……。

猫は二匹とも、大きめ魚の頭を咥えて、逃げる。魚は、マグロか、ヒラマサか、大きい。

あ、これも、もしかしたら、アジアかアフリカ近くの魚かも。どでかく、効率良い漁船で魚という魚を捕り尽くす……日本の写実的な姿。

もしかしたら。

自分、おのれ、わいを含めて、日本人は空恐ろしい傲慢さ、狡猾さ、儲けへの計算と、突っ走り……おかしくなってるんのやないのか。

――奈美と抱き合いちょっぴりのお喋りが待ち切れなかったのに、急に後ろ暗いような、疚しいような、こんなことばかりに命を賭けてるだけでは遅いような気分となってきた。

せやけど……。

主義や主張や、少少のデモや角材や火炎瓶でどないなわけにはならんし、そもそも、学生や青年労働者のうねりは消えゆくばかり……。あの一九六七年から六九年にかけての闘いは、奈美の言うように「学生のファッション」に過ぎなかったの……やろか。

両親からは「早とちり」と訓戒され、帯田仁には「野放図にして誠実。ま、短絡的なところがあっけどそれも美点だぜい」と必ずしも皮肉的な表情でなく良い笑顔で肩を叩かれた与武彦もここで考え込む。

しかし……。

今年の桜は見映えがしたが、無残に散った姿に初めて何かを……感じたのや。

そうやねん、盛りの盛りが終わって醜いだけの雄蕊の姿が、醜いだけでのうて、滅びの……うむ、美学を、確と。わいは、芸術っちゅうより片仮名にふさわしいゲージツのイロハをちょぴっと齧った男でんね、わずかに、解る気がするねん。

沖縄に関わる闘い、三里塚の農民の闘い、被差別部落民の石川一雄さんへの差別丸出しの裁判の闘いと現にあるのやが……あの、一九六七年の10・8、六八年の新宿〝騒乱罪闘争〟、六九年の東大安田講堂の攻防戦へと至る、桁外れのパワー、アナーキーな夥しい人数の闘いは終わったけどや、きちっと〝おとしまえ〟を付け、負けた後、人人が街頭やバリケードでいなくなった後も、次へ、将来へと種を撒いておくのが必要や。次の世代、少年少女への務めだ。

敗戦と滅びを前にして、最中にしての足掻き、未来への一と粒の種撒き……の美学やねん。

四

過ぎた五月で、もう二十八歳になった、平与武彦は。

私鉄の東京湾沿い「大森海岸」の近くだ。

一九七四年九月初っ端。

奈美との約束の「八月には同棲し、入籍を」実行するために贅沢かと気が引けたけれど、ふ、ふ、ふっ、ひいっ、二人で裸の見せっこができると風呂付きの1LDKのアパートを借りたばかりだ。

東京は、いい、しとしと雨だが、雨粒が道に落ちた途端に蒸発すると映るほどになお暑い。

しかし、暑いのには他にも原因がある。

大学は中退してとっくに月日が経っているけれど、かつて、芸術学部にいた。だからこそ社会に政治に眼を向けておかないとおかしくなるという観点から挙げると、五月に、コンビニエンス・ストアというのが江東区にその第一号の店ができた。何でも早朝から深夜までやっていて年中無休、便利らしい。ま、深夜に働く店員は、しんどかろう。が、この件よりでかい政治の面では、六月に、〝日本列島改造〟の論と政策を持つ田中角栄首相の指令の下、国土庁が発足した。これ以上にコンクリートと鉄で日本を打ち固めたら、確かな恋人の帯田奈美と、この五月半ばにとことこ電車に揺られて越後湯沢の緑と温泉と山岳を仰ぐ旅をしたのに、あそこいらも新幹線とか土木工事で人工的になるのかと愉快ではない気分になる。そう、列車が長いトンネルを潜って抜け出ると、川端康成の『雪国』の哀しいヒロイン駒子の消せない匂いがいきなり然と現れたのに。駅前の共同温泉に、旅館の木の浴槽にも。ま、これも、しゃあないのやろ……か、鉄とコンクリートの塊になる日本列島は。

そう、アメリカの大統領のニクソンが、大統領選挙中に敵陣の電話などを盗聴したわけで、任期途中で馘首。いや、辞任やったか。アメリカ史上、初だった。

以上の、あれこれは、どうでも良えのや……が起きた。

与武彦は、三日前の、大ごとに、身震いがなお止まらず、髪の先、足裏、耳たぶ、その他が震えに共振し、熱い。風邪以上、肺炎以下なんだろうか。この震えは。

三菱重工という、ベトナム戦争にも通じる軍事産業だし、自衛隊の護衛艦を建造しているし、確かに、武器の要を作っている戦前からの大企業なのだけど、その社員は死なず、ごく普通の市民が、八人、八人、八人、爆弾の炸裂でもろにガラス破片を浴びるなどして死んじまった。やっぱり、酷い。重軽傷者は三百七十人以上。無辜の人人、軍人ではない非戦闘の人人をどないするん？　親兄弟、妻や夫や、愛しいはずの子、恋人、愛人は？　あかんのではないか？

新聞や週刊誌の生生しい爆破現場の写真では、爆弾の凄まじい威力によって、ビルの窓の硬いガラスが角度の鋭い〝凶器〟として無数に砕け、十センチ以上も積もった火山礫の土砂降りみたいなガラスの破片の中で俯せに血を流したり、血塗れに空を身じろぎせず両目を見開いている切迫して痛ましい姿が鮮やかそのものに残され、ことに現場で倒れている人人の写真はきっちり語っている、「すんげえことの巻き添えにされて」、「すんげえことの犠牲になっちまって」と。

全国紙の三つとも、実行グループは、三年前の一九七一年の沖縄返還を巡る闘いでの赤軍派の鉄パイプ爆弾、続いて黒ヘルグループらしい都内交番の連続爆破、警視庁警務部長の家での夫人の死と四男の小包爆弾の死と重傷、新宿は伊勢丹前のあの目立つ交番でのクリスマス・ツリーの爆弾の破裂の連続したことで〝過激派〟それも革マル派は論外で、中核派・解放派・ブントの旧三派でもなく、黒ヘルグループの実行らしいとしている。警察も慌てて捜査の網をどでかく拡げて、細かくするとのことだ。与武彦も、然り、旧三派でなく黒ヘルグループに因る爆弾なのかと、気分を研ぎに研ぐ。

せやけど……。

爆弾は作ったことも、見たこともあらへんが、打倒の敵の要を撃たんで、のんびり昼休みの時に歩く人人を殺し、傷つけるなんちゅうのは……。その口実、そこへ至る根拠、これほどまでにやり切る理由を知りたいわあ。切に、や。

——それから、一ヵ月しないうちに、いろんな仰天して胆を潰すようなことが少しずつ、時にいきなり、分かりかけてきた。

まず、凄まじい爆発と通行人八人の酷い死の後、二十日と少し経ち犯行声明が出て「三菱をボスとする日帝の侵略企業・植民者に対する被抑圧者の攻撃である」とあった。旧三派の一つの中核派の感覚ではない。中核派は権力には大胆に刃向かうが「企業を狙う」発想はしないはず。それに革マル派と内ゲバ抱えていて戦闘部隊は割けないのでは？　もう日本にはいないだろう赤軍派の元で、アラブを拠点とする日本赤軍は世界を股にかけ張り切っているとしても日本に残っているブント系のセンスの声明でもない。社青同解放派は労働者に拘泥るから企業の下で働く人を考えるだろうし〝犯行〟とは無縁だろう。むろん、革マル派は国家権力と軀を賭けて闘わないどころか真剣に闘う人人を「小ブル急進主義、反革命」と想定して背中から襲うか、罵るのが関の山。

旧三派と関係ないのなら逆に旧三派系への集会に出て行っても、三菱重工の件の役割の公安の刑事の尾行はない……可能性が高いはず。それに、かってのブント赤軍派のメンバーと思われていて、保釈以後のひっつこい尾行はあったが消えたし、そもそも日本にいる赤軍派の残党は潰滅状態だ。与武彦自身、保釈以後、お巡りに石一つの礫さえ、無念、残念、怯懦やねん、投げていない。
という根拠で、それより、三菱重工爆破の実行者グループの姿、その本音、組織の仕方や在り様にひどく関心を抱いて〝何か〟を知りたくて堪らない。

当ったり前や。

打撃の的の戦前も戦後も軍事産業で栄えている三菱重工の幹部や社員が無傷なのに、通行人を死なせてしまい、どないに考えるのやねん。

そうやねん、反撥しながらも、気持ちがささくれ立ちながらも、権力者や資本家や愛国主義者のラジカリストとは判別できぬ者を、つまりやて、ごく普通の働く者や市民と見做すべきなのにやでえ、殺すなんて、何や、が最もだ。が、もう一つ、当たり前、そもそも爆発物取締罰則は、「明治十七年、おっとお、一八八四年、自由民権運動の激しく燃える運動、とりわけ、加波山事件や秩父困民党の叛乱への権力の構えでできたのよ」と日大芸術学部の法律は知らんはずの音楽学科のブント・シンパの女子学生が言うとった。しかも、「死刑または無期もしくは七年以上の懲役か禁錮なんだからね」とも。つまり、旧三派の一つ、どうやら昔の大いなる騒動の消えかかる現の今の中で、解放派の帯田仁氏のように先が分からず、内ゲバにやがて全て精を出すと映ることにしか力を発揮できん組織・セクトの人間と、まるで決断、勇気、大胆さで勝っておる。死人を出しちまったから取っ捕まれば、まず、ほぼ死刑なのだ。と与武彦が考えると、三菱重工の爆破の件は、正面からだけではなくて別の思いも促す。

けれどや、しかし。

ことの二十余日後の、九月二十三日、共同通信社にタイプ文で送られた〝犯行〟の声明文には、やっぱ、共産主義どころか、無政府主義の汗みず流して働く日本の労働者、無産者への絆や、赤い心や連帯がないのやて。

与武彦は「東アジア反日武装戦線〝狼〟情報部」という発信者を記した文の「三菱をボスとする日帝の……」の次の文を、幾度も読み、頭を右へ左へと振り続ける。

「〝狼〟の爆弾に依り、爆死し、あるいは負傷した人間は、『同じ労働者』でも『無関係の一般市民』

でもない。彼らは、日帝中枢に寄生し、植民地主義に参画し、植民地人民の血で肥え太る植民者である。……」

ここや、ここが、決定的におかしゅうて、誤りで、場合によっては闘う者の高みから、図図しい、傲慢な態度や、と与武彦は、自然にも腹立ちを抑えられない。

むろん、当ったり前、日大全共闘の時のセクトアジビラも、拘置所での無差別に入ってくるいろんな党派の団体の機関紙やパンフレットにも、「労働者階級」、「階級」という熟語が記してあるが〝狼〟グループの声明にはそれが一切ない。淡い匂いすらしないと再確認する。ここが旧三派との決定的違いだ。

ただ、いや、かなり、与武彦の胸に突き刺さることを、鋭い質だけでなく嵩で、圧してくる。暴れる川の、そうやて、雨が降り始めたけれど緩い流れやし浅瀬やと奈良と京都の境の木津川で小六の時に泳いでいたら急に、ど、ど、どう、どっときて溺れそうになった量にこの声明は似ている。

それは……。

声明は、あくまで外向け。役所の文書と違いながらも、似ているはず。誰か一人が書くとしても、異論、泣き言、それどころか底知れぬ悔やみがあっても……隠し、潰し……建前を朗らかに書く……しかないはず。

もし、もし、三菱重工の件で、普通の人人の八人を殺してしまった反省し切れぬ反省、悔いがあれば……おのれは、おのれ与武彦は、この〝狼〟に深く感嘆する。並み外れた度胸、少し落ち着いて考えれば、戦前の財閥の反省の欠けらもないあまりにふてぶてしい軍事機器と物資をも梃子にした復活と海外への進出、戦前の朝鮮や中国、アジアの侵略と搾りを考えぬ阿漕さへの痛烈なる打撃への、自らの死を十二分以上に覚悟した決起……。

いや、早まってはあかんえ。

もっともっと、知り、調べ、実のところを解らへんと……あかんて。

かつての人生でなく、生まれて初めて平与武彦は、この〝狼〟達への怒りと反撥、逆に、旧三派など超えてしまった桁外れの闘魂と不屈の志の間に、ぐちゃらぐちゃら揺れ始めていく。

その上で、三菱、三井、住友などの戦前の財閥企業は、戦後、蘇生どころか再び大きくなり、日本の労働者を搾るばかりか、アジアに進出し、安い労働力を貪り、自然の資源を収奪しているけれど、その元締めは国家機関の通産省にあるのやないか。

しかし、やて。そもそも、どうも、日本人だったら資本家ばかりか労働者や人人をも区別なく尽く敵にして……おる感性はどうなのや。

けんど、あれだけの爆弾闘争をやり切るわけで、本隊はぶっといのやろな……。赤色、共産主義の匂いは嗅げないので、黒色、アナーキズムの雰囲気の思想と組織の匂いを放つけど、実は、そうでなく、どうも「日本国そして日本人」を敵としとるわな。

野次馬的な好奇心、敵の心臓を撃たずに普通の人を殺してしまうことへの戸惑いとかなりの怒り、でもどこかしら強過ぎるほどの怨みの炎をごちゃ混ぜにして、いや、畏怖心も少しあり、いろんなことを知りたくて堪らず、与武彦は新宿の外れの新左翼の本や機関紙やパンフレットを置いてある書店に週一回行きだした。機関紙はカンパを含んだ値段なのでけっこう金がかかる。書店には、過激派、おっと新左翼とは別の目付きの立派で崩れを知らぬように鋭い三十代四十代の客がいて、たぶん公安の筋だろうじろりと与武彦を見るが不思議に、いや、もう外見も何もせん男と見抜かれているわけだ、尾けてこない。

——中核派の屋内集会の一番後ろに座って見つめたが、五月に拠点の法大のところで革マル派に急襲されて一人が死んでいるし、これからは抜き差しならぬ党派闘争、内ゲバを構えていると分かるし、三菱重工爆破の話など指導部のアジでも後ろの方のややだるい参加者にも出てこない。

——解放派の集会にも行った。ここは四年ぐらい前から革労協と名乗っているが、三菱重工の件の反応を知りたくても数日前の「狭山差別裁判糾弾」の旗を掲げて東京高裁の長官室に突入し、一時、占拠したから気勢が上がり、舞い上がっていた。なるほど、大独占企業の爆破と、被差別部落民と連帯する労働者・学生の闘いの思い、質は……別……別でんね。仁さん、帯田仁は、見かけなかった。傍らにいる女の人に聞いたら「サボリの仁ね、居眠りの仁、酒びたりの仁はね、九月に入ってから音沙汰なしよ。あんた、誰あれ？」と聞かれ、侘びしかった。労働者の自発性を信じ、党の権力でなく労働者自体の権力を強く願うローザ・ルクセンブルクにごく近い組織なのに。

——赤軍派の独立とゆうか別行動で、六〇年安保の栄光を担う第二次ブントはあれこれ分裂していて、やっとその集会をパンフレットで見つけ、二つの派の集会に行った。

一つめのところは大学のあんまり大きい教室ではない部屋での集会。何やら「組織、組織、組織を作れ、作ろう」で、どうなのやろか。きっちり闘う者が毛嫌いするK派の二番煎じ……みたいや。どうやら、飛び出して大いに跳(は)ねた赤軍派と毛沢東派の連合赤軍の傷がなお疼(うず)いて、こうなるらしい。

二つめのところへ出かけた。

集会室に入って人数の少なさに、かなり、がっくりと落胆した。が、たった四十人弱でも志を貫く勇ましさに感動めいたものを感じてしまった。ま……せやけど、少ない参加者の四十人弱に対して沸(ふっ)騰(とう)するアジテイションをする勘違いや信じ込みはしていない幹部で情勢を知っている、ぼそぼそと話して〝常識〟が解(わか)っているようだ。おとなしい。

正面切ってのアナーキズム批判ではないけれど「反乱と同時に、そして、その後の旧権力の粉砕と新しい権力の打ち立てを視野に入れないのは……既にアナ・ボル論争で結着したことだけど」などまぶして、九月四日の三菱重工の件については喋った。

しかし、せやけど、あんねえ。

集会というには小さく、会議よりは人が少し多いのか終わりかけると、パイプ椅子の前に座っている、おのれ与武彦より三つ四つ若い二十四、五歳の男が振り向いた。猿に実に良く似た顔つきなのに未だ、新左翼や新左翼シンパに、こんなに明るく、あどけなく、少年どころか幼児のようににこっと皺だらけの顔で笑える人間がいるのか、二つの靨(えくぼ)を深く沈めた。もっとも、額の皺は既に三本もあり、刻み方が五十代の老人のようだ。

「平さん、平与武彦さん、覚えてないの？　俺、僕、もう五年ジャストぐらいの前に、ほら、大菩薩峠のあの『福ちゃん荘』で逮捕された、オオヤブって者です。赤軍派を結成してすぐ後の件です……あの軍事訓練でだども……そんだ、べえ」

笑顔のとても良い若い男が、言葉の終わりに「べえ」と漁師言葉か、濁ったそれを使った。

しかし、覚えていない、与武彦は。

うん？　ん？

オオヤブという若い男は、話しかけてくる男や女を払い退け、与武彦へと身軽なフットワークでパイプ椅子の間を抜け、飛び越え、与武彦の三十センチ前に立つ。一七八センチの与武彦よりずっと低く一六〇センチぐらいの男だ。

「吾が、俺が、僕が、青森は弘前の、太宰治も通っていた学校の近くの高校から、二年の秋、あの軍事訓練に、こさから遠い、あだあ、遠いども、大菩薩峠に行ったどもしゃ」

「えっ、あ、そう」

「そんで、機動隊の馬鹿っけに吾が、踏んづけられ、たこ殴りされて、はあ、ついには、あの頑丈で重たい靴で尻っこ、かもっこ、あ、きんたまですが、蹴られてはあ。いで、いで、痛かったはんで」

オオヤブは、そうや、弘前大学からはブントのゴリを、赤軍派の強盗任務も担ったり、浅間山荘の前の過酷な合宿を経た活動家を出しているし、周辺の高校もそういう風潮が……あったらしいと分かるけれど、あかんねん、この若者は東北弁の丸出し、意味を解するに少し時がかかる。

「そん時、機動隊に止めにかかって、そんです、助けてくれた人だば、あんだ、あんだ……いえ、ごめんしてけれ、標準語で言うと、平しゃん、平与武彦さんと、日大の芸闘委の人に教わりました、山梨の留置場で」

オオヤブという、猿そっくりなのに笑顔の良い若い男は、へえ、そうか、そういや、何となくと思わせて与武彦と肩を並べ、ぞろぞろ出て行く参加者とは別に、そう、水道橋の繁華街へと腕を引いた。手首に力というより、熱過ぎる思いが……あるような。

へえーっ、おいっ、オオヤブは、やっと六ヵ月前に尾行のピリオドが打たれたおのれ与武彦なのだが、なお、のように、後ろ、斜め、前方へと首ごと目ん玉をことさら向ける。遠回りなのに横道へと急に入り、電信柱の影に与武彦を連れて隠れ、今きた道を振り返る。与武彦を病院の門柱の後に蹲る ことを求め、自らは非常階段を登り地上を見渡す。

尾行の煩わしさ、変に圧してくる力、ひつっこさに頭だけでなく、眼の、あんまり関係がないと思える耳穴や、鼻穴の奥までの疲れを知り過ぎている与武彦は、オオヤブの針鼠の背中の針のような警戒心ゆえに「信用できるでえ」と思った。

——赤い快速電車は止まらず黄色い電車しか止まらない水道橋の駅の周辺だが、隣りの御茶の水の駅付近を含んで、法政、明治、日大、東京医科歯科大、中大、予備校が群がっているし、書店や出版社が「我が世の春」と勢いが良く、オオヤブが連れて誘った酒場も熱気に満ちていた。煙草の紫煙というより白煙のもうもうとした霧や霞の中で、机を叩くラフな姿の会社員、淋し気に呟き合う二十未満の予備校生らしき青年、もう既に古いと思う共産主義者の団結の歌「インターナショナル」を叫びそうな、従って今の今には「遅れかけた」学生とぎっしり席を埋めている。

オオヤブが店の主に何ごとかを言うと、主は二人が一対一で飲める席を即座に手の甲を拡げて出し、案内した。

オオヤブは、大藪と書くと知った。

かなりの一生懸命な組織者になっていると、そのひそひそ声、ぼそぼそ声、時に放つ強い口調の減り張りのある音声やリズムで分かる。

どうも、この大藪は、太宰治の生まれ育ちとごく近くらしいが太宰的なシャイがなく、右手を軽く挙げて顎を抉り、これまた不思議だが女店員三人がいるのに主がかなり低い屈む姿勢で酒と肴の注文に応じる。そうか、多岐に別れたブント、再建・共産主義者同盟、社学同のシンパだったのか、店の主は。

「では、先達、乾杯っ」

大藪はビールのでかいグラスを、与武彦の小さな猪口にぶつけた。

「うん。せやけど、しかし、良お、覚えておったな、わいを。大菩薩峠の『福ちゃん荘』に辿り着いて五分か十分のほぼすぐに警察に囲まれ、延べ九十分もおらへん、いなかった俺なのに」

「そりゃあ、血達磨になった僕を、たった一人、一人だけ、必死になって庇ってくれたわけで。あんだ、平さん、平与武彦しゃんだば、人の中の人だびょん」

どうも、この大藪という男は、東京標準語は低い音のリズムに少し外れたものがあるけれど話せば話せるらしい。青森の弘前弁は、親しさが溢れたり、本音を語る時に出るようだ。おのれ与武彦の関西弁を使う時とかなり似ている。もっとも、純粋な喋り言葉の東京弁に、奈良を含めた関西弁を対抗として出す気分にはなるけれど、東北の奥深いところにはどうしてやろかブレーキがかかる。あ、おのれに内在する……奥羽土着語への差別でんね。

それにしても、この大藪は、他人を誉めるのに、解放派の帯田仁氏みたいに、そして、おのれ与武彦のように「男の中の男」とは表わさず「人の中の人」と口に出す。ヤクザ映画が『仁義なき戦い』へと行き着き、仁義のために命を賭け、時に無駄にして死ぬ高倉健の主人公の映画などもう廃れ、旧三派すら陥りかけている「無慈悲なる組織の拡大」へと辿り着いたかのように。

「黙ってばっかりで、平さん。大丈夫、こことも一軒だけはつけが効くから、飲んで、食って……くれねばやずがね」

「おおきにや。そう、あの大菩薩峠の軍事訓練の後は、どないしたんや」

「血塗れで逮捕れたので、お巡り、地検も後ろめたさがあり十三泊十四日で釈放。平さんは、決意して『福ちゃん荘』にきたとしても、それまではフラクション、細胞会議にも出てないほぼノン・ポリ……なのに、三年近くも拘置所で。何か、じっぱり、済まねえ……にゃ」

ちっこい歪んだ楕円の木目のテーブルの上に、額と鼻を直に付けて大藪は頭を垂れた。そうや、与武彦は、大菩薩峠へ行く途中、新宿駅でお巡りの職務質問を〝実力〟で振り切った件で山梨県の留置場から警視庁へ移送され東京の地検にて起訴されている。

「いや……かまへん。今は、何を？　いや、仕事は？　大藪くん」

「平さん、これ、勤め先の名刺です。今日の集会は別で、いつもは背広に、白いワイシャツ・ネクタイで、東横線の横浜側の駅前の小さい不動産屋で……」

笑みが良くて、紅顔の顔色で、しかし猿顔の大藪の日常のしんどさが、与武彦に浮かぶ。日常はごく普通のサラリーマン、本音は別にあり、サラリーマンは、たぶん偽装。しかし、偽装に振り回され、神経を磨り減らす……のではないか。

「平さん、嫁っこ、あ、いや、奥さん、いや、いや、つれあい、かみさんは？」

やっぱり、大藪も、ウーマン・リブ、女性解放の運動からやってくる、怖いとしても当たり前であったとも映る動きにびびるらしい、とちりながら聞いてくる。

「もう、おる。これという女、女の人、女性は」

「どんげな女子？　勤めてるのでやあ？　デモとか集会に行ぐ人だか？　あ、んでね、いや、いや、美人？」

質問の仕方が誰ぞに似てる、そうでんね、警視庁の刑事でなく山梨県警の好奇心旺盛というか、任務にまっこと忠実というか、過激派が珍しいのであれこれ聞きたがった調べの刑事みたいやと思い出すが、「美人？」との言で引っ掛かり、黙す。

おのれ平与武彦は、奈良の新薬師寺の通称・伐折羅大将などの仏教に纏わる乾漆像や、東大寺の法華堂や戒壇院の塑像で「美しさ」、「美しさを作る素」、「なにゆえ美しいのかの形、姿、色、そして底に見え隠れする何か」を餓鬼んちょながら、眼の表面というより芯で知らされてきた。間を抜かすとしても、奈良から神奈川に引っ越してからは、ゴッホの賑賑しい向日葵の画は苦手だったが、死ぬ直前の黒い影のある麦畑のそれは心を撃っていたし、アンリ・ルソーの税関吏で素人ながら画に熱中し、画家という枠を取っ払っての、つまり、近現代の全ての人が負う〝分業〟の枠を取っ払っての、稚拙そのものなのに、木の葉、獣、人、空で描く画は、実に楽しさ、喜び、嬉しさをくれた。

それでいくと、帯田奈美は、奈美は、アンリ・ルソーしか描けない美人や。軽軽と、他人に解ってもろうてはあかん、詰まらん、安うなる。両唇のしどけない開きや、団栗眼の寸前の寸前のくりくり眼やでえ。鼻だって落ち着きがあって整ってない痩せ気味の温泉饅頭の形、その上に鼻穴は少し反っていて、尻こそばゆい、すこっちょい、かいらしい。

「あのだ、あのだべい。独りで笑みを浮かべてしゃ、そん女子、いや、女性はセクトに入ってる？　セクトと関係したかね、平さん」

与武彦の、あれこれの奈美への思いゆえの沈黙に我慢できなかったのか、ジューク・ボックスへと行って選曲し終えてから大藪は戻り、かなり残念の思いを猿顔の眉と眉の皺に作り、聞いてくる。

「たった一人の俺しか解らんやろうが、付き合うてる女は超美人だぜよ」と答える前に、大藪は、二人用の席で与武彦が皺だらけの顔を真近によこし、おいっ、丸みのある猿顔には角張る顎っていける、再び、やや問い詰める調子で顎を抉った。

ありゃ。

ジューク・ボックスに百円玉を入れたのは大藪なのか、童謡の前奏曲というか序曲というか、流れ出す。

その中で、大藪は、聞いてきた。

「美人かどうか、自信はねえわけだか。たぶん、思想っこ、セクトっこもねえべしゃ」

「いや、かなりの個性派の美しい女や。イデオロギーは、とんと普通やねん。自民党と社会党を混ぜた……ぐらいや」

気が付くのだが、大藪は、かなり要を撃つ質問をしてきている。さすがに高校生で赤軍派の軍事訓練に遠く青森県の弘前から馳せ参じた男やねんと、与武彦は思う。

そして、奈美とは、闘争とか、思想やイデオロギーじみた話をぎりり、きっちり詰めたことは一度もない自らの弱さを重ねて、改めて、新しくもあるけれど、知らされる。たぶん、それは与武彦の、五年前、一九六九年の赤軍派の訓練の終了間際に参加したきっかけの好い加減さ、あんまり勉強をしないで拘置所代わりの刑務所で過ごしたこと、保釈が近くなっての一九七二年の連合赤軍の内部処刑の暗過ぎる衝撃を口実にした躊躇い……に因る……。

『しゃぼん玉　とんだあ
屋根までとんだ……あ
屋根までとんで……え
こわれて……え　消えたあ』

懐かしい童謡がジューク・ボックスから流れてくる。誰の作詞だったっけ……。

鼻歌と首振りで『しゃぼん玉』に合わせていた大藪は、今度は序でのように、

「その女性っこととは一緒の暮らしだか」

と聞いてきた。

「いや、この十月に同棲して入籍しようとしたのや、けどや、暑うて……初冬の十二月には彼女を幸せにとそろそろ新しいアパートを……探すわ」

同棲と入籍を延ばしているのは、奈美との二人の幸福追求だけで良えのやろかがぎょうさん、引っ掛かり、ささくれ立つゆえだ。然りとて、二人の単に生きて、話し、布団を一緒にするだけの暮らしも、追いたい、したい。そうなのや、おのれ与武彦が、もし、もし、政治とか革命へと突っ走れば思想的に無色というか透明な奈美を巻き込み、重大な不幸に落としてしまう……。

『……
　風　風　吹くな
　しゃぼん玉　とばそおっ』

「平さん、『風、風、吹くなあ』ってこの歌の詩っこ、この意味、知ってるだべい？」

大藪が、童謡に対して大学入試みたいな問いを発した。

「知らへん……よ」

「『風』って、アナーキストへの弾圧だど。そんげにアナーキストは心情を入れたのでしゃ」

「へえ」

「一番の詩っこは、野口雨情の自身の子の死への痛みだもにゃ。二番の後の詩は単に風への願いで、しゃぼん玉を潰さねえでけれの祈り……だと。だけど、当時のアナーキストの中で別の意味が賦与されただあも。大正十一年、あいやあ、天皇の制度の元号は良ぐねと知りつつ……一九二二年、大正デモクラシーがあったと言っても……にゃ」

「そ……う」

なるほど、やがてボルシェヴィキ、後のソ連共産党による一九一七年の赤色革命で、黒色、アナーキストは分が悪くなり、権力の弾圧も加わり……潰えていくばかりの……哀しい歌となるわ。

「恋とか愛とかは、吾は解らねだども。もう少し、情勢を見極めて……駄目になったのは、旧三派、全共闘のそれだども、大衆的だったでやあ、ラジカルでやあ、手前勝手の一人一人がいたでしゃ。だげども、だども、権力への刃は屁で、敵を恐怖させて無がった」

東北でも奥の言葉は解りにくいが、だからこそか、きっちり逃さぬように耳穴を拡げるせいか、大藪の喋りは何となく迫る力を持ってくる。

「んだから、一緒の暮らしは……先に延ばした方が良べ、平さん」

「ま、考えとく」

いくら五年前に機動隊にたこ殴りされてるところに止めに入った恩義を感じてくれるとしても、大藪は余計でお節介なことまでくっ喋って図図しい……本当の感覚で、人と人とか解っておらんやて。

いや……待つんや。

「あ。んだ、八月三十日の件、どんげに……考える?」

酒場全体に煙草の煙の幕を幾重にも巻くようにして、あれ、ほう、おのれ与武彦の保釈後一年ぐらいよりも警戒心があるのやな、それも、プロ野球や演歌評論や女のことを話すようにして、回りに目配せの網をかけるようにして、大藪は聞いてくる。「八月三十日の件」とは三菱重工本社への度肝を抜く爆弾攻撃だろう。

「そりゃ、敵を、いや、敵と見做すターゲットを潰し切る、自らも命懸けで……だもんな」

「ふう……ん」

「けれどや、普通の通行人を殺したり、日本の人人をみーんな尽く『日帝中枢に寄生し、植民地主義に参画し、植民地人民の血で肥え太る』と規定してはあかんとちゃうか……。労働現場で苦しんで汗水垂らす人人も大勢おるのやねん」

「ま……声明とかは外に向けてばかりでねえ、内にも向けて……空気を入れねえなら、しゃぼん玉の前の石鹸水だあも」

「それでも、三菱重工の件でガラスの破片の雨霰どころか拳ほどの雹で八人……も死んだのやでえ。悼むとか、悔いの心が見当たらんわ。どない凄まじい闘いを起こそうともや、その実行者のヒューマンな誠の証が問われるとちゃうのか」

「む……うーん、ん……うん」

この呻きに似た大藪の吐息を聞き、与武彦はこの男が「反日武装戦線〝狼〟」にシンパシーどころか、ごく些細なことだけの絡みとしても、どこかで実際に噛んでいるのかもと気を引き締める。

「平さんは、下戸だあね」

鋭い、大藪は。与武彦は盃の酒を飲む振りをして、盃の縁を舐めているが、酒は減っていないのを見抜いていた。お人好しそのものの帯田仁氏、旧三派の解放派の今や〝役立たず〟の〝不良〟党員らしいけれど、あん人は、見抜けないままやと与武彦は大藪の要を繊細なる「観る力」に、やや、たじろぐ。

「え……うん」

「吾も、俺も……実は、煙草は一年五ヵ月十日振りだもにゃ」

大藪は、ブルーの包装のハイライトの箱の切り口を、静かに、与武彦に向けた。なるほど、一本のみが消えて残り十九本の煙草の頭がぎっしり頭を揃えている。この時代、煙草は「火事の元」とは言われているが、女はともかくとしても男は成人の嬉しさや、成人への背伸びへの証し、文句を付ける人はいない。

「おお、うめ……なあ」

再び一本のハイライトを取り出し洒落れて重い銀箔のライターではなく、ちっこい箱からのマッチを擦って、おいしそうに大藪は煙を鼻穴から、そして、口から吐き出し、両肩を落とす。

「そない美味しいなら吸えば良えのに、毎日」

「そうとはなりません。危険……過ぎる、平さん」

急に、東京弁になった、大藪は。しかも、猿顔の賢そうな両眼を吊り上げ関西弁で「ぼけっ」と与武彦に告げるように菱形にした。

「なぜや、大藪くん……今頃、結核かあ」

「ふんっ。インカするからですべ」

「インカ」とは、あ、「引火」や、と与武彦は思いの巡らしをして、息を飲む。化学については高校の授業でもまるでちんぷんかんぷんで不可解だったが、直感としては、裸火(はだかび)は……たぶん、火薬や、爆弾の素となる薬の予期せぬ爆発を……ではないのやろか。ならば、かなり、こん大藪は、深く〝狼〟の深みに……と与武彦は背筋に、ひどく凍てついた日本刀の刃物を差し込まれたような気がしてくる。

「あ、小便、しだくね？　一緒に、どんね？」

再び、青森らしき言葉に戻り、大藪は立ち上がった。平べったいショルダー・バッグを左肩に提げて。

「あべ、あべ。こさ店の便所だけは広えびょん。関東のつれしょんだべえ」

四歳は年下のはずの大藪が、俄(にわか)に同世代に映りだしてくる、いや、年上にまで。

男用の便所は、大便用が仕切りのあちらに一つ、小便用がすぐ前に二つとあった。

「平さん。三重工(さんじゅうこう)の件は、実行五分前に、予告電話をしとるだもにゃ。んだども、通じねえで」

右側の便器に立って、さらり、かなり、重くて重いことを大藪は告げた。そうか、「五分前に、通告」をか、と与武彦は、千分の五十ぐらいのひどくちっこい安堵の心を感じてしまう。予告がまるで、無(な)い……よりは……。

「じょろ、しゃーっ、しゃーっ」ではなく、「ちろ、ちろ、ちろーん」の無理して排泄していると分かる大藪は、隣りの大便用の便所の仕切りを開け、誰もいないと確認する。ここまで、やるのやろか、はあ、立派やて、とも、疲れるだろうなとも、自分与武彦の対警察への構えの数十倍の神経の張り詰め方に、参る。

「平さん。〝狼〟のグループの中でも、やつは、あ、いや、いや、日日を楽しく、時に悩みながらの市民八人の死者に、譬えようもなく『済まねえども』、『許してくんしゃい』と頭の円形の禿げどころか、心の病になるほどに悶えておるのも出ている……とのこと、噂、伝聞を聞いたどもにゃ。そんだ、深刻だべい……な。これ……真実、うんや真実に近いらしいども」

やっぱり、こん男、大藪は、確と「東アジア反日武装戦線〝狼〟」に共鳴し、どこかで一端を担っておる……のやないか。

けんどや、ほっ。

そうか、きっちり、きりり、あの三菱重工の爆破で無辜の人人が死んだことへ……の、かなりの悼み、悔いを……。

ならば、ならば……。

「あ、平さん。吾は、ここで帰るども」

「そう……いつか、また」

「このパンフ、読むと役に立つどお、じっぱり」

小便の雫を、腰を振り振り払い、大藪はショルダー・バッグから大きめの茶封筒を取り出した。

「五年前の仁義があるだもしゃ、ここの支払いは、吾、いい、おらの奢り。パンフを読んだ感想を、んだ、んだ、大晦日、十二月三十一日、正午、開いているはずここだもしゃ、ここ。帰りは別別に。タクシーは奮発して三台を乗り換えるのが良」

名刺の倍ほどの紙に、既に記していたはずの「ここ」の地図を大藪は渡し、「そんでは、はあ」と便所から消えようとした。

おのれ与武彦の、保釈以後の警官の尾行から逃れるあれこれの百倍を大藪は知り、潜っていると知り、胆が熱くなり、やがて冷えたりもしてくると、大藪が便所のドアの直前で立ち止まった。

「あんね、平さん。反日戦線は、既成の左翼や新左翼と違ってだあよ、中央集権的な上からの指導、指令、指示で動くんじゃねえども。それぞれが自発的に仲間を次次と作るどもしゃ。見ててみれ、今に〝狼〟だけでなぐて、三人、四人、五人の独り立ちして共喰する仲間が別別に、続続と出発する……はずだもしゃ。んや、らしいど。アナーキストとも違う別の新しい組織論だべい」

「そう……やろかな」

「しゃぼん玉みてえに、幾つも幾つも湧いてくるだあよ」

「えっ、おいっ、しゃぼん玉かあ、大藪」

「しゃぼん玉って、濁った石鹸水から、そんだ、望みや理想を身籠っとだあよ、夢ある大空へと飛ぶものしゃ」

「まあな、壊れ易いけどや」

「そんだ、壊れ易さを含めて、力にしがみつかない男、いんや人、人の美しさ、美学があるども、平さん。そんだら風に考えねが」

大藪が哀しいような譬喩を口に出して言い終わらぬうちに、靴音の乱れた客が便所に近づいてきた。手も挙げず、「さいなら」とも言わず、大藪はさっさと出て行った。

与武彦は〝しゃぼん玉〟を頭の中で繰り返す……歌と一緒に。大藪の「美学」というやや照れながらの言葉も。

なるほど、悪くはない美学……やねん。

与武彦は、クリスチャンの父親が「隣人を愛することは、親兄弟を大切にすることより、ちゃ、ちゃ、むちゃくに大切なことなんや」の口癖を思い出す、奈良の住まいの隣の人の暖炉の煙の臭いに文句を付けに行った親父なのにやで。

と、同時に、親父は、酔っぱらうと、独り善がりで布教の汗なんぞ流さないのに、百年ほど前の古い聖書の訳で「一粒の麦、地に落ちて死なずば、唯一つにて在らん、もし死ねば、多くの実を結ぶべし」とあたかもイエスの心が解ったようなことを、それなりに、喋るというより意を決して小声で叫んだことを。文語のリズムの重さと心地良さだけでなく、直感としての解釈で、与武彦は「そないなことは無理、無理」と思いながら、〃一粒の麦〃の死を賭してやり抜いて、その屍を栄養にして人人が起つという決定的な重さを感じていた。

けれども。

〃一粒の麦〃に、予め、なれへん……よ。

うむ、〃しゃぼん玉〃のごく軽い気分で、望みと理想を持って、夢の空へ、せめて屋根まで飛ぶのも良え。壊れ易くても、互いに縛り縛られず、ストローを吹く人によって自由に無数に飛ぶ……。

ちいーっと、侘しいとしても。

五

森進一の、震え声のひたすらに哀切さの籠もる『襟裳岬』の歌がラジオから流れてくる。与武彦は、最愛の奈美が北海道でも太平洋岸で「競走馬と、見渡す限りの馬鈴薯畑と、アスパラの畑と、テンサイつまりビートの畑が続くのよ。四十キロ先が、霧が深くて断崖も深い襟裳岬なの。だから、この歌、覚えてね」と、こんな狭い幸せに浸ってばかりで良えやろかの寝物語で言われ、この頃は歌詞は覚えた。足首、腰、首で調子を合わせてしまう。

どうやら、最も激しくアナーキーな印象をよこした大藪と会ってほぼ二ヵ月。

一九七四年十二月下旬、年の瀬である。

あれから、旧制中学へだろうが進学を貧苦ゆえにできなかったが、土建業の人と人との阿吽、持ち前の凄まじい馬力で総理大臣にまで登りつめた田中角栄が辞めた。決定的な一撃は立花隆とゆう人が『文藝春秋』に金脈を暴露したことにある。与武彦は「ブルジョワ・ジャーナリズム」とこの雑誌をやや斜めの眼差しで見ていたけれど、そんなことはなかった。実に健やか、不正への怒りが真っ当で、かえって考え込んだ。替わってできたのが保守〝傍流〟の三木武夫の内閣だ。

与武彦は、夏至の前後すら二十分しか陽光が差し込まなかったアパートのガラス戸を開ける。この頃やけに目立つマンションや家並のせいで三割しか見えない空にはそろそろ本格的な冬がくるのに、のんびりして白さに艶のある羊や、中年の太っ腹や、正月の鏡餅の形の雲が浮かんでいる。

フル・ネームは分からない。が、大藪が二ヵ月前に便所でこそっと渡した分厚いパンフレットのそれは『腹腹時計・第一号』だった。今年、一九七四年三月に出ている。噂は与武彦は知っていたが、新宿のその手の書店では入手できなかった。三菱重工爆破より六ヵ月前に半ば公然、半ば非公然の形態で出た。この本のサブ・タイトルとゆうか、表紙の真ん中には「都市ゲリラ兵士の教本」の文字が横書きで記されている。

出版する責任の所在も「東アジア反日武装戦線〝狼〟兵士読本編纂委員会」と明記してある、きっちり。

その中身に、罪もないとしか思えない人を殺し重軽傷を負わせた三菱重工本社の件への与武彦の反撥七割五分、しかし、その破壊力の凄まじさへの畏れ二割五分が崩れかけてきた……。

その『腹腹時計』には、与武彦の印象ではこんな旨が記してある。

〈一、日帝は朝鮮を始めとして台湾、中国大陸、東南アジアを侵略、支配し、「国内」植民地としてアイヌ・モシリ、沖縄を同化し、吸収してきた。われわれはその日帝の子孫であり、敗戦後に蘇生させた本国人である。この認識が出発点である〉

――ほな、日本本国の人人は、支配者もブルジョワも被支配者も労働者も区別なく救い難いとなるとちゃうか、日本人なら罪科は一蓮托生(いちれんたくしょう)……こりゃ、息苦しくやり切れんと与武彦は初めは考えた。

せやけど、敗戦で国民一体として反省したはずなのに〝戦争放棄〟は日米安保条約で反共軍事同盟としてぶっとくなり密になり、自衛隊は事実上の軍隊や。今年一月の前総理の田中角栄は、フィリピンでは厳戒の中の出迎えであり、タイ、マレーシア、インドネシアでは学生、市民、労働者の抗議の波と嵐……やったわ、とも考えてしまい、思いは逡巡する。

〈二、日帝は、その「繁栄と成長」の源泉を植民地人民の血と屍の上に求め、更なる収奪と犠牲を強制している。そうであるから帝国主義本国人の我我は「平和で安全で豊かな小市民生活」を保証されている〉

――炭鉱の落盤事故は少なくなったものの、化学工場の爆発や労災事故は増えている気がするし、公害によって魚はもとより自然そのものも汚染されてるやないかと思ったが、確かにどう考えても、新聞や週刊誌の写真やニュース映画で知る限り、日本人は東アジアではかなり恵まれておる……わけで。

〈三、日帝本国における労働者の「闘い」＝賃上げ、待遇改善要求などは、植民地人民からの更なる収奪・犠牲を要求し、日帝を強化、補足する反革命運動である〉

――社会党系の総評の県組織にアルバイト的気分で勤めている帯田仁氏の話を聞くまでもなく、どうもこの頃の労働運動は民間の大企業を中心として戦争反対とか政治のテーマは避けて秩序形成の手助けばかりと映るし、会社内の出世のために組合運動を利用する輩も多い……。民社党系の組合連合は、もっと丸ごと企業の協力の先兵だ。ただ、おのれ与武彦自身がペンキ職人で労働組合など組織化したことがないゆえにか、そしてその自身の弱みを宥めて慰めて励まして、もっと別な地平から勇気をよこすのは……何でやろ？

もっとも組合運動に詳しい帯田氏に言わせると「民間の労働者は国鉄、郵便、電気通信、市役所の労働組合を『どうせ税金で雇われて真面（まとも）な馘首（くび）切りもないところ。そもそも、この国の主力産業はサービスではなくモノを作り出すのが主力、我我がヘゲモニーを握らねばならん』と舐めている。どっちもどっち。でも民間の労組の方が未来を括弧付きで先取りしていて、資本家と仲良く、国家との協調だな」とのことやに。その民間の労組を、社外工とか臨時工とか日雇い労働者は『まるで俺達の明日も分からねえ不安できつい職場やべらぼうに安い賃銀など知らねえ本工の人達だよ』と口走るとゆう。マルクスの宣言した「万国の労働者団結せよ」どころか一国の労働者の団結も怪しいし危ない……とゆうことなんやろか。いずれにせよ、建て前は労働者の権力を目指すコミュニズムとは無縁と解る。一九二〇年代のフランス、スペイン、イタリアで盛んだった、日本でも大杉栄らが唱えたアナルコ・サンディカリズムは、アナルコは無政府主義でサンディカリズムは労働組合主義の意、これとも別の考えだ。

それでも「これから馳せ参じても、遅くはない」、「取り返せる」、「もっと根っこを撃つ闘いで、先へと突っ走れる」とのかなり嬉しい〝狼〟の文であり、喝（かつ）であり、呻き的叫びがあった。

〈四、日帝の手足となって自覚もせず侵略に荷担する日帝労働者が、自身の帝国主義的、反革命的、小市民的利害と生活を破壊、解体することがなくては「日本プロレタリアートの階級的独裁」とか「暴力革命」とかをどんなに唱えても、それはペテンそのものである〉

——要するに、遅れて近代化に着手した東アジアの国国の人人と異なり、日本を船とするのなら〝日本丸〟は国家、資本家、労働者、人人は否定されるべき、消えるべき、沈むべきとの主張……なのや。ま、旧三派への挑発を含めた批判というより非難だろう。

けれど、ここまで言い切り、実際に、肝っ玉が一つどころか三つほど抜く、三菱重工のことを為したわけや……から。

よくよく考えると、清純、ピュア、そのものやねん。

五、六年前に、全共闘の中では三派の影響を凌ぐかと映ったが結局は東大安田決戦や政治闘争のピークでとんずらしちまったノンセクト・ラジカルの〝自己否定〟を、もっともっと突き詰め、自らの出鱈目さの負を追い、真情と行為を一つとするのやで。あのいざの時のとんずら、たぶん「遁走」と「ずらかる」の合成語だろうが、これへの全ての身心を賭けた反省と総括があるのやろ……う。

与武彦は『腹腹時計』を一度読み、反撥の心は自らの問いとの格闘となり……今現在の奈美との幸せのみを追う暮らし、思い、実際に考えが巡り、なるほど痛いように「小市民的利害と生活を破壊、解体する」真剣そのものの心情に参りだしていく。そして、「待つのや。やつらの心情、行いをもっと知った上で」となった。

しかし、奈美との一緒の暮らしと入籍は延ばすことに決めた、無期限に。ぎょうさん好きゆえに……。

が。

けれども。

そいで。

あの『しゃぼん玉』の歌の譬えの伸び伸び自由とものの哀しさを知らせた、あの「三菱重工本社へのたった五分前としても爆破の通告」、「死者への悼みどころか、済まなさの悔恨の心の病になるほどの心」、「共産主義とは別の、自発的な組織のありようと、次から次、続続と命懸けの人が、グループが」と告げ、そう、あの大藪の言う通りになってきた。

この一九七四年十月、三井物産本社で時限爆弾が爆発した。死者なし、重軽傷十七人。

やがて、「東アジア反日武装戦線」の「やった」の実行の声明が出た。

おい、これは〃大地の牙〃というグループが為したのやと、与武彦は、大藪の言葉が、仕方ない原因があるとしても旧三派の大風呂敷、法螺、大言壮語ではなかったと、しっかと、知った。

そして、首都圏の真ん中の東京が縄張りの警視庁が、そりゃそうなるやろね、一軒一軒、一部屋一部屋を虱潰しみたいに訪ね、調べ、〃怪しさ〃を嗅ぎ回りだした。アパート・ローラー作戦と呼ぶという。

と思ったら、先週は、戦中に、中国人や朝鮮人を阿漕に働かせていた鹿島建設の工場が、やっぱりやあ、襲撃された。声明によると同じ「東アジア反日武装戦線」でも〃さそり〃だった。

大藪の告げた通り〃狼〃に継いで〃大地の牙〃、〃さそり〃と次次に出てきた。多少、いや、必死な働きかけがあったとしても、たぶん〃狼〃の爆弾と「反日」思想と〃自発的〃な決起の組織の在り方を志し……おそらく全体の会議などなく暗号の文書での意思一致と、各(おのおの)の小さなグループの代表か連絡役の組織会議だけのある……命懸けで……、しゃぼん玉のように壊れ易くても希望を夢の空へと向けて。

やつ、大藪と会う時が迫ってきた。

あと二日、四十八時間。

学生時代と同じように、テキトウに、好奇心だけど、見過ごす手もあるやろう。

せやけど、戦中のあまりに非道で虐殺ばかりを中国、朝鮮、東アジアでやってきたのにだ、政治家・軍人は。やや勝手としてもアメリカを中心とする裁判官での東京裁判で「デス・バイ・ハンギング」と絞首刑に政治家・軍人はなったが、資本家・大企業家は罪に問われなかったんえ。今こそ、きちっと落とし前をつけなあかん……のかも。

そして、しかし、与武彦は、奈美への恋心、奈美の白い軀で、しなやかな肉で、傷つき易い肌を考える。

いいや、だから……こそ……や、ないのか。

奈美の前に、すっくと、きりりと、男として、いや、人として、誠ある営為、これまでの怠けと臆病と意志薄弱を捨てた生き方、死刑や無期懲役を恐れない生を示す必要があるのやないか。

おのれ与武彦が、若死にしても。

噂だと、十三階段を登って、首にロープを巻かれ、床下が、がたーんと落ちて死に至る死刑執行があるとしても。

よぼよぼの爺いになっても、監獄で、荷札や袋の作りをする人間になっても。

うん。男として、人として、真の中の真を示すべき人だからこそ、愛すべきや、帯田奈美を。

第六章　背中へ貼りつく、次へ

一

池田理代子が描いた連載は終わっているが、去年は宝塚歌劇団が地元ばかりか東京でもその公演をやり、なお人気の『ベルばら』、正しくは『ベルサイユのばら』の、その漫画本に、フランス大革命の凄さと怖さと悲恋を重ねて読み、若い女は吐息をつく。男装のオスカルの美貌ぶりについていけない心情も抱くのだけれど。

一九七五年、五月の初め。

若い女は、帯田奈美。二十三歳になっている。

恋人で、結婚という雰囲気はないけれど今の今を心と軀で確かめ合っている平与武彦は、五、六年前に「世界革命」とか目指す赤軍派の軍事訓練に遊びがてらの中途半端の参加としても取っ捕まっているわけで、この『ベルばら』を読んでたら別の選びがあったのかもと思ってしまう。

もっとも、近頃は、どうも活動に熱心ではない初恋の、まだ、そのう、焚火（たきび）の初めの、種火の古新聞に火を灯して木の葉や枝が燃えだす暖かさの炎ほどには思いがある従兄の仁もまた、「労働者革命」と一年半ぐらい前までは冬瓜そっくりな顔を四角くさせて喋ったことがある……から。

男って、思い込むとへんになる。

ううん、違う、男だけではない。

三年と二ヵ月だったか、軽井沢の浅間山荘というところに、まるで普通の女の人を人質にしてドンパチをした件の、その前の山岳の訓練で「共産主義の思想を純化するとか」の口実で、でも、それは表向きで、「指輪をしていた」、「髪の形が女らしくヤル気が見えない」とリンチして、女もＳＭのＳを好むのは〝立派〟としてもロープで縛って氷雪の中に放置して殺した、永田洋子という女がいた。たぶん、ううん、間違いはないはず、「革命」のためではなく、集団内で睨みを利かす位置の打ち立てのためだったろう。

あの時の、真冬の襟裳岬の先端から凍てつく海を見下ろしたような驚きと……仲間をいじめ殺す、人としての酷さへの嫌悪の気分……は忘れ得ない。「女でありたくないっ」とすら束の間考えた。

でも、愛しい与武彦の落胆は、もっとだった。事件報道から二年ほど経ってのデートで作ってあげた、覚えたばっかりの八宝菜の弁当も一と口だけ、あのことを思い出して口に出したら、あの人は、あの、あれ勃たないで……。

従兄の仁は、もっと……「酷いだけでは終わらねえ。旧三派と、全共闘のノンセクト・ラジカルの思いの破局……普通の労働者からも市民からも見放される」と、事件の二十日後、川崎のきく叔母に、たまたま保育園の父兄がくれた沢庵がおいしかったので届けに行ったら、ぼけーっとしていた従兄の仁がいた。仁は父と母の前で「ああ、疲れた、眠い」と失礼よね、目の前で畳の上に俯せてしまった。

でも、でも。

団体とか、その前の家族とか、組織とか、会社とか、政治のそれとかで女が力を出すとか、トップに立つとかを勉強不足の奈美は卑弥呼と持統天皇と北条政子ぐらいしか日本では知らない。だからこそ、永田洋子という〝極悪人〟は、ここに、もしかしたら意味とか、意義とか、殺し甲斐を賭けたのか。永田洋子にかぎらずどんな女も在り得る……のかも。

――連休の真ん中、日曜なのに、与武彦の都合で、今日は会えないと、前の逢瀬の三月終わりに告げられている。その時、与武彦は、今年上期の芥川賞を貰った林京子の『祭りの場』について「長崎の原爆を切なく、引きずって、引きずって、咎など出ないところの感情がやるせない」と言い、それで奈美は見当違いだけれど『ベルばら』の漫画を読んだのだ。いずれにしても与武彦との「次は?」が待ち遠しくて……。

――今日は、従兄の仁に会う。

嬉しさ六割、後ろめたさ四割。

仁には、愛しい与武彦の、今年の一月初めあたりからの奈美とのあれこれが今日までとかなり違ってきていて、その原因と対応をやんわり教えて欲しいのだ。

与武彦は、昨年の晩秋には「来年八月に同居する」と言っていたのに、ずるずると伸ばしに伸ばしている。

でも、二人が会う数は、いきなり今年の一月から月六回が二た月に一回に減ったけれど、愛してくれる濃さ、密度、熱さは変わってない激しさなのだ。女が品のなさを口に出し、小説としてペンで紙に残し、漫画にするのがやっと始まりかけているとしても、やっぱり、恥ずかしい。でも、確かなのだ。奈美は与武彦の愛を求めるというより愛にしがみつくような、いきなり、これから南極へ出かける男とか、函館から単身で津軽海峡を青森へと泳ぐ直前の男とかを空想させる何かを感じたのだ。指、口、鼻腔、あれのあれと……。奈美は歓びに舞い上がり、終わると、関東の荒れた、手入れなしの空き地に咲く烏瓜の花の淡い白さみたいになってしまうのだ。烏瓜の花は、夕方七時に咲いて十時には萎むけれど、短い命に果敢ないとしても必死に綿毛に似た花弁を開く。ぼけーっ、ぐったり、静かだろうオホーツク海の底に漂うような気分、でも、オホーツク海は襟裳岬あたりの海よりずっと寒いので無意識にか、写真でしか知らない沖縄の離島の青さが圧してこない海に浮かぶような気分となる。

なのに、気になる。

火傷と深酔いをよこすみたいな愛し方と、逆に、その裏にある、今年に入っての二度こっきりの逢瀬、同棲とか入籍とか生活の匂いをいきなり消してしまったさっぱりさ、拘りのなさ……はどんなわけでだろう……か。

おのれ奈美を射止めて、ううん、手を出したら案外に素直で〝いい女〟と思ってくれて、それに慣れたということか。ここいらを、女の経験はかなりありそうな従兄の仁に教えて欲しいのだ。

それとも、与武彦が「読んだら？」と渡した無政府主義の本を「つまんない」と思ってたった二冊と半分しか読んでなくて、愛する人の思想や主義を解ろうとしないせいか。もしかしたら、ここ重大で、反省しないと……。

でもね、とも奈美は考える。何ゆえ、無政府主義の本がつまらなかったというか、違う、説く考えがおかしいかと思ったのは、自分の園児九十五人の小さい場所でも、園長は規則、規律をやたら重んじるし、上の本局の民生局もそれをもっとしつこく責付(せっつ)くし、保母十五人の間でも育児方針とか組合の主流派と反主流派の対立があるし、それぞれ縄張り、やり方で、ちっこい権力を争う。間に挟まれた用務員さん、給食を作る人だって時におろおろ困っている。いわんや、社会や政党や国単位では「権力のない社会」など、人が、人数が生きてる限りちぃーっと無理。宗教みたいに、神さまとか、イエスさまとか、仏さまを信じるようにだったら、それはそれで……純粋だけど。つまり、与武彦の時折口にする「あほくさあ」が無政府主義と映ってしまうのだ。ここいらも、仁に聞きたい。

それと、女のけっこう辛い生理に似たものが、男にもあるのか……。女が欲しくなってくるうほどになったり、なのに、急に、月六回が、二た月に一回になるものなのか。もしかしたら、別に女が……。なんせ、わたしは〝ちょっとブウ〟以上と奈美は与武彦に出会う前に戻ってしまう。ここいらも、従兄の仁(ひとし)、いいえ、仁(じん)さんだわ、仁さんには聞きたい。でも、これは聞いちゃいけないのだろう。

——それにしても、この時代、一九七〇年代の半ばって何なのだろう。こういうことを考えるのは、今までは男ばかりがやってきて、風向きが変わったのはウーマン・リブの運動からか。だけど、その一つで成長した会というか、末期のそれか、三年前にできた「中ピ連」、長ったらしいが女の一人として記憶している「中絶禁止法に反対しピル解放を要求する女性解放連合」を縮めた組織は「そんな週刊誌やスポーツ新聞の記事みたいなことをするのお」と奈美は感じたが、それでは週刊誌とスポーツ新聞に失礼か、去年八月、会社員が浮気をしたからと「離婚するなら全財産を妻へ」とこれ、なんじゃらほいと考えてしまった。抑圧され、差別されてきた女の心の底からの怒りや道義が、金銭へと……。お金で見えなくなる大切・大事・掛けがいのないものがある気がする……それが消えちゃう。

　時代が不明というか解らないのは、そういう歴史への感覚を教えてくれたのは、ちょっぴりとしても愛しい与武彦だけど、そして、その核心とかでなく周辺だったらしい与武彦だとしても、ううん、仁さんもかなり騒いで頑張って、全部でないだろうけど、三割〜五割ぐらいの学生は〝知性〟の鎧を着て権威に胡座を掻いていた大学の〝偉い〟先生をど突き、お巡りさんに眦を決して、かつ嬉嬉として石を投げ、逮捕も覚悟だったのに、この今、今は無残。

　無残な分、ほとんど口あんぐりで理解不能の超の二つ三つ付く過激な爆弾を仕掛けるグループが出てきた。去年八月の終わりの三菱重工本社の、無縁な人の死は、とりわけ……。それに、過激派、あ、いや、仁さんのこともあるから新左翼と呼ぼう、何か許しのない憎悪と内ゲバ、つまり、他の党派への襲撃と個人の抹殺……。与武彦の口癖ではないが「あかんやて」「かなわん」「この、ぼけーっ」が奈美の気持ちと同じ調べになる。

　ま、もっとも、長く続いた日本経済の成長が止まってこれからどうなるか心配だが、与武彦は怒るとしても、〝犬猿の仲〟と政治にずぶの素人の奈美にも感じていた創価学会と共産党が〝協定〟を結んだし、先月、つい四、五日前の報道では、ベトナムの米軍と一体だったサイゴン政府は解放軍に無条件降伏して戦争は終結し、次は平和なのだろうし、目出たし。

目出たしといえば、ちっこい雑誌、そう、仁さんのセクトの先輩が出している薄っぺらだけど懸命さの汗が見えるそれに「夢のコミューンへと経験と知恵を」という記事があった。三月だったか「C・C（宇宙子供連邦大使館）」主催で、一九六〇年代半ば頃から日本全国各地に生まれた「コミューンまつり」のルポが記されていた。コミューンは、従兄の仁さんが酔っぱらうと好きになる言葉だけど〝共同体〟らしい。ヒッピーや全共闘の学生らが、無農薬の野菜を育てたり、北海道に入植して畑を耕したり、砂川基地反対闘争の集会場付近の〝塹壕〟に住みついて農業をやったりで、楽し気な記事だった。そういえば、仁さんは、普通の闘争はサボったりして覇気がないと映るけど、三里塚の闘いと農民支援には「十割行って、元気を貰ってる」とこの時ばかりは四、五年前の朗らかさを取り戻すみたいだ。

その上で、『エロ事師たち』とかタイトルも厭らしく、週刊誌に黒眼鏡をかけて女の落とし方を説くノサカ、そう野坂昭如とかいう作家は先月にも「自給率七五％の農政審議会の目標は少な過ぎる。食糧こそ生命線」と黒眼鏡の底から案外に必死で生真面目な目を光らせて喋ったり書いたりしている し、二番目の父も生んでくれた母も「終戦四～五年の間は、つくづく米、麦、じゃが芋の大切さを知った」と交交、奈美を下から覗き上げるように語っていた。だから、今の父はホテルに勤めながらも、北海道では余りに狭いけど一町歩、約一ヘクタール、つまり三〇〇〇坪の土地を周りを歩いて十分ぐらいのそれにしがみついている。

「あかん」と愛し過ぎる与武彦の口癖が、そして、暫くしてから「やべえぜ」という従兄の仁さんの舌打ち混じりの嘆きと悔いの声が耳穴に届いてくる。

この三月、今年の三月十四日か十五日頃、何でも東大全共闘の安田講堂での攻防戦から六年も過ぎたけど、過激派、おっと、消えちゃった全共闘で勢いがあったノンセクト・ラジカルみたいな何にも縛られなくばんばんやっちゃう学生はとっくに消えちゃったけど、新左翼の組織はかなりの必死な覚悟と実力を持っていて「その一番が中核派」と与武彦はどうやら馴染めないのが中核派らしいけど、一番に凄い人が、そう、本多とか新聞に出ていた、埼玉県の川口市の一人住まい、アジトと呼ぶのか、頭蓋骨を革マル派の人達に砕かれて殺されることが起きた。奈美の直感では、この後、血と血で洗い合って争うより、骨を砕き合う争いが憎しみの量と質が、半端でなく続出しそうな。

与武彦は、大丈夫みたい。仁さんは……解んない……。でも、しかし、だけど。

——まだ、たっぷり時間にゆとりがある。天気予報は「にわか雨」とあるが五月の通り雨と緑は似合う。気持ちが晴れる。

鈍行しか止まらない京浜急行の「六郷土手」の駅から歩き、東京側から多摩川の下流、もうすぐ東京湾が数キロ先の六郷川の土手から河原に下り、ゴルフの打ちっ放しところを避け、川に近づくと、野宿の人人が穴の空いたおしっこ色とか青いテントに住み、中には雑草を刈り取って猫の額より増しか十畳ほどを〝開拓〟していて、トマトと茄子の苗を枯れ薄の茎を支柱に立てて植えている。実りますようにと、思わず奈美は仏教など信じていないのに両手を重ねて祈ってしまう。あれ、炒めものにも、お浸しにも、味噌汁の具にも役立つ小松菜も繁っている。それもかなりの勢いがある。羨ましい……。

どんな野宿の人が植えてるのかと好奇心に駆られて背伸びしてテントを見ると、どぽっどぽっと、どでかい骨壺みたいのに腰かけて大小を兼ねて排便している。そうか、ここは土手とか川岸で土の本来の力があるのだろうけど、おしっこや大便もきちんと利用して大いなる自然の巡り巡りの繰り返しを役立てるのだと分かってくる。

人って、貧しいからって不幸ではない……のかもと奈美は嬉しくなりかけながら、より川岸へと近づき、六郷川を遡る。

あれーっ、もう薹が立って綺麗さと反対の花穂が裂けていて自分奈美を思ってしまう、いじらしい野蒜が群がっている。すぐに指で掘って、次の逢瀬の時に愛しい与武彦に生味噌を添えて食べさせてあげたい。でも、北の五月の野蒜と違い、既に旬は過ぎてごりごり固いはず。来年にとっておこう。ここの場所は、えーと、国鉄の鉄橋の下から七十メートル上ったところ、覚えておこう。

まだ時間はある。もっと遡ると、嫁菜の群れに出会った。やや遅い秋に、薄い青、白、場合によっては黄色の花を咲かせる野菊に変身する。葉っぱを摘もう。奈美はショルダー・バッグの止め金を外し、財布とか口紅とかの上に嫁菜の葉を詰め込む。うーん、だけれど、要の愛しい与武彦との次のデートはいつか分からない。嫁菜は、枯れてしまう。うん、仁さんに「お母さんにね」と持ち帰ってもらおう。

何、何よっ。

六郷川の一岸のコンクリートの裂け目、三十センチの幅が三メートルと食い込んでるところに、この白い十字花、クレソンだわ。公害や、高度経済成長のゆえの各の家庭のゴミと洗剤で「多摩川は死んだ」とテレビでも新聞でも嘆いていたし、奈美自身もこぢんまりした武蔵小杉という駅から東京方向へ歩き二十分の川の堰で、洗剤の泡の背丈の倍から三倍の白い泡のぷかぷか天へと昇る雲の形にびっくりしたことがある。それなのに、ここでクレソンなど……。大自然の復活の力は……凄い、計り知れない。明治初期にヨーロッパから入ってきて、水辺に自生し始めたと聞いているが、ちょっぴり辛いとしても、さっと熱い湯を通すと、その辛さが絶妙な味となる。「生でサラダ」とはいいからな人は言うが、それは野草とか山菜を知らないからだ。銭湯が百円に値上がった今、八百屋では五茎のクレソン五十円で高い。でも、花が咲いているし食べ頃は終わっている。残しておきましょう。

そう、幼児教育の専門学校の授業で定年間際の老いた先生が「アフリカでホモ属、ヒトですな、二百五十万年前に進化し始めて、石器を使えるようになったけど、主なる食はサバンナの草木の緑。緑に頼り、食ってれば人類は生き伸びる」とか言っていた。そう言えば、『おはん』と題する、頼りない男を旦那さんとする女の哀しさや情感をたっぷりよこす小説を書いて七十代半ば、百歳まで生きそうな女流作家は「毎日、菠薐草を食べている」と書いている。

緑に生きたいな。

保育園の仕事も、子供はやんちゃで、伸び盛りも盛り、生意気、元気、いじけ、といて個性があって楽しいけど、緑、植物、食べ物を育てるのは幼児教育より大切……と思っちゃう。奈美は、一町歩、ほぼ一ヘクタールの二番目の父の土地で緑と見え、育て、格闘し、収穫したい気分が、急に、いや、前からあったのだけれど、じわりじわり膨れてくる。しかし、この狭さの農地では食べられない……そこを、何とか。

愛しい与武彦に、伝えたい。訴えたい。説得したい。

もっと、上流へ。

あら、黄楊の木か、ううん、躑躅だ、背の低い木にと目立たない気配りか緑色のシートの四隅を吊り、その下にベニア板と段ボールを三枚ぐらい重ねてのたった一畳半ほどの野宿者の仮りの宿がある。冬の寒さや、嵐の時はどう凌いだのだろうか。ヴェトナム戦争では余りに遠くから出しゃばって初めて戦に負けたとはいえあの繁栄のアメリカでは都市のど真ん中の公園や、空き地や、辻辻に家を失った人人がやはりテントを張って暮らしていて、その数が増えているという。日本はどうなるのかしら。新しい父と母が「アメリカの三十年遅れが日本と敗戦直後は思い、あれから時が経つと十年遅れに縮まった」と北海道にいる時に言っていたわね……。予備校で習ったけど、アメリカはピューリタンという厳しい新教徒のクリスチャンが源の国、キリスト教の精神のせいか回りの人人が「自責の念と暖かい眼差し」でホームレスを見ていると聞くけど、日本で住まいを失くした人が多くなったら整理、整頓、排除で大変そう。ううん、日本だって仏さまの慈悲の心がある……らしいもの。

あんら、あらら、住人は見えないけど生活の感じが伝わってきて、水はどこから持ってくるのか米を研ぐ「しゃりしゃりしゃっしゃっ」の音と一緒に、トランジスタ・ラジオしか有り得ぬだろうが、演歌というかポップスというか、要するに流行歌が流れてくる。でも、一年半ぐらい前のやや古いやつ。しかし、歌詞というより詩が、詩人の作るそれより正直な感性で、そう、仁さんの好きな良く感覚とか感情との区別の解らない感性では、千倍以上感性的なのを作る、あの人の詩が……。奈美は、共振し、震える。

『……
五番街は　古い町で
昔からの人が
きっと住んでいると思う　たずねてほしい
マリーという娘と
遠い昔にくらし
悲しい思いをさせた
それだけが　気がかり
…………』

そう、あの人、阿久悠の詩。『五番街のマリーへ』だ。
五・七調じゃなくても曲や歌い手の喉と舌に託せる抒情だ。二年少し前の『ジョニィへの伝言』も、胸の肺臓の底ばかりか一つ一つの細胞にも響いてきたっけ。『……今度のバスで行く西でも東でも気がつけばさびしげな町ね　この町は……』と。

この詩を作る人は、たぶん、間違いなく、音楽に、歌手に、凄い詩を預け続ける、生きていたらだけど、もう日本史に出てこない詩人、高校の古文で唯一人感激できた歌人の柿本人麻呂の現代版だと思う、もっともっとと、願っちゃう、信じる。

あーら、がらりと雰囲気の変わる、『悲しい酒』、美空ひばりのだ。これも、もしかしたら、愛しい与武彦が、ある日、どこかへ消えてしまったら悲しい、せつない、辛いと思わせ、迫るなあ……。

貧乏の果てにいる人、住む家どころか部屋もない人だって、こうやって、今の今を喜んでいるのだから……未来を怖がっては駄目よねと奈美は、人の命の根っこのところへ帰る。

暮らしか、それとも、短い命でのやり甲斐のあることか……。

あんら、この問題って、愛しいのに近頃は会う回数を極端に減らしてる与武彦も頻りに、真面目が似合わないのに真剣に考えていること。

いけない。

従兄の仁さんと会う時間がきている。

二

幾度かきた、京浜急行の「川崎大師」駅に着いて、改札口できょろきょろと辺りを見渡す。正月は大変な人人がきて、豆撒きの時もそう、でも五月の陽光のまぶしい頃は人人の不幸も少ないのか、人はまばらだ。駄目ねえ、五時の約束より、七分も前だ、奈美の腕時計が進んでいる、正確である駅舎との時計の食い違いがあるとやっと気づく。

「あれーっ、ナナガツーっ、七月のビューティフル、帯田奈美っ、そうよね、奈美じゃないのお」

信号が赤なのに、左右の手の平で自動車を遮り、ヒールの靴音も高く、純白と見間違うけどアイボリー色のブルゾンを身に着けた女、そうだ、御茶の水の予備校で一年間は一緒、同じ北海道出身だけれど内陸に入ってかなり凍ての厳しい屈斜路湖に近い川湯温泉の出の、そう、うん、姓は木根村、えーと、古びた名前で朱鷺だ。

「ねっ、いま、わたし、『アッシュ・リベラール』というファッション誌の編集をやってんの。写真を撮ったりスタイリストの真似もしてるの。そう、ちゃんとしたモデルとも時折だけど仕事をするの」

「の」の語尾を重ねて木根村朱鷺は、甲高い声を出す。なるほど、奈美なら腿が太過ぎて、というより羞恥心で穿けないブルゾンと対になった超のつくミニ・スカート、陽気が良いとしても、ひどく薄地の、下着みたいにすけすけの布地のタートル・ネックのセーターで胸の盛り上がりの中心点も分かるそれ。変われば、変わるもんだ。

「奈美、どうしてここに？　あたしは、去年、悪い男ばっかりに引っ掛かって、厄除けに川崎大師なのよ。ここ、厄除けには凄い効き目があるんだって」

「そ……う」

「そうなの、奈美。あたしの編集部の先輩も、一年三ヵ月で四人も男に振られて、ここで厄除けしたら、三日後に新しい三高が現われて結婚したの」

〝三高〞って、まだとっても新しい言葉という気がするけど、微かに聞いている、確か高身長・高学歴・高収入の男ではなかったか。因みに愛しの与武彦は身長こそ高いが大学は高低と無縁な芸術学部、しかも中退、就職先は零細中の零細で比較できない上に、収入はペンキ職人で高くはないので一高二低か……朱鷺は、寒くもないし風もないのにアイボリー色のブルゾンの襟をことさらに立てて話す。

朱鷺はオートクチュール、高級注文服ではないプレタポルテ、高級既成服の格好で、日本人ながらフランスのパリで活躍して東京への影響力もかなりの高田賢三(けんぞう)、三宅一生(いっせい)、やまもと寛斎(かんさい)の御三家のファッションの匂いを然(さ)り気なくでなく、ぷんぷんさせている。でも、そもそも美人なのだけれど、洋服が歩いている感じもするのは、同じ北海道の外れからきた証しでちょっぴり恥ずかしいし悲しくもある。ま、そこの芋っぽさを消せないところが女としての自分奈美との共通項なのだ……ろうけど。

「ね、ね、ね、奈美、聞いてんの？　先輩だけでなく、女優のイサヤママユミの弟も大学受験を五校失敗してマユミの弟がここへきて厄払いの御経を上げてもらったら六校目、七校目が合格なの」

　朱鷺は、次から次へと例を出す。「北海道はアイヌを追い払って植民地化した明治以後に日本化した新しい地」と与武彦が喋っていたが、そういうところの育ちでも厄除けとか呪(まじな)いをころんと信じてしまう性格にも芋っぽさがある、と奈美は自らを戒める。

「そうなの、そうなの、奈美」

　こんな饒舌だったたか、朱鷺は喋り続ける。でも、奈美は八割五分、その気持ちが解る。田舎者は、東京に出てくると、初めの一年は縮み、二年三年経ってその萎縮が鬱屈(うっくつ)して貯まり、やっと慣れてくると一気に外へと迸(ほとばし)る。自分奈美が、そうだった。解るのよ、解る。解るわあ。この、芋っぽさとの必死な格闘とプロセスが……。

　待ってよ、愛しの与武彦は、女を、常識的な美人とか世(よ)で人気の美人とかまるで視野に入れないで、むしろ、芋っぽさに美(び)を見つける……結婚しても朱鷺を与武彦に紹介するのは止(や)めよう。

　あ、もう一人、従兄の仁さんも、美人好みではない。芋好みのところがたっぷりだ。いつか盗み見た、かつての女の人二人も純粋美人ではなく、真っ当美人でもなかった……ような。いつか、新宿の喫茶店でも、超美人を素っ気なく押し売りを追い払うみたいにして帰してしまったし。

いっけない。

その仁、仁さんが、道の向こうのパチンコ屋の脇で右手を振っている。右手には、パチンコで勝ったのか、膨らんだビニール袋を提げている。

パチンコに熱中して五分遅れなわけだ。「遅刻は、時に、致命的になる、敵権力やK派の奴らとのことで」と与武彦に兄貴面して忠告していたのにさと、奈美は、もう仁さんとは女と男のことなど有り得ぬだろうけど、少し淋しくなってしまう。

「ね、あの人、彼なの？　恋人なの？　わたしの恋人は、別にいるわ」

「ううん、血の繋がってない従兄。わたしの恋人は、別にいるわ」

やはり、血の縁というのは、終戦後十年ばかりまではごく普通だったと聞くけれど、何か、仁さんの母親の上手な白菜の漬け物の重石ほどではないが半分ぐらいの重さというか引っ掛かりを今現在、今となっては軽くないと感じさせる。奈美は母と死んだ父の子供だから仁との血縁は全然ない。でも、姉二人と顔も頭の中身もまるで違う……良くないような、良かったような……。

「北海道産の、育ちのすくすくの大きなじゃが芋、そ、男爵芋みたいな顔つきだけど、さっぱりして、きりっとした印象で……格好良いじゃないの」

信号が青になって急ぎ気味にこちらへと歩いてくる仁さんを見て、案の定、厄除けをして「次」を期待する心情となっているのだろう朱鷺はブルゾンのファスナーを下まで完全に降ろして薄地のすけすけ、タートル・ネックのセーターをことさらに強調し、胸を反らしたと思いきや、両手の人差し指を絡ませ、わずかに俯き加減の姿勢となった。芋っぽさの、仕草だ……このお。

「遅れて、済まーん。パチンコで勝った。鯖、鰯、ふへっ、赤貝の缶詰だ。やつ、あいつ、分かるよな、あいつに渡してくれ。一緒に食べても幸せっつうもの」

仁さんは、何なのかしら、愛しい彼の名、平与武彦の名を忘れたのかしら、〝若年性惚けの症状〟とかテレビ、週刊誌に書いてあったけど、これかしらと奈美は心配になりかける。

「あーら、初めまして。わたし、奈美さん、奈美ちゃんと同じ北海道の出身で、東京の予備校も同じの、木根村朱鷺と申します。名刺を」

消えない、朱鷺は。それどころか、初さをしっかり装い、かなりの美人の程度と軀の躍動とヴォリウムをごく自然に示すように、ブルゾンのファスナーをわざと締め直したりする。

「あっ、ありがとうです。俺は、横浜の磯子の先の海辺にある、県評ってところで、労働者の組合運動を好い加減としても支えている……つもり。名刺は持ち合わせがなく、ごめん。帯田仁です」

朱鷺の名刺を一瞥しただけでなく、仁さんは、やばい、眠たそうな眼を、いきなり、じろーんと見開き、朱鷺のミニ・スカートの切れ目の太腿へとやり、少しは気が引けたらしくジーンズのズボンのポケットから煙草とライターを取り出し照れを隠した……ようだ。

「それは残念ですけど、一度、いいえ、何度でも労働運動のパンフレットとかビラを送って下さったら幸せ、光栄ですわ。わたし達の社長は、過激派、いえ、いえ、新しい左翼で学生運動をやってたので、労働組合に理解があって……わたしも、勉強しないと」

ファッション誌に労働運動はどうも、どこで縫い合わせたら噛み合うのか、奈美にはまるで考えの外だが朱鷺は口に左手を当てて笑いを堪える仕草とか、石ころもないのに片足を代わる代わる後ろへと上げて石蹴りの真似をしたり、芋臭さと稚さをたっぷり演じる。仁さんも仁さん、ううん、仁と呼び捨てだわ、どこか〝初さ〟〝羞い〟〝鈍〟の朱鷺の技に嵌まりかけている。

「おいっ、奈美ちゃん、奈美くん、奈美さん、喉が渇いた、喫茶店でコーヒーでも飲もうや」

仁が、くるりと、信号、大師さまの参道への入口に軀を向けた。今の時代、私鉄の駅周辺にはよほどちっこくない限り、小さな本屋がある。『世界』と『文藝春秋』とかのこむずかしい雑誌も、文庫も、青少年がじくじくしながらひっそり立ち読みする濃密なる道徳外の雑誌も置いてある。本屋と共に、喫茶店も必ずある。こういう駅近くの喫茶店はそれぞれ個性があり、マスターとかママの個性もあり、疑いなく入るに値打ちがある。

「あのう、あの、あの、帯田さん。お邪魔虫のわたしも、御一緒でオウ・ケイですかしら」

あーあ、朱鷺が切り出した。

「もちろんですよ。パチンコで儲けたから、コーヒー代は持つ」

仁は、ここいらが、男の中の男で持てる男のやり方か、ちっとも振り向かず、答えた。

ああ、わたしが、平与武彦を本命にして、思いが通じ、きちんと抱かれて良かった。愛しの与武彦は大学時代は持てたらしいが裁判中でペンキ職人となってからは芳しくないはずで、仁みたいに女への嗅覚がきっちりしていないもん……奈美は嬉しさが、そして、仁のことで、少しの侘しさに入っていく。

朱鷺が、スキップして喫茶店についてくる。

奈美は「わたしは芋っぽいのは朱鷺の百倍だけど、もう既に、そこに居直り切れない」と思い、少少の彼女の装い、偽りの態に焼き餅すら抱いてしまう。

三

同じ、その日の夕方。

きっちりと木根村朱鷺のべたべたを撒くためにも、仁の実家へと急いだ。

「嫁菜のお土産なんて、奈美ちゃんて自然派なのね。ありがとうっ」

きく叔母さんは、早速、台所の流しに立った。

「奈美ちゃん、お浸しにするから嫁菜の若葉をね。〝自然派〟などという言葉は初めて聞く。灰汁抜きが難しいけどね。香りを残すように、諄さを逃がすように、さっとなのよ。時の瞬きの勝負なの」

さすが、戦争中は工場地帯の川崎では野菜が手に入らないと山野草はトリカブトとかキンポウゲの種類の他はどくだみ、たんぽぽ、はこべまで食べたというが、きく叔母は張り切る。

「うちの仁はね、世間知らずで、自分の主張に拘って、素っ気ないけどさ、けっこう思いやりがあるのよ」

きく叔母さんは、奈美がとっくのとうに平与武彦と愛し合っているのを知らず、面映い。仁とのことをちゃんと考えているらしく、仁の誉めをこちらを振り返り振り返り、口に出す。

「たった四畳半のこの家の庭に、しかも、日当たりの悪い庭に、仁はね、人の身の丈の半分ほどの八十センチの台を作って、その上に植木鉢の大きいのを八つも乗せてさ、陽が当たるようにして、青紫蘇、パセリ、春菊の種を蒔いてね、間引きはあたしのやることだけどね」

「へえ……そうなんですか」

義理・人情だけで学生運動の延長戦もやってると映る仁が、やっぱり仁さんがねえと奈美には不思議な気分と、嬉しさがごちゃ混ぜにしてやってくる。

「そうなの、仁は、母親がこう言うのも恥ずかしいけど、親孝行の精神が……少しあるの」

「それは、立派で、とても……その、良いことですよね」

「そうなんだけど、それ以上なの。仁は、自然派でも緑派なんだもの。ほら、できたあっ」

親孝行などは五、六年前の学生運動以後は通じないし、〝緑派〟なんつう言葉はないはずだが、仁さんの母親のきく叔母さんは言い、小鉢に、ほっこり微かに湯気の立つ嫁菜のお浸しを入れ、テーブルに置く。別の鍋に煮ていた昆布出しの汁をかける。そして、そそくさビール瓶を冷蔵庫から出してくる。

「奈美ちゃん、相談ごとって何だ」

やっぱり仁さんがふさわしい、実の兄さんみたいに余裕の態で聞いてくる。

「話があるんだったら、二階の仁の部屋に行けばいいよ。今晩は、父さんは定年過ぎて、日曜なのに名古屋に出張、江梨子は友達と箱根で留守……だけど、奈美さん、ゆっくりしていってよ」

江梨子とは仁さんの妹でまだ独身だけど奈美がこの家に居候していた時からあんまり家に帰ってこなかった。仁さんの兄は、東京の阿佐谷のアパートで一人暮らし。仁さんだって滅多に帰ってこないはずで、奈美にはきく叔母さんがあれこれ気を遣うのが解る気もする。

「いや、俺の部屋はやばい」

やばいって、わたしと二人っきりになることね、仁さんはやっぱり与武彦に仁義を貫く精神があるんだと奈美が淋しさを伴う感動をするけれど、

「お母ちゃん、俺の部屋は、お巡りよりも、闘う党派の背中が好きなやつらに盗聴器とか……ま、その縁側で、奈美ちゃん」

と、仁さんはビール瓶を左手に、グラスを左の腋に挟み、窓を開け、三メートルもない縁側に座り、奈美を手招きした。

六畳もない庭で、その縁側に近いところに、きく叔母さんが嬉し気に告げたように蜜柑箱をベニヤ板で補強して重ねた八十センチぐらいの高さの台の上に、丸く大きく土がたっぷりそうな鉢に、もう食べられる葉の青紫蘇が、びっしりところ狭しと濃い緑のパセリが、そろそろ薹立ちして花が咲きそうな春菊と勢いがある。

「蚊が出るから、奈美さん、気を付けないとね。せっかくの白い雪の肌が台無しになるわ」

きく叔母さんが、盆に、嫁菜のお浸しばかりか、キャベツの千切りの塩揉みらしいの、大根と胡瓜と苦手な人参の糠漬け、練り味噌じゃないけれどとろっとした垂れを振り掛けた風呂吹き大根と、皿とか小鉢が混み合って音を出すぐらいに沢山盛り、縁側に、仁さんと奈美の間に置いた。それにして

も「雪の肌」なんて、すんごいお世辞、きく叔母さんの娘になりたい……。

「食べてね、いっぱい、奈美さん」

「ありがとうございます。おいしそうっ」

健康的だし、太らないで済むきく叔母さんの心が籠もった料理だ。が、奈美は「蛋白質（たんぱくしつ）が足りない。魚が肉が、欲しい」とついつい思ってしまう。

そう、野菜や澱粉だけでは、満ち足りない。大地に足で立ち、大地に全身を預け、大地の尽きない力をいただく……農業だけでは、人ってやっていけないとも奈美は、小学生の五、六年生みたいなことに今更ながら気が付く。そういや、日本の乳牛の頭数は五十万ぐらいのはず、その四割が北海道。

「それじゃ、ゆっくり、ゆっくりよ、ね」

あーら、盆を料理ごと再び持ち上げ、きく叔母さんが、仁さんと奈美の間にあったそれを、奈美の庭に向かって右側に置き直した。

そうか。

きく叔母さんは、わたしと仁さんを引っ付け、あわ良くば結婚を……と、奈美は改めて知る。でもね、遅いの。平与武彦って、誠実、おっちょこちょいだけど自立の志、照れやシャイ、美学もいっちょ前のセンスを持つ男の人と熱くて切ない仲なの。ま、近頃、なぜか、あんまり会ってくれないけど、心配は要らないわ、会ったら、前の三倍、五倍、ううん、七倍半ぐらい愛してくれたもの。

「そうだ、そう……奈美さんに話しておかなきゃ……が、この五、六年、少しずつ膨らんで、本当を、真実のことを」

きく叔母さんが、何なのだろうか、急に円い両肩を水平より少し上げ、強ばらせた。

「お母ちゃん、またにしてくれ。奈美ちゃんも忙しい。あれこれ、恋人のこともある」

仁さんが、こういうのって親不孝と呼ぶべきなのではと思うが、右手で母親を追い払う。

「あれ……恋人？　奈美さんに？　そ、そ、そう……なのね」

きく叔母さんは居間へと戻り、ゆっくり、静かに、元気なく、庭への、縁側との境の窓を後ろ手に閉めた。


——いきなり、愛しの与武彦の件は切り出しにくかった。

仁さんは、自ら作って種を撒いたプランターを見ながら、目を細め、

「おい、なあ、緑って、しかも、食える緑って得だし、いいよな」

と、どうも自分に酔うらしい。

ううん、畑を耕す、田んぼを耕す、北海道は寒いので米は「おいしくない」と評されているけど、いつかは、と思わせる米作り、麦作り、ビールの苦さの素の雌花の淡い緑の付け根にできるホップの育て、じゃが芋、小豆、ビート、人参を育てる人も、つまり、農民も、手作りの作品、農作物にうっとり、自意識に酔えるのだと教える。たぶん……画家も、詩人も、俳人も歌人も、書家も、むろん小説家もここいらが本質なのかも知れない。それで、良いと、うーんと、頷ける。人って、何かを産み、そ、子供を含め、そこにかけがえのない価値とが、力を見出すって大切と思う。

「んで……平は、どうしてるんだ。俺には、去年の十二月から、梨の礫、音沙汰なし、いきなり終わ

りのない洞窟の探検にでも出かけたようで……何も連絡をよこさねえ」

「そ……う」

「あのな、恋人、愛人、夫の弱み、欠点、悪口は、他人に言っちゃ駄目だぞ、奈美ちゃん。そういうことを口に出す方が、場合によっては、舐められる。当たり前だ、本人同士が、とことん話し合うべきなんだ」

仁さんは、ごめんね、仙人みたいなことを並べてさ、それに腕組みして、年寄り臭いわ。

「はい、うーんと平、与武彦を好きなんです。紹介してくれて、とっても、感謝してます」

「そうか、それは温まるよ、気持ちが」

「それで、仁さんは少くとも平さんより年上だし、拘置所からの友達だし……あのう」

こう言いながら、ふと、不意に、平与武彦のへんというか、古臭いというか、偏っているというか、生真面目で、他人の罪と科すら背負う性格が、奈美に、俄に大きく浮かんでくる。

――奈美なりに「ここは、大事なの」という三点の忠告の求めというか、単に泣き言か、場合によっては「犬も食わないナントカ」になると知りながら身構え、訴えようとした。

「あのね、平さんは、今年に入ってから、一月と三月の二回しか会ってくんなくて、他に女ができたとか……わたし、平さんしか男は知らないので解らなくて」

後半を、もう遅いし、そもそも与武彦より確かな男としての存在感のある仁さんには通じないと考えながら、奈美は足してしまう。

「ま、いろいろあるだろう。だけど、平だって、学生時代と違って女にそんなには持てねえだろう。学生時代、とりわけ、五、六年前は時代がアナーキーで、男と女は熱くても軽かったからな。でも、裁判中で、あ、今年の六月には結審して判決と聞いたけど、要するに保釈中、女が寄ってこねえって」

どうも、仁さんは、与武彦の肩を持つ傾向が甚しい。監獄の隣人って、稀有にして大切なのか。そりゃ、結婚目的の女は近づかないだろうけど、仁さんよりはハンサムだし、背も高いし、真面目じゃないし……あっ、真面目じゃないのに、父親がクリスチャンのせいでどこかでそれが目醒めるのか、変に……生真面目なところが時折、ヒマラヤの氷河の裂け目から現われる藍色がかった闇みたいなのが……。

「だけど、仁さん。去年の九月に引っ越したのに、平さんはそこに連れて行かないし、住所も教えないの」

「あ、そうか。うん？　えっ、そうなのか。ま、男は忙しいもんだ。いけねえ、オンナ差別、えーと、女性差別になるな、怖いね、いやいや反省しねえと。え、えーと、女だって忙しい時があるように、平も用があるんだろ、いろいろ」

ちょっぴり「まずい、あの平の野郎は」という感じを冬瓜顔か大きいじゃが芋顔かそれを左右に縮める印象をよこし、仁さんは眉と眉の間に皺を刻んだ。

「それに、去年の夏には『同居』の約束を延ばして十二月にして、一月には『あれは、ごめーん、済まない、何と詫びていいか……延ばしてくんないか』と……」

「ふうん……今年の一月以前、ということは去年に何かあったのかな。確か、梅雨が長びいて……八月半ば、敗戦三十年の節目、三木総理が戦後初めて私人としても靖國神社に参拝した次の次の日だったな。十月には、大企業の日立造船が、労組の経営参加を明文化した労働協約を結んだ三日後にな」

「その頃は、わたしも、月七回、ううん、十回ぐらい、あの人と」

もっとも、奈美は男を知らなかったとはいえ、最も頻繁にお互いの部屋、安い旅館、ラブホテルに会っていて幸せだったとしても〝手抜き〟の愛のあれ、技ではと不満も微かに抱いていた。どうも、男って人類の種としての保存の任務として多くの種撒きをしたがるけど、女は次を含め確かさとか健全性という悲しみを含めて一人の男を貪る……らしい……のではないのかしら。解ら……ない。

「そういや、俺も、最後にやつ、平与武彦と会ったのは……うん、十一月の三公社五現業の労組の公労協の『スト権奪還スト』ってあってな、その三日後……飲んだよ、たっぷりとな」

仁さんは、まだ与武彦が下戸とははっきりと気付いていていない。こういう鈍いところが、社会主義のイデオロギーの元での活動家としてはあんまり役立たない原因なのだろう。新しい組織と聞くけど、そこでは古参なのに、どこかの責任者とかキャップになったという雰囲気はゼロだ。詳しくは、分かりようもないけど。

「あのな、何か、やつに……起きたのかな。ん？　靖國神社への首相参拝……労使が仲良く経営を……スト権ストの失敗……。俺は、推理小説は好きだけど、謎解きは苦手だ」

仁さんは、煙草をズボンの右ポケットから出し、左ポケットからマッチ箱を取り出した。が、何を思うか、マッチ箱をポケットに仕舞って、もう黒みが濃くなった空を見上げた。

「奈美ちゃん、他に……やつの、急な、いや、変わり方ってあるのかな」

「会ってくれる回数は少ない二回でも、とっても、あのう、そのう、優しく、情熱っていう表現が似合っていて……彼を、与武彦さんを失いたくない……と」

「よおっし。とことん、頑張れ、追え、求め過ぎをやれっ」

「は……い」

「他に、やつについて、何か……そのうだな、変わったことがあったのかな」

辺りを、仁さんらしくなくきょろきょろ見渡し、ひそひそ声にして、聞いた。

「三月に会った時、ペンキ職人の作業衣できて……いつもの通りに。だけど、北海道の二番目の父が雑草を枯れさせたり、生やさないために、そのう、薬を撒くのよね。薬、わたし、クレゾールも正露丸も、トクホンも大事と思ってて……でも臭いが嫌いで」

「うん、それで？」

「その父が時折使う除草剤の、鼻奥の芯の鼻の真ん中にやってくる、いかにも化け学、いがらっぽいのにアセチレンに似てて、しかし別の臭いが……したんだけど、彼に言えなくて」

でも、その後の、平の「好きや、好きやねん、堪らん。嘘の一パーセントもあらへん、ないのや」の言葉は、むろん、言わない。言って、仁さんを挑発したいけど、あら、駄目女……そのもん。

「あのな、臭いか。除草剤か……」

「そう、父が使ってたのはクサトールってのだったわ。雑草が、ほんと、萎れちゃう。これで良いのかしらと感じるぐらいに」

ツンと鼻穴に残るそれを、なぜか奈美は大自然との関わりで〝異物〟の感じを持ってしまい、忘れない。消せない。

「おいっ」

四畳半の庭と三メートルの縁側にはふさわしくない、短いけれど、かなりの叫び声を仁さんはあげ、すぐに、右手を口に当てた。

「やつのことだ……もしかしたら、もしかしたら……」

うんと声を低くして、こそばゆい、仁さんは耳穴に囁くように告げた。

「いいか、必らず、あと一回は会うようにするんだ。連絡があったら、職場は『感染症の下痢にかかった』とか嘘をついて早退するんだ。いつも、身構えろ」

仁さんが、暑くはないのに掌で首筋を拭(ぬぐ)う、汗を掻いてる。

「そして、聞け。『革命か、愛か』、いいや、これは俺達の世代の幻、幻としても青年の理想、もう、早死にしたけどな、そう、『行方(ゆくえ)、先の見えぬ義理か、現(げん)にある難しいとしても愛か』とな。ちゃんと問い詰めるんだ。答を聞くんだ」

耳穴に連続して仁さんは焦(あせ)って呂律(ろれつ)さえ整ってない言葉を吹き込む、ううん、吹き付ける。

「俺すら、まるで知らん、解ってねえ、未知そのもののこと……だけどよ」

「えっ……そうなの……ね」

「そうだ。必死に、取り組まねえとよ。いいか。少くとも、やつの判決の日には日比谷の東京地裁に行け。日程と法廷の場所は『救援センター』ゴクイリ・イミオーイ、03・591・1301に電話して聞け」

仁さんは、気が付いたように奈美の耳許から口を放し、鷹が他の鳥を襲うような怖い眼とも、夜に慣れてる梟（ふくろう）が闇を虚（うつ）ろな気分で見つめるとも映る眼差しで空を見上げる。

与武彦はヤクザ映画の話はほとんどしなかったけど、仁さんはヤクザ映画に嵌まって学生運動に馳せ参じたと聞いていて、男同士の絆って羨ましいと奈美は感じてしまう。仁さんは与武彦を真剣に心配して……いる。その言ってる意味は「革命か、愛か」とか「行方（ゆくえ）、先の見えぬ義理か、現にある愛か」とか訳（わけ）が解らない……のだけど。

あら。

きく叔母さんがガラス戸のあちら側に立っていて、奈美の目と合うと戸を開けた。

――アパートに帰り着き、銭湯に行った。

さっぱりして銭湯の風呂敷三枚を縫い合わせたような大きな暖簾を潜って外へ出たら、雨がぽつぽつときて走りだしたらもっと激しくなった。

やっぱり、銭湯は恋して愛する男と一緒に行って、別別に大きな湯船に入り、次の時間の楽しさを思い……また、男と出入口で合流し……が楽しい。たった三度だけど、与武彦とそうであったように。

そう……。

『……

二人で行った　横丁の風呂屋

一緒に出ようねって　言ったのに

いつも私が　待たされた
……
ただ貴男のやさしさが
怖かった
……
……』

アパートで、与武彦の歌う歌みたいに雨垂れの調子がずれて、調和がなくてあり、時にくるう音を聞きながら、奈美は『神田川』の「ただ貴男のやさしさが　怖かった」の「怖かった」の意味不明の意味をいつかのように、また、考える。

もしかしたら、もしかしたら。

「怖かった」と女が詩の中で呟いたのは、好きで、恋して、愛している男が、間もなく、やがて、女自身を振ったり捨てたり、つまり別れて行って消えるのに対してではないのか。別れを解らせたほどに、男の「やさしさが怖かった」のではなかろうか。

この一月から五月の連休まで、たった二回しか会ってくれなかったけど「別れ」を決意しているからこそ、与武彦は、途轍もなく優しかったのでは……。

原因は……。

二週間後のはずの、裁判の判決が重く長いと判断しているのかしら。四、五年もかけて、だらだらやっていると政治にど素人の奈美には思えるが、どうも、あの、67、68、69年の時代は、あんまりに過激派を警察が取っ捕まえ過ぎ、検事も起訴ばっかりして、被告人が膨大らしくて、裁判もうまく回転していないらしい。

与武彦自身は「まるで事情と性格が違うけど、同じ日前後に、新宿、高田馬場、池袋とかで学生とお巡りといざこざがあって、統一の公判にして、ぐったらぐったらなんやて。ま、どうせ、彼ら、支配者の枠の裁判、統一でも別別でも良えのやけどな、やっぱり、闘った者の義理がある。付き合うしかない」とのことだった。いずれにしても、起訴されて被告となった元学生は保釈となり、普通のところへは就職できない歳月が続き……面倒そう、可愛そう。

ううん、与武彦は、言ってた、

「実刑か執行猶予かは六対四だな。実刑を食らっても、せいぜい、二年か三年や。軽い、軽いでぇ」

と。あれは、強がりだったのか。

もしかしたら……。

社会の変革とか、奈美のほとんど同調できない政治の根からの覆しへの、俄なる、再びの、新たな……思いが、湧き上がったのかも。

与武彦は、とても気配りのできる優しい人なのに、でも、でも、知ってる限りでは、良くいえばすぐに敏感にものごとに反応し、悪くいえば腰が軽く、だけど、時折ぐじゅぐじゅ考え込んで、やっぱり、何かのきっかけとか衝撃があると行ないに移す……。

どうしたら、いいのかしら。

頑張らなくちゃ。

でも、でも。

何を……。

——そうだった。

さっき、というか、三時間前に、仁さんの家の縁側で話して、そろそろ、の時に、きく叔母さん、仁さんの母さんが、少しだけ、ううん、かなり気になることを告げたのだ。奈美には、女の大切なところから下の太腿や膝、踝（くるぶし）を引きずられる……ような言葉だった。

「あのね、奈美さん。あなた、実の、そうなの実際の、本当の父親って、本当は、今のお父さん、うちの旦那の兄って……噂は、知ってるよね。だけど、真実は……ね」

ぎょっ、とか、うえっ、とか、う、う、うとか、感嘆詞って幾つあっても足りないと思う仰天することを、そう、「地震があったから、これから津波がくるわよ」みたいな中身を告げた……のだった。

そしたら、即座に仁さんが、不機嫌を越えての、自己主張を覚え始めた十歳ぐらいの男の子みたいに「母さん、今は、そんなのはどうでもいいんだ。奈美ちゃんは、人生の分岐に立ってんだから」と、激しく言い、きく叔母さんの次の言葉を鎖（とざ）してしまった。

でも……。

「本当の父親」が今の新しいお父さんて、どういうこと？

いや、これは「噂」……。当人が知らないで勝手に歩く「噂」……なのか。

いずれにしたって、血が四分の一が繋がってしまうと……仁さんは〝重い〟と感じ、わたしを遠避け続ける……のだろうと、奈美は、与武彦との悩み八、仁さんとの悩み二に惑う。

そ……う。

姉二人とは、容貌も頭の構造も違い過ぎる……。もっとも〝ちょっとブウ〟と〝ちゃんとしたブウ〟の間の自らを知ることができたし、そのコンプレックスを抱えて生きる大切な心をくれたし、駄目女だから他の人に親切な心が育った気がするし、そもそも努力次第では与武彦みたいな男とも恋愛できると知ったし……姉二人には感謝だ。

そうそう……。

きく叔母さんは最後に「だけど……真実は」と語っていた。

ちゃんと、きく叔母さんが一人の時に訪ねて教えてもらおう。

それに、今は、与武彦に全ての神経を配らなくちゃ。

仁さんは、決してわたしに転ぶことはないだろうし……ううん、こんなことを考えること自体が与武彦に済まない。

奈美の心が不安定の中で、定まってきた。

第七章　思いは上擦(うわず)る

一

こないに、よくも飽きずに雨が降りよると、大地と大空のパワーに改めて気がつく。

同じ一九七五年、六月下旬。

平与武彦(ひらよぶひこ)は、六畳、台所、便所と風呂でなくシャワー付きの一室にいる。

何でだろう、この二ヵ月半、十日に一度ほど左胸の上が十五分ほどいきなり痛んだり、吸う息は快調だが吐く息が苦しくなる。

心配しても、しゃねえさかい。もう五年ほど経つか、大菩薩峠で逮捕(ぱく)られた時も、機動隊に蹴っとばされ踏んづけられ、その時、興奮したせいか胸の左が痛み、留置場で少し騒いだら、病院に連れて行かれて傷の手当てだけでなく、血液や心電図なども調べてくれて、「煙草と酒はほどほどに」と医者に忠告されている。

でも、たぶん……。

換気扇が古くて音が騒がしく隣人に不審がられると十分間だけど止めていて、狭い部屋に充満している塩素酸ナトリウム、そう、除草剤のクサトールを代用しているそれ、硫黄や黄血塩の代わりのパラフィンとワセリンをガスで熱する臭気にやられてのことだろう……。若いのだ、心臓や血管などの故障ではない……はず。それとも、極度の緊張ゆえの精神的なものか。爆弾に引火したら大ごとなので禁煙しているのも、ストレスを溜めるのか。

そうだ、起爆装置となる雷管は、別の人間が、どこかで作っている。同じく、ワセリン、パラフィンとクサトールを混ぜたざらつく塊の製造とは別に黒色火薬や白色火薬を混ぜるのも見知らぬ誰か、たぶん一人か。

与武彦は、去年の大晦日に、それに先立つ五年弱前の赤軍派の軍事訓練で出会い、機動隊の〃いじめ〃から庇った大藪の下で、爆弾作りの三つの分業の一つを担っている。もっとも、大藪は、その日は「佐野に変えました、名を」と言っていた。

腹を、括った。

「一と粒の麦」になろうと。

再び、日本の大企業がアジアの人人の血を絞って肥え太ることへの一擲を為すのやと。

たぶん〃副作用〃はあるだろう……傷ましいが、仕方ない。自らに死刑もあるに決まっている。しょうもあらへん、これも。

でも、レーニン型の共産主義の頂点が尖るピラミッドの形をした中央集権的な組織のあり方でなく、無政府主義のぶよぶよのそれでもなく、どでかい闘いに、自発的に少数者が次次に組織を別別に作っていく、これからの、未来の反乱者の組織のあり方、増え方、道義がこの道にはある……。おのれ与武彦と馬が合い頼りにしている帯田仁氏が、任侠映画の役者の高倉健が好きで、それを宣伝しなくても無数のファンが高倉健のファン・クラブを作り、『唐獅子牡丹』を少数で合唱するみたいに。現に、あの三菱重工本社の件から、続続と……。

大藪、もとい、佐野の言い方は「ヤル気なら、俺も含めて四人一班で。んだすか、頼もしい、一人でも？　なら、セジットBの本体を。補強の爆薬の加えと、雷管と、爆弾、おっとBが破裂して威力を出すアルマイトの弁当箱とか缶とか、つまりダンタイの製造はもう二人の別の志願者が」と告げた。ダンタイとは「弾体」と書くと推測できた。敵中枢を撃てば良えのやが……時に、ガラス、金属の破片が……普通の人人を……だ。せやけど……。

佐野は、次いで、「部屋を、アパートを新しく作らねば」と言い、凍てつく一月半ば、与武彦は決心の気分を高めながら、弾圧なら警視庁より神奈川県警の方が楽ちんと考え、つまり、一軒一軒、一つ一つの部屋を虱潰しに点検するローラー作戦の緩さに甘い期待をして横浜市の神奈川区に引っ越し、アジトにした。むろん、ペンキ職人は、平常通りやっている。

「んだすっか『高校の時から化学と物理は赤点すれすれで隣の秀才の答案用紙を写して何とか進級……弱くて、無知……』と。んだか、だども、指示通りに薬品を扱っていたら、大丈夫だびょん。爆発で死ぐことあっても、しっかたねえけんど、たぶん、何とかなるべ」

やはり、かなり危ない作業なのだ、佐野は後半は東北土着語丸出しにして喋り、それから心配気に溜め息をついた。

「ああ、んだ、んだ、個人と組織との意思の通じ合いは年に三度……ぐらいだべい。そこを何とか。んでね、そこで踏んばらねえと」

佐野は、実に厳しく、侘びしくもなることを話し、三回に分けて、薬屋で見かけた天秤式の秤とボストン・バッグ三つ分の材料を置いていった。

今のところ、自らの属している団というか組織というか細胞の人間とは、大藪こと佐野以外のメンバーと会ったことはない。ただ、青森出身で土着語が残り過ぎて目立って危ない佐野は「吾は、二た月に一度ほどのできたばっかりの会議には出てるども。これからについては中身をちゃんと伝えるから任せてけりゃんせ」と言っている。もっとも、ついつい中途半端な関西弁が出てしまう、わいも気を付けんとなとも与武彦は自戒する。

組織の名は〝豹の牙〟と暫定的に、与武彦の提案の〝虎の牙〟を佐野が異議を唱えて決めている。「〝虎〟だと阪神タイガースのファンがメンバーにいると推定されるでしゃ」と言った。

部屋の場所を知っているのは佐野だけだ、ペンキ職人の頭にはいい、ざを考えて両親の住所を教えている。

佐野から「恋人にも教えねい方が安全だべい。迷惑が恋人にかかる。思想や信条で完全に一致できれば別だびょん。だども、現状では無理だべしゃ」と釘を刺されている。というより、与武彦もそう考えざるを得ない。

週七日のうち、六日はペンキ塗りをして、毎日、朝七時十分にアパートを発って、きちんときちんと勤める。しかし、警察が臭いを嗅いで動きだしたら、この生真面目さをかえってカムフラージュ、偽装と疑うことも考えられ、仕事が終わって週二日はパチンコ屋へ行き、週二日は一人酒場で飲む振りをするか映画を観る。爆弾作りの実働はだから週三日だけだ。それも夜七時半から九時まで。隣人に「おかしい」と思われぬように……。他の未だ顔を見ていないメンバーは、もっと訓練をして警戒しているだろう……。

だからこそ先月の五月十九日のことは仰天し、震え上がり、落胆した。

——そうであったのだ。

五月十九日、築三十年の古ぼけたアパートの階段の手摺（てすり）の錆（さび）と古い塗料をサンド・ペーパーで刮（こそ）ぎ落とすのに手間取り、仕事が一段落したのが夕方六時を過ぎ、国鉄の東神奈川駅で夕刊を買ったら、一面にでっかい文字が躍っていた。「連続企業爆破の容疑者逮捕」と。慌てて、別に二紙を買ってしまい、警察に尾（つ）けられていたら怪しまれると思ったが遅い。「ひっそり〝仮面の市民生活〟」「アパート住民『え、まさか』」の小見出しの中に「キバ隠し夫婦も二組」もあった。

与武彦は「夫婦も」で、今からでも間に合うのかも、爆弾作りを遅らせたり、休んだりしても「奈美とイ、ロ、ハのイから説き、オルグし、つまり説得して二人で闘いたいのや」と考えを走らせた。でも、無理……。時間が余りに足りない。時間があっても奈美の幼児を相手の仕事では、爆弾など幼児の初初しさ、天真爛漫（てんしんらんまん）の心と動きとは正反対……のような。それに、いつか、無政府主義、アナーキズムの古典を含んだあれこれを渡して読ませようとしたが、「ぴんとこないわ、理想過ぎて」と退屈そうだった。モラルについてはどうもだが小説としては面白い瀬戸内晴美の『美は乱調にあり』も

「昔のアナーキストとか女性解放の先駆けの人って、地に足が着いてないのね」だった。やっぱり、全く同じ思想はおかしいし有り得ないとしても、同調してもらうには少くとも五年はかかり、普通では十年がかり……。そうでなくても熱い闘いの季節はもっともっと消えていってしまうのや。

せやけど、奈美……。

うん、次の日の新聞には、実行者の一人が、実質上の妻も逮捕された直後に首に吊したペンダントみたいなカプセルの中の薬を飲み、取り調べ中に倒れ、警察病院で死亡とあった。決意し切った上での自死……に違いない。

この件を新聞で読みつつ、電車の座席にいながらも、いきなり、頭のてっぺんから、後頭部、背骨、尻の穴、膝、土踏まずへと厳しい何かが突っ走った。

凄まじい覚悟をしていたのだ、先行者、先達は。

気を引き締めないとあかんでえ。

六、七年前の全共闘運動盛んな頃の、旧三派と同調しつつ独自性を譲らなかったノンセクト・ラジカルの〝自己否定〟を、より純化し、生の、現の、実在の肉体と精神でやり遂げようとしている。ぬくぬくと〝後発〟のアジアの人人をかつて侵略し、今は儲けの素材、手段にしている〝先発〟日本の、人人一般だけでなく本土の労働者まで否み、その一員としてのおのれまで否定していく……実行そのもの。

静かに分析すれば、客観的にはおのれ与武彦もこの〝自己否定〟派――国家の権力だけでなく、社会党、共産党だけでなく左翼の権力化の否定だった。敗れようと、滅びようと、この心意気、志、精神に殉じたいのや、少しでも痕跡を残すのや。

当たり前だが、与武彦だって、自らが属し始めて浅いが、全体は「東アジア反日武装戦線」の一つの班、細胞、勝手に蠢（うごめ）きだした小さな小さなグループと自覚した上で、ちょっぴりとか、かなりの量で疑義（ぎぎ）はある。日本の労働者や市民全てを「日帝中枢に寄生し、植民地主義に参画し、植民地人民の血で肥え太る植民者」と規定してしまうと、引っ掛かる。ペンキ職人のおのれ与武彦も「駄目、駄目、俺は駄目」ばかりが出てくる。

しかし、確かに、かつての、過去の、国家の繁栄を支えて、今もなお、の大企業には、決定的な〝おとしまえ〟を、アジアの人人に代わって、つけるのは譲れない義（ぎ）と思う。ここで〝おとしまえ〟つけておけば、アジアの人人への阿漕（あこぎ）なことは大企業は少しは反省し、慎重になる……はず。

この「駄目、駄目、俺は駄目」を、逮捕直後に自死として営為に移す人間って、ピュア、清純やなあ、ほんま……と与武彦は電車の座席から床へと座り直して東京方向へと正座して頭を下げたくなる。この先達の名は、斎藤和（のどか）。実質的な女房、おっと、おつれあいもいて逮捕されている。死刑か、無期か、懲役二十五年か。

そして……。

もう、やるっきゃねえわ、と与武彦は決意する。船はごく小さいが、出発してしもうたのや。

青森は弘前出身の大藪、佐野、しかし、先月は山本と名乗っていた連絡役、兼キャップじみた役のやつは逮捕されていない……よう。不幸中の幸いということか。

当分、大丈夫のはず。

しかし、やがてくる……。

おのれ与武彦、構えはしっかりしてるのやろか。しっかりせえへんと、あかん。

でも、爆弾を作り始めたのは二月上旬から、あれは間組とか、つい最近の韓国産業経済研究所とオリエンタルメタルの同時爆破には役立ったのやろか。

五月十九日の一斉逮捕の後も、たぶん、もっと次から次へと〝狼〟〝さそり〟〝大地の牙〟に続く者達、グループが、ひっきりなしに出てくるはず……かつての高倉健のファン・クラブのように……と与武彦は信じ込んだ。甘いのやろか……とも、百分の七から九ぐらいは気にしたけど。

二

もう会えない、会ってはあかんのやと心の内の大いなる格闘をしてきた奈美のことについてだ……。

六月半ば、判決が出るので、東京地方裁判所に行った。

裁判所に出ずにこのままどろんも考えたが、社会党や共産党、あるいは中核や革マルみたいな新左翼でも老舗の党派のように組織がしっかりしていて専従費が出るわけでなし、零細企業以下のグループなわけで、やはり、ペンキ職人は続けて生活費を確保するしかない。しかも、近頃は、薬品代とか、五月十九日以後も残り踏ん張るグループのアジト代なども捻り出す必要があると山本は熱く訴えている。

それに、ここで裁判所に出廷しなかったら、必ずや、警察、それもかなり〝ぼけーっ〟の噂の神奈川県警ではなく首都管轄の警視庁を「おや」、「おーい」、「やっぱり」と刺激する。大藪、こと佐野、改め山本と話し合い「ペンキ職人の服装、但し、わざとらしくなく、少し増しの印象にだど、上着はブレザーだべい」との提案に従い、決めておいた。

裁判所で逮捕もあり、なわけだけど、一旦、爆弾作りの薬品は、実に汚れて悲しい鶴見川へと事前に処理した。

ノンセクトが八割、ブント系が二割の十三人の統一公判で、一人だけ、機動隊の顎を砕いた元学生が実刑になったが、与武彦には執行猶予だった。ま、未決勾留の期間が余りに長かった、当然か。

あやーっ。

開廷の時にはいなかった、奈美、奈美、奈美が閉廷の時に、振り返ったら片手を挙げている。駄目やーっ、目立つのやてっ、お巡りがおまえの後をひっこく尾行するぅ……と与武彦は小さい叫びをしたかったが、それは、もっと危険……。二人の関係がばれる。

汗掻きではない与武彦の背中と顔に、いきなり汗、こういうのを冷や汗というのか、一時に噴き出し、気味の悪い膜を勝手に拡げた。

目を合わせては、あかん、奈美と。

裁判の被告達を取り仕切るノンセクトの、今は人形屋の後継ぎで温和しい磯田という元明大生に近づき親しさ装って挨拶をし、傍聴席にいる女子大生らしきに手を振って頰を強張らせながら無理に顎を崩して慣れ慣れしく「ありがとさんっ」と手を振った。

しかし……。

せやけど……。

せめて……。

左手の掌（てのひら）で額の汗を拭（ぬぐ）いながら「好きや」、「愛してるのや」、「せやけどな……」と与武彦は左目を掌で隠し、右目で奈美を見つめ、一と昔前はウインクというやつを、瞼（まぶた）をしっかり閉じてから開き切り……した。

何か、いいや、沢山のことを言いたそうにして突っ立つ奈美を辛（つら）い心で追い抜き、与武彦は長くて仄暗（ほのぐら）い裁判所の廊下へ出た。

許してや、奈美……。

振り返りたくて堪（たま）らなかったが、鳩尾（みぞおち）に力を籠めて懸命に我慢した。

第八章　吐息の果ての次――を

一

「嫌だわよ、窓を開けたりして」と女に文句を付けられたけれど一戦が終わり、再び開けてしまう。黄杏(いちょう)の実(じつ)に目に綺麗な黄色が七割落ちてしまっている。どうしてか、緑の色が好ましいけれど、近頃、木木(きぎ)の春の芽吹きの浅い緑、萌えだす緑、野菜の盛りの頃の緑だけでなく、枯れゆく土色、褐色、赤色もそれなりに命運を持って次の四ヵ月後を思わせ、ではないな、枯れゆく色そのものに命の終わりと次への期待があって良いと感じるようになっている。

「ね、ねぇ、もう一回……もう少しで、あれなんだから」

女は、「勘弁してくれ」と男が思うけれど、ベッドの上で、招き猫みたいな仕草をする。

男、三十一歳となっている帯田仁は、胸の内には舌打ちして、実際の言葉では「外の景色は、あの緑が終末で、眠るんだぜ。ゆっくり休んで、見ようぜ」と言う。

仁は、自分でも自分をつくづく、駄目男、おっと駄目人間だと思ってしまう。男の証しのゼラチン状のものを放った直後だからか……ではないと解るがゆえに、もっと自らを責めたくなる。

　横浜駅から十分は歩く安めのラブ・ホテルの一室だ。

　一九七五年、十一月下旬。

　仁は、今、傍らにいる女ではなく、奈美を何故か、いや根拠はある、考えてしまう。「稚いけど、稚い可愛さがある」、「美人とまるで別タイプだが、とっくり、じっくり見ると目ん玉の土鳩みたいなおどおどさと、その芋臭さに自覚のあるきりっとした輝やき」、「おーや、両唇の、とりわけ上唇の捲れか、へえ」と奈美の中学二年か三年の時に、感じ入ったのだ。そ、性格も良く評すればおおらか、普通で評するとやや抜けていて、おのれ仁、とか、あの平みてえにしつっこく、未練たらしく、一つの拘りに凝るこたあねえ。気配りが、できる。中学生の時から、尻が妙に天にいきなり叫ぶアフリカの女みてえ。おっぱいも、つんつん、空を向いていて、活動家、社会主義者になる前の俺の趣味で文句は付けられねえはずが、ちゅっと頬っぺたに唇を寄せて「な、パンツを脱いでごらん」と言いたくなった……ぐらいだ。

　なのに、その奈美が軽く、かつ、警戒心があった気がするが、木根村朱鷺を紹介し、その朱鷺がどこか蠱惑的に映り、電話を三日後にしたらその夜にデート。そして、誘われた。それで、できた。でも「流行、ファッションの先端にいるプライド」をよいしょできないおのれ仁、そのうち、仁の本工労働組合の連合の県評での、仮の当面の仕事とずるずるやってきたことへの、当て付け、違う、当然の批判として「収入が少な過ぎる。わたし達みたいな一年二年の約束の社員のことを考えていない」、「帯田さん、同年齢の男と較べると、あのパワーと回数が余りに不足」と三回目のデートの後に口を尖らせて言われ、できてから三十日くらいで、今は、それらの文句が溜まってきて、仁は、肝臓、肺、大腸、在り処が分からぬ膵臓もたぶん「堪らねえ」となってきている。

それに、何か、この朱鷺と寝ていると後ろめたさが、何なのだろう、深くなって、小学校二年の時の、母親の会計箱の引き出しから五円、十円とくすねた感情に似たものがやってくる。あれっ、あれーっ、恋人でもねえ……奈美のせいだ。いんや、そのせいだろう。やべえ……。

それは良いとして、どうも、大学時代に、女子大生と蕎麦屋の店員二人と同時進行させ、ほぼ同時に、凄まじい大空への両眉の撥ねの嫌悪の顔つき、俯いてばっかりいて悲し気そのもの「天秤にかけて、両方を扱うなんて」の別れの言葉が、なお、突き刺さる。違う、正直に告げなかったら……との悔いも尾を引きずる。

「ね、その神奈川県の労働者の手助けとか、面倒見の役をするとかで、正確には月給って幾らなの」

ベッドの上で、下着を身につけるのでなく放り、木根村朱鷺は聞く。公務員の初任給が八万円強だ。

「知ってるわ、五万円にも辿り着かないと。結婚が前提の裸同士、エッチの付き合いなのに……甘いんじゃないのお」

朱鷺は仁が答える前に答を言い、いきなり、下着、その他の衣類を身に纏いだす。

ほっ。

と同時に……。

仁は、異性、女との関わりで、ほとんど進歩していないおのれを知ってしまう……。

これっ、という女を見かけていない。性欲自体の減退か……。いや、なお、みっともないほどに、近頃は、ミニ・スカートから食み出す太腿には感じて鼻奥が痺れてしまい、その場合は、自分で、自分を嗤いつつ駅ビルの便所とか喫茶店のトイレで〝処理〟する。

　しかし、心情の盛り上がりと、性的なそれとが共鳴りしたり、共振しない。

おっ、無言で頭も振らず、垂れず、木根村朱鷺がラブ・ホテルなのに、先に帰っていく。

おいーっ。

俺って、恋愛の弱者、死語となりつつある差別語と知っている、〝片端〟なのか、どこか、いいや、全てに渡っておかしい。

　冷めて自分をきちんと解剖して、大袈裟だな解剖は、然りとて総括は連合赤軍の内部処刑で心の内すら胸糞が悪くなる、自身の分析だな、しっかりやらねえと。既に三十に一つを加えて、そろそろ結婚相手が欲しいし、子供ができるかどうかは運もあるだろうが階級闘争以前の人類の一員としての任務という気がするし、マルクスが『資本論』で書いたという「労働力の再生産」は子供を産み、育ての循環で成り立つわけで。

　仁は、ぐちゃらぐちゃら、自らの恋愛体験の負、マイナスを考えてしまう。

　小学校に入学して、衛生検査の時に忘れたハンカチをそっと貸してくれたり、鉛筆を肥後守で削ってくれたりの斜め前の席の針金節子という女の子に、ほんわかとなった。当たり前、その子の尻とか秘部とかは憧れるにまだ早く、想像しなかった。でも、その節子という同級生は、小三の時に関西から転校してきた男、いや、男の子と仲良くなり、けっこう悲しい思いをした。

　小六になり、兄が隠し持っているざらざらした便所紙みたいな紙の春本を読み、挿絵や写真も然ることだが、小説に興奮し、貪り読んだ。なぜか、国語の成績が急に良くなり、「おまえだけが満点って、おかしくないか」と教師にテストのカンニングを疑われたけれど、偽りなく実力だった。

中一になって軀を鍛えようと、喧嘩も強くなりたくてクラブ活動は柔道部にした。中三になって、その担当部長が違う学校に移ったら、何と次のが教師になったばかりの女の二十三歳の星川という先生で、容姿こそ、色は浅黒く、鼻が著しく高く、両目は三日月型で怖いのに、両胸はつん、かつ、ぼいーんと天を向き、尻は見ることも恥ずかしいほどに怒って反り上がり、スカート越しに見える股間は盛り上がっていて、仁は舞い上がった。

高校時代は、それなりに持てた。が、中学の続きで柔道部に入りながら生徒会の評議員とかになったら一学年上の女生徒の役員が、手取り足取り生徒会の会議の進め方、反対意見の大切さ、纏め方を教えてくれる親切さや、お古となった漢文の教科書を「使ってね」とくれて、その優しさに仁は逆上せた。容貌は、ごく普通。天丼でいえば、並み、特、特上の並みクラスだ。貧乏な家庭か、痩せて頬骨が浮き出ていた。もちろん、一九六〇年、六一年頃の高校生の恋愛など「交際は校外では禁止」みたいなあほ丸出しの、例外はきっちりいるとしても、かつても、今も、これからも教師の本当の意味での道徳の水準の低さが解るのだが、通用していて、何もできなかった。

一浪して大学に入って「よおっし、学問なんて三割、女が七割」と張り切り、合ハイのヘゲモニー、指導権を取った。当日になって、男どもの品定めか、国立大、それも日本で一番難関の女子大生が紛れて参加していて、早大生の知性の低さ、しかも、入試の数学の五問中二問は前のやつのをカンニングして入った仁なので劣等感があり、世界史の根っこについて「一神教のユダヤ教」、日本史の要について「豪族との協調から天皇唯一つの力の『大化の改新』」と言われ、その知性が主なるキャラクターに参った。容姿は、差別概念だろう、女の前と組織の同志の男の前では決して口に出してはならぬ、〝かなりの非美型〟だった。でも、ベッドへの誘いは実に軽やかに応じた。女子中女子高の出身の、女子大生の危うさを思った。

そのことの一と月半も経たないうちに近所の蕎麦屋に行ったら、新しい店員がいた。仁が小中学生の時にセルロイドの人形で人気があり、もて囃されたキューピーさんみたいなくりくり眼に小さく蕾んだおちょぼ口、そして頬っぺに赤さを残す芋っぽさの顔だちに「おいーっ」、「いいっ」、「……してえな」となった。

しかし、打ち明けた男友達の三人中の二人は「あほっ。二人の女と付き合ってるなんて喋る男がいるか」とほぼ同じ舐めた口調と蔑みの目を送ってきたように、正直に女二人に打ち明けたら、その二人に去られた。「そりゃそうだ、早まった」とも「いいや、もしかしたら人生の最後の誠実さだった」とも思い、揺れ続けている。そう、あの頃、任侠映画が好きになり、どうもそこの義理人情の世界から「女は一人」が投影し、かえって女二人に告白してしまった……ような。

以後は、いろんな女に心を動かすけれど、決まった女とはあんまり縁がなくなり、積極的に仕掛けることはなかった。大学二年から三年にかけての「授業料値上げ阻止」「大学の管理運営権を我らに」の、今振り返ると初初しい学園闘争に燥ぎ、のめり込み、やがて東大の安田講堂の決戦に参じ、拘置所代わりの刑務所に入り、保釈となり……つい、さっきまでの木根村朱鷺との件があるまで。

いや、この二年半、どうしても性的な欲の高まりで、バスで十分、歩いて三十分の川崎の堀之内のトルコ風呂、南町の赤提灯の狭い座敷でのそれは、指で数えると、やべえ、というより侘びしくならあ、通ったのは、二十回を超えている……か。でも、南町の〝お座敷売春〟とか〝座布団売春〟とゆうても、良い女、魅力に満ちているのが二人いたな。一人は、滑りが快い赤提灯の入口のガラス戸を開けたら、仁がたじろぐほどだった。薄化粧なのに、両目はわずかに吊り上がって瓜実顔、かなりの美人だった。二階への狭苦しい階段を登って美人に尾いて行くと、感情を蒸発させたように両目を開け、「早くね、早く」と言い、「男って悲しいね。女は、もっと」と急かし、終わると御絞りを使うのだった。この美貌と素っ気なさに仁は何かを惹かれ、四回目、「二番目の旦那がね、最初の男に焼き餅を焼いて包丁で刺し、刑務所から出てくるまであと四年九ヵ月。苦しい……わ」と告げた。監獄に愛する人、夫がいては――と、仁は、もっと通いたかったが仁義に、いや道徳に背くようで中止した。自らの組織ですら、在監中の男と、娑婆、そう、塀の外の女との間に、悲しい悲しい、切ない切ない、あれこれが起きているとしても。

娼婦で、二人目に、その気になった女は、法的に大丈夫か、やっと、十五、十六、十七になったかどうかの、ごくうら若い女だった。女将が「ぐったら、ぐったら、泣き言を喋っちゃ駄目なんだからね」とうら若い女に止まり木の内側であの前に小声で注意したけれど、例の幅が五十センチもない階段を軋ませて、電気は通じてない火燵の手前の一と組だけの煎餅布団に女は下着の中心、えーと、パンツだけを脱いで枕許に放るなり、やっぱり嘆くのだった。「こげな、ぐじゃぺ女子を買うてくれて、おーっきーん」と、自らの容姿をきっちり知っていて、けれどもやや分かりにくい九州らしい土着語で。続けてうら若い女は「わたしのお父っとんば早死に、わたしが七つ。隣りの長崎の炭鉱の深く、奥のところだっとんばいが、やっと運び出されて崩れて腐りかけた死に顔は土色そのもんばんたよ。お母っちゃんは、わたしが十三で死にばんた。それから、おばっちゃんに拾われ、ばってん、六人ば子供がおっとじゃね。んで、中学を卒業する前に大阪へとじゃ。売られたたい。十六の夏で……ここへとじゃ」と、助兵衛、セックスは、つくづく雰囲気とかムードが重い位置があると仁に知らせ、忍び泣くのである。こういう売春の店の、こういう宿だから、あれこれ嘘も成り立つしそれは仕方がないと心構えとしては受け入れてる仁ではあったけれど、土着語を走らせ、掛け布団の端で顔を隠すうら若い女に何かしらの真実性を見てしまい、「生まれは？」と聞くと、長崎ではなく「佐賀のマツウラの里ですばい」と、こりゃ、商売にはならぬ、泣きじゃくりながらも異な喉鳴りの音階で答えた。佐賀は仁が抹籍された早稲田の前身、東京専門学校創始者・大隈重信の出たところ。正直に告げると、大隈重信が作ってから八十年後には、学生を警察に渡す、学問は珍しいほどの低さとなお大学当局への怒りと腹立ちは胸の中で騒ぐ……が、このうら若い女の小さい布団の中での泣きは、大隈重信への不信の念がちいーっと緩み、薄らいだ。この時は、しなかった。でも、その一生懸命な生き方みたいのに心の二割から三割以上を感じ、以後五回、通った。五回目に、防具はしていたが、初めて挿入した。両目を、ぱっちり開けたまま、うら若い女は「わたしゃ、あんたに惚れかかっとるばい。ほんなこつ、結婚してくれちゅうてか……無理かのう」と、仁の男を受け入れたまま、ひっそりと告げた。情けない男だ、おのれ仁は、かえって幻想を与えてしまった。このうら若い女を不幸せにする。だけれど、この女の次の戦略、おっと……方針は出さないと、仁は、川崎の如何わしいこの店への通いを中止した。

通いを止めて、おのれの思想の、いや思想じみた思い込みの狭さを知った。労働者階級の自立、解放、ゆくゆくの権力の打ち立てがこの十年弱の信念の底だったけれど、川崎の旧旅籠の名残りで、元の遊郭で、前の赤線の赤提灯や、トルコ風呂や、冬に凍てても夏の暑さがあっても小路にて誘う〝立ちん坊〟について、まるで考え、思い、感性が辿り着いておらんかった……と。この隙間を、いや、氷河の深くでかく、覗き込むのも恐ろしい亀裂と似ている……あいつ、あの、平与武彦が、どうやら覗いてしまった深過ぎる穴……日本人に対してアジアの人人の生活と歴史、日本の中だって、ぬくぬくできる本工に対して、日雇いや臨時工……現に川崎の堤根の宿や、横浜の寿町、東京の山谷、大阪の釜ヶ崎とわんさかいて苦しい毎日……に心を、気持ちを、眼を、避けてきていたおのれ仁だ。

いや、こういう課題があるとしても、異性、女とのあれこれの反省だ。人類の、その類の納得は、全てに先行するはず……そうか？　の気持ち、疑いはあるにしても。

ほんと、駄目。

はっきり、自らが見えてくる。

異性、女に惚れる時、おのれ仁は、容貌、つまり美人か否か、ま、しかし、美人とするか、思うか、信じるのかはかなりの壁がある……としても、要するに容姿とか軀つきで惚れるのが半分なのだ。その顔つき、肉体的外見で恋情を抱いたのは、中学のクラブ活動の担当の女教師、蕎麦屋の初初しい店員、川崎の怪し気な赤提灯の女、振られたばかりというか面倒になった木根村朱鷺もその枠だろう。

逆に、半分の恋心はなるほど、確かに、今流行りの漫画の核心の評価の的となっている〝キャラクター〟で、仁に迫ってきていた。小学校入学の時の女の子、知性という点においてキャラクターであろうやっぱり、国立大学一期であるお茶の水女子大学の女の学生、ついには、売春街の「……ばってん」の土着語すら悲しく佐賀の里から出てくるしかなかったひどく若い女……。

そうか。

惚れる、恋心を抱く場合の契機、きっかけが別別にあって、これがうまく、更に、もっと深く、結婚しなけりゃに上昇しねえのかも……。美人とか軀がかっこいいとかで心が動いても、その性格でがっかりきて、滅入ってしまう。反対に、性格、キャラクターが良いと少し深入りすると、性格のぼろが見えた途端に飽きる。場合によってはあっけなく振られる。

容姿とプロポーションが性格と共に魅力的と感じる女に接近したらどうなのか。そんな女は滅多にいない。いても、こちらが攻勢をかけても落ちるわけではない……。恋とか、愛ってえのは、革命運動や階級闘争ほどに難しい。いや、それ以上……。しかも、既に、三十一歳。

そうなのでえ、九年が経つか、早大闘争の始まった頃だ、未だ一般学生にも毛が生えたぐらいの時に大学に寝泊まりしてバリケード、ストを最後まで貫いた学級の友達の麻雀が強かった大田昭一は卒業した途端に結婚した。鹿児島出身のちょいと見ぼけーっとしている上林吉之介は商社に就職して銀座の超一流クラブの一番の美人ホステスと結婚して二人の子供がいる。むろん、成績が学級一との評判の泉雅人、同じく学年一の噂の前橋正信も、すまーん、結婚式に招かれたけど三里塚の援農で辣韮の根の毟りと集会があって行けなかった、今年の年賀状には「去年十月、男児が出産」、「長女が三歳、可愛い」とそれぞれ記してあった。

そう、「一歳と十日」で長崎で原爆の落とされた中心地から四キロにいた、新潟の更に辺境の村上育ちの大瀬良騏一(きいち)は律儀に年賀状と暑中見舞いの葉書きを一月元日と八月一日によこし、去年の十二月には、村上の地酒の〆張鶴(しめはりづる)という酒を送ってくれ、同封していた手紙には「新米からできたばかりの新走り(あらばしり)。しかもまだ熱(ねつ)を加えていない〝舟口(ふなくち)〟という酒。味わってくれたら嬉しいら」とあり、何か、舌が落っこちるとはこのことか余りにおいしく、香り、喉越し、きゅーんと胸を締め付ける濃い味で仰天した。

あ、いや、その大瀬良の手紙には「やっと女房が妊娠し、来年七月に出産予定だ。さて……でも……どうしても健やかな子と祈ってしまう……のは地方の新聞人の遅れかと恥ずかしい」と付け足してあった。それから「無事、出産」の知らせはきていねえ。心配だ……。

問いに、大したそれでもないけれど、あれこれ世の中が動いていて、その割には疲れることばかりで倦(う)んでいる今、大学一、二年の同級生で新潟で新聞記者をやっていていしこしこと小説も書いているという大瀬良、そ、騏一のところに、遊びに行くか。ずるばかりしている組織活動にすら疲れた。そう、爆心地から四キロ、金物屋だったか、その便所にいたと言ったが、原爆の影響を受け易い一歳と少しだったやつ、大瀬良に……。励ましてえよな。

――ここまで、ぶつらぶつら胸の内に呟き、仁は、一九六〇年代後半の学生運動が盛んでアナーキーで、世の中も寛容だった社会や歴史が、何か縮こまりだした、閉塞し始めた、それも、煮詰まって息苦しくなるこの一年だったと不思議にも、奇妙にも、いんや必然だったかとも思い、振り返ってしまう。時代の根と、それに巻き込まれているおのれを……クールに知る必要がある。

時代の根とおのれと言えば、一九六六年の早大の学園闘争から、それと政治的なテーマのヴェトナム反戦へと繋げて炎とさせる闘いが、三派全学連を結成したとはいえかなりしんどかった。学友会、つまり学生の自治組織はそれでも何とか通じたが、文化を担うサークルの学生の尻が重かった。しかし、五木寛之の、ピアノを弾く黒人米兵の「音楽と戦争」に懊悩する小説、『海を見ていたジョニー』の青焼きコピーを持って社研や文学研究会や映画研究会などに押しかけたら、じわり、やがて急に早大のサークルの連中がデモに集まることを仁は経験している。時代の根は、人間の行為による頑張りで抉じ開けられると……この時以来、信じてきた。甘かった……のか。

——今年、一九七五年の記憶では……。

いや、去年のクリスマスの日に、台湾出身の元日本兵、そう日本兵、高砂挺身隊員で出征した中村輝夫、台湾名は李光輝だ、インドネシアのモロタイ島で見つかった。三十一年間の密林での潜伏暮らしだった。たぶん、平与武彦はこの件を知ったに違いない……。日本のやった図図しく、高慢で、アジアの人人をへいいちゃら気分で日本国のためのみの道具として信じ込ませ、道具にしちまう……と。

ふーん、今年一月初め、環境庁は最初の「緑の国勢調査」の結果を発表した。よく分からぬ〝自然度〟の統計を記しているが、少くとも国が緑についてやっと気にし始めていて、悪くはなかった。資本主義の最先端へと突っ走ろうとしている現の国家に、粉砕とか阻止とか命懸けの抵抗とかを口にしている者には資格がないけれど、やっぱり、酸素をくれて動物が生きられて人間が命を保てる森林、里の草草、樹木の緑の保全、維持、増やしは大切。そして、飢えないための食糧の保ち。同じく大切なのは人口の減少の防止。この三つは、姿勢を低くして、しかし、どでかい声で国に忠告したくなる……。国家にアドバイスなど〝焼き〟が回ったか。イタリア共産党のトリアッティや、日本の社会党の江田三郎の改良を重ねてゆく構造改革の理論はとっくに破綻しているはずなのに、国家そのものの転覆でなく、改革など……。

いんや、そもそも既にあらゆる意味で属している組織が規定する社会主義、共産主義だけでなく、常識として普通に通じる社会主義者、共産主義者じゃねえものなと、仁は、やっと、自身の好い加減さの中身がかなり腐ってきているのを知ってくる。やつ、平与武彦の、どうやら黒ヘルのアナーキズム、違うか〝反日〟という決定的なところへの傾きを薄薄知れば知るほどに。

近頃は、地域の細胞会議も三ヵ月に一度、動員は三里塚の農民があまり不条理に扱われ、唐突に「農地を手放し、出て行け」と命じられた国に対してどたまにくる闘いだけはきっちり参加している……のだけど。

うんや、自らを知るためにも、この一年の時代が自らを越えてどこかへ行くのを嚙みしめねえと。

そう、内ゲバ、いいや左翼用語を未だ使うべきか、党派闘争で、三月十四日、中核派の要の要の本多延嘉書記長がK派にアジトで襲われて、何でも鉈や鉞のようなごつい刃みたいらしいので殺された。小競り合いや、その延長の集団戦とは別で、一つの分水嶺を越えた。党派の中心ちゅうの中心を殺されて、中核派が黙っているわけがない。元元は同じ組織だったから対立点は純化し、この憎しみはかえって膨大になる……はず。

いずれ、俺ら、あ、まだ俺は〝俺ら〟と感じている、的確に俺達の幹部の抹殺にやってくると仁は肝や心臓ばかりでなく全身の毛穴一つ一つで知らされた。警察との闘いでは中核派の百分の一も逮捕られず、俺達の五十分の一も弾圧されずに組織理論のみが全てとするK派、やつらが……。

兄貴分の小清水の兄いは関西の一労働者でやっていて大丈夫だが、遠くにいて見上げて敬服する海原一人氏は大丈夫なのか。

うーん、自らの思想の根底と、義理・人情の溝、亀裂、谷間に揺れ動いてしまうと仁は吐息をつく。

そして。

四月半ばにカンボジア解放勢力がプノンペンを占領し勝利すると四月の終わりに、ヴェトナム戦争は、南のアメリカと一体のサイゴン政府が無条件降伏し終了した。嬉しかったぜ。

そう、ヴェトナム反戦の闘い自体は「勝利した」のだ。けれど……も。この後は？　仁は、大学時代まで、それから、東大安田決戦以降も然りだが、保釈になって裁判がぐちゃらぐちゃらと長引いても気にしなかった今と未来について、楽観主義とは「おさらば」している心情に気づく。ヴェトナムの人人へのあれほど思い入れした気分が……むしろ、今後についてひどく不安になってくる。うん、あらゆる不屈なる抵抗、反撃、ついには革命に至る過程は偽りなく輝いているのに、その後の非情さ……酷さ……圧倒的な人人が苦しむ瑣末なことへの取り締まり……音楽、小説、服装まで介入する余りの下らなさと怖さのソ連の歴史……中国はソ連ごとき超官僚主義の轍を踏みたくないらしく文化大革命をなお続けているが実際は権力争いにしか過ぎなく映る……。ヴェトナムよ、きみだけは何とかと、新聞や週刊誌の写真を見て願う。違う、祈っちまう。とりわけ、解放勢力の戦車が、まだ親米反共のヴェトナム共和国の旗の立つ大統領官邸へとなだれ込む写真を見て。少し経って、米兵が定員オーバーを嫌がってヘリコプターに縋り付くヴェトナム人を振り落とす情けなさ……それも。この後、米兵はアメリカに帰れたか。帰れても、かつて、七年前だったか、南ヴェトナムのソンミ村で丸腰の婦人子供を含む普通の村民百九人、別の説では五百四人を殺したことだってあり、実は……心の中で悶えて苦しむような。五木寛之の『海を見ていたジョニー』の黒人兵ジョニーの……ように。

ヴェトナムの前に勝ったカンボジアは、勝った者同士が仲良くやれれば良いけれど……。

そ、五月に入ってだった、中沢啓治という漫画家の『はだしのゲン』が、連載した『少年ジャンプ』の集英社ではなく汐文社というちっこい出版社から出た。時時は読んでいたが通してVOL・1を読み、その戦争体験の強く、美学の枠を越えたリアリズムの迫る力に参った。作者が広島の被爆者ゆえの熱さと痛みか。それで、また、新潟で地方新聞の記者をやっている大学の同級生の大瀬良騏一を思った。やつは、一歳前後に長崎での経験者だ……。会いたいわな。

――ここまできて、仁は、古新聞の束というより小山の「捨てて良い」と思うのと区別された「取っておく」の厚み五、六センチの残しておいた古新聞から探す。そんな古新聞ではないのに、もう鄙びた、小六から隠れ読んだざらざらの紙の春本みたいな匂いが立ち昇る。少しは結婚まで視野に置いて付き合おうとした木根村朱鷺を呼ばなくなって掃除を怠け、うっすらした埃や髪の毛や陰毛までが古新聞の上に溜まっている。

このアジトも引き上げるか。アジトと言うのは大袈裟だ。会議はサボりまくっての〝不良〟党員でしかない。権力と向かわず、闘う者の背中が好きなK派が襲ってくるほどのゴリガンスキーでもないし、女を気軽に呼んで話をして、うまくいけば布団も一緒にできると熱く念じたが、成果は、期待外れの木根村朱鷺一人。それも……。

そっ、川崎の煙っぽいところ、産業道路のあちら、海側の自宅へ帰ろう。その代わり、ここの部屋代を、組織にカンパしよう、ちゃんと。

あ、いやいや。

そうか、あれは、今年、一九七五年、五月十九日だったか。三菱重工本社や間組(はざま)を連続して爆破した実行者らが一斉に取っ捕まったのは……。そのうち、警視庁は自信満満に「十一件の爆破事件の全容を容疑者の自供で解明」と発表するし……。ま、あれだけ、凄まじいことをして、普通の人人までひどく傷つけたら、実行者はいたたまれずに喋っちまうのだろう……か。旧三派の中核派と俺ら解放派は「完黙(かんもく)だあっ」と誓い合っているから、簡単には〝げろ〟はしないけれど……。

と、ゆうことより。

闘いの気分、ターゲット、標的が、かなり内向きで、袋小路での居直り的な発想、普通の非戦闘員の命を粗末に扱い、殺すというやり方が、どうも、どうしても、気になる。ついには「日本人民全てが償いを」の発想を……。解らないではない。かつてのアジアの人人への過酷な扱いを、仕打ちを……。

しかし。

でも。

外に向かって侵略的企業を撃つとしても、内へ内へとエネルギーが……暗い。ならば、内ゲバは？となるけれど……。

かつての全共闘のノンセクト・ラジカルの〝自己否定〟が、ここまできたのか。だったら、おのれ帯田仁は、党派の人間は、そんなことは主張していなかったので〝罪〟は免れるとしても、でも、全般的な責任は……ある……ような。

でも、時代は今、内向きで、あまりに闇夜でのさすらいなのだ。

思えば、この三菱重工本社の爆破、『朝日新聞』のスクープが確かなら天皇の乗る列車の爆破未遂、ベクトルが少し違うが根っこでひどく似ている同じ左翼同士の抹殺戦の内ゲバ、これが、これが……この時代の、特徴なのか。

世界へとか、日本のどでかい権力の中枢を人人と共にが間怠(まだる)っこくて、極少数で跳ねに跳ね……自らの首を締めていくみたい……な。

内へ、内へ、自らの弱さや暗がりの追い求めだけでなく、同じ人人、隊列に罪と科を見つめていく……。

――いんや、俺の思い過ごしと仁は、古新聞を捲る。

「野菜転作では生活できない」と五月二十九日の新潟県の魚野川東部開拓地の農民の言い分が新聞にあり「水田耕作再開」と書いてある。解らん、農業のことは、三里塚の農民の不屈なる根性に畏怖しても、日日の耕作の十分の一についても解らねえわけで。

うーむ、ここいらは大学の同級だった大瀬良騏一が新潟の新聞記者、詳しく聞きたい。何しろ、緑が繁り、食い物があれば日本人、いんや、人類は生き延びられる。ん？　核戦争が起きたらぱあだな。

大地や、海や、河川が汚染されてもお終(しま)いだし。

──六月には、ついに、辛うじて属しているというか残させてくれているというか仁の属する組織、社青同解放派、革労協のメンバーが襲われ、一人が殺された。

ついにだ。きっちり出直しをして報復戦をやり切るか……。それは、しかし、やる気のある戦闘員の足手纏いになるのか。やはり、組織は辞(や)めて後方支援のみに効率良くパワーを注ぐべきか……。まるで無縁になる気はないが、敢えて無縁となって、もっと広い角度で人人に訴えることを為すべきか。

そして、中核派vs革マルの戦闘は激しくなる一方だった。

かなりの救いというか、ちょっぴりの「やったな」の幸せ感覚になったのは、八月に入って、アラブで奮戦しているらしい重信房子が中心の日本赤軍が、日本で拘留中の赤軍派メンバーなど七人の釈放を要求し、マレーシアの米大使館領事部とスウェーデン大使館を襲撃し、占拠したことだ。日本政府は七人の釈放を「超法規的措置」で決定した。

しかし、釈放された五人は外務省の役人の身代わり人質と共にマレーシアへと向けて発ったが、二人は出国を拒否した。少し余裕が出て、二人の心情を考えてみたら、単純に「救い」とか「幸せ感覚」になれないと解ってきた。一人は病気で保釈中だが、一人は連合赤軍の浅間山荘での中心人物で死刑判決か、良くて生涯獄中……が待っているのだ。二十四時間もない切迫して限られた時間の中で、どれだけ悩み、しかし「責任を取り切る」へと決意したか……。

ここまできて、この件以降の「取っておくべき古新聞」が二日分しか残っていないのに仁は気づく。そうだった、木根村朱鷺をきちんとした結婚相手にと仁が踠いていた頃で、その時、ハウス食品のCMのコピー「私つくる人、ぼく食べる人」について〝行動を起こす会〟とかの人達が「女性差別」と抗議したことがあった。朱鷺がその件について「何が差別よね。日本の家族の美風だわ」と言い、この女へのエネルギーが止まってしまったのだ。仁とて新左翼の端くれというか足手纏い、その上で古い世代の男、ウーマン・リブの流れの登場には正直に思って震えたが、女が料理を作り、男が食べるのが今の普通はおかしいと今では思ってしまう。女が職業につくのなら両方が交代で、あるいは分業でやるのが昔もこれからも必要だったし、必要だろう。俺も変わったなあと仁は苦笑いをするけれど、やっぱり譲れぬ一線だ。あっ、おのれ仁は〝時代に遅れるのにビビる病〟に九年前に組織に入ってから罹っているのか。イデオロギー病か。いずれにしたって、男が台所に立つことは、素材を買うところから旬の野菜、魚などが解り、それを料理するうちに飲み屋や、むろん食堂とかレストランよりおいしいのを作れるようになる。自分も、女も、進歩する。いけねえ、これも、歴史、もっといえば自然界の〝進化〟を含めた歴史観で……どうも、近頃は臭いと思い始めている……けれど。

二

その上で、この一年で忘れられないのは、仁自身も、本心からが七割、総評の地方組織に勤めて仕事としての任務が三割で支援、激励活動に付き合ったが、三公社五現業の組合の公労協が全て参加してそれなりに闘った「スト権奪還スト」の決行と中途半端な中止だ。国鉄、煙草と塩を扱う専売公社、電電公社の三公社、郵便・林野・印刷・造幣・アルコール専売の国営企業の労働者は、うんと昔、米軍の占領下でマッカーサーの書簡に基く政令二〇一号で争議権を剝奪されている。でも、これは国際労働機構、ＩＬＯの八十七号条約違反、総評の主力の公安協に道義性が圧倒的にあり、現は三木内閣で自民党でもハト派、もしかしたらと〝空気〟が入った。

でも、でも、だった。

三公社五現業の公労協の労働組合でも飛び切り勢いのある国鉄の国労・動労が新幹線や国電のストップを百九十二時間続けると、じわりじわり、やがてマスコミの「迷惑」の合唱で『朝日新聞』は「八日間の傷跡深く記録破りの〝迷惑〟」と書き、負けた。民間の労組が冷ややかだったことも効いた。ただ、仁は甚く感じた。国、自民党は、国鉄の労働組合を本格的に潰しにかかるだろうと。それが、日本の労働組合の大きな命運になるだろう……たぶんと。

このことを暗示するわけではあるまい、一昨日、十二月十四日、国鉄の最後の蒸気機関車の牽引する旅客列車が、北海道の室蘭と岩見沢の間で走り、消えた。運転する機関士は、石炭の熱気と煙で早死にしたり、沿線では煤煙と火の粉による火災があったりした……けれど、あの蒸気機関車の汽笛は、人間の思いを人間のその時その時の在りようによって、もっと悲しくさせたり、大いに励ましてくれたり、うんと喜びを膨らませてくれた。あの、白い煙、黒みがかった褐色の煙をもくもく吐き出して野を突っ走り、勾配のきつい坂を喘ぎ喘ぎ行く姿は、ひたすら生きる人間を想起させてくれた。「かく、おのれ仁も生きるのだ」と。もっとも、その蒸気機関車の姿形と心と映るものは……この二、三年、おのれの中で眠って……久しい。

——その北海道といえば一度しかノン・ポリの、つまり、政治的ではなく学生運動を横目に見ていた大学一年の時に訪ねただけ。

何しろ、川崎、東京の西南部、横浜とは異なって道路も、野原も、山山も、浜辺も、規模のスケールが大きく、広広として、ゆったりとして、時間の感覚は関東の六十分が北海道では百二十分という感じをよこした。いや、こういう言い方は北海道が遅れているという意味賦与もするから〝差別〟なのか。そうなのだ、六十年代の新左翼や全共闘の運動と、七十年代の運動のそれを区別し始めたのは〝差別〟のテーマだったと改めて思い、噛みしめる。

じゃなくて、北海道のこと。

大学時代に、終点の様似から汽車に乗り、浦河で降り、何日か奈美の家で過ごし、苫小牧まで出たが、あれは日高本線。産業は、競馬の馬の育成と、浜に黒黒かつ長く伸びている昆布、それに、とても関東では味わえない採り立ての透明な烏賊の漁ぐらいしか印象がなかった。が、野っ原というか原野が広く、「ああ、もったいねえ」と感じた。

その、そこに住んでいた奈美のことだ。「女は目鼻が整って、眉が上向きで、両唇は小さく引き締まっていれば美人。それが極上」のうら若い時の仁の固定した観念を吹き飛ばしはしなかったけれど、じわりじわり、住んでいる家の土台の下の地盤が崩れていく感じをよこしたのが奈美だ。〝ちょっとＢＵＳＵ〟の魅力を知った。いけねえ〝ＢＵＳＵ〟なんつうのを口で発しても、想念で思っても、女の同盟員や党員にキンを蹴っ飛ばされ、蹲り、他派から較べれば新しい組織なので古参党員なのに、みっともなく、しくしく泣くしかなくなる。

待てよ、〝ＢＵＳＵ〟の魅力をとりわけ発見し、感じ、価値観を生みだしたわけで、これは〝差別〟ではない……ような。奈美の〝ＢＵＳＵ〟の、いや〝ちょぴっとブゥ〟だな、自己責任と、少しの居直りと、だからか、芋っぽさの魅力とか、両唇の上下に捲れて大きさとか、正直で嘘とか偽りと無縁な両目の光と翳りとか……。

いけねえ。

奈美のことより、平与武彦のことだ。

いや、奈美のためにも、やつ、平のことが……。違うな、平それ自身が拘置されていた時の隣人のせいだけでなく、気になって仕方がない。他人に対して優しくて、けっこう慎重で、場合によっては臆病と文句を付けたくなるけれど、目の前の不正義を見たりすると逆上せて彼我の力を測らず立ち向かっていく小学校低学年的単純さというか素朴さがある。ここが危うい。平与武彦本人にとってだけでなく、やがて結婚するであろう可愛い奈美にとっても……。けれども、そこが、人間として魅き寄せる……。おのれ仁は、早大闘争の後に組織に入ってもうそろそろ十年で、組織の中の付き合いや討論や行動で自分をたっぷり以上に点検してしまい、慎重とか臆病とか以上の腰抜けだと解るほかはないのに……。やつ平は、組織に加盟したことがないので、初なまま。

いや、分からねえぞ、あいつもこの先は。

三

仁は、先月の半ばの平与武彦と久し振りに会った夜のことを思い出す。

そうだった、沖縄海洋博協会がやった単独太平洋横断ヨットレースで、サンフランシスコから沖縄へと女でただ一人参加した小林則子という人が五十七日間をかけて到着した。女として初の単独世界最長帆走、かつ初の太平洋横断だった。そのヨットの名は『リブ号』。もしかしたら、一九七〇年代の〝内向の時代〟の開始の中で、唯一つ、輝くのは日本の女の、こんな用語に自信はないが、〝決起的目醒め〟なのかも。

そのテレビのニュースを見た後、自分ではアジト的にしているがばればれの横浜の緑区のアパートから仁は、平に会うため、遠く、静岡県へ、熱海へと出かけた。そもそも、平からの連絡は、仁の川崎の自宅へ手紙で偽名、偽りの住まいを記していたのは当たり前であるとしても。

それで、熱海の駅から伊東方向への坂を下って喫茶店に入って五分が経つと喫茶店の電話が鳴り、店員に呼ばれ、受話器を耳にすると「済みません、許してくんなはれ。小田原に戻って、また別の喫茶店に入ってくれへんですか」と非合法の活動に中途半端な関西土着弁は止めろと忠告したくなるが、面倒なことを平は告げた。

仁は、しかし、時の流れのここの一点で、平与武彦がかなり危なく、凄く、破壊の極点のところ、ひどく小さい点と点でありながら余りに濃い組織に属していることを、薄薄の思いから、確信へと至った。かつて奈美が「デートにも、お巡りさんの尾行を気にしていて、あの人、平さん、貧乏なのにタクシーを使って後ろを振り向き振り向き、移動するのよ」と惚気の言葉を口にしていたが、そのぐらいのことは仁とて会議の前と後ではやっているわけで、その警戒心を、今、平は遥かに越えている……。

「……」

十分遅れで、平は平が指定した小田原の喫茶店に現れた。どうやら、平自身の尾行の点検と仁についてのそれを確かめていたらしい。しかし、オレンジジュースを注文してから、額の汗を拭うばかりで言葉を出さない。そういえば似合わないチャコール・グレイのスーツの上下でネクタイは結び目でだらしなくひん曲がって捩れ、スーツの袖からは汚ない下着が食み出していて「おいっ、服装から出直しせいっ」と言いたくなった。

でも、十一月の晩秋なのに汗ぐっしょりで言葉は出ないのに前のめりに頭と顔を出す平を見て、忠告できなくなった。どでかい権力に盾付き、抗い、背く者の現れなのだ。左翼にとっては、行ないへの情熱こそが優先される……美学だろう。

「帯田仁の兄い……」

「おい、組織で一緒はなかったんだから『兄い』はねえだろう、平」

「今、俺、タカハシ……やねん」

「そうか」

「仁さんは、兄いと思ってま。拘置所代わりの刑務所で、高倉健さんの歌う『唐獅子牡丹』を教えてくれはって……あの歌、ますます解りかけて、解ってきて、感激でんね」

おのれ仁より時代遅れというより時代錯誤みたいなことを平は口にする。しかし、しかし、〝義理と人情〟の途轍もない重さや大切さはいかに人人によって忘れ去られても、科学と機械が発展してのいいさばろうとも、かえって値打ちが出てくるはず……と信じたい。

「う……ん」

「監獄から娑婆に出たら『注意深く世間や情勢を見よ』のアドバイスも。せやから、連合赤軍に走らずに済みましたのや」

「あ、そう」

おいっ、それで、たぶん、三菱重工への爆弾攻撃をやり、それからも次次と爆弾を仕掛けている、推定するに、三人四人五人の構成員が分散して四組五組六組と繫がっているところへ入った……というわけだろう……か。

「従妹の奈美さん、奈美も紹介してくれて兄いは」

「え、うん」

「俺も女には持ててきた人生やけど……」

いけねえ、平与武彦の性格のマイナスとして〝見栄っ張り〟があったと仁は今さらながら気付く。

「せやけど、奈美がエベレストの頂上ですねん、兄い」

「え……そう……か」

「そうですわ。奈美の気配りの心がちゃ、ちゃ、ちゃ、むちゃくにできて、駄目人間を包んで許す心も。ほんま、良え……女でんね」

「そうか。おい、この頃は久しく、おぬしは、奈美と直に二人だけで会ってねえと奈美が泣き言を言ってたぞ」

奈美とはこの半年、月一か二た月一度の周期で、仁の川崎の家で会う。けっこう賢いと分かるのだが、仁が実家に帰る日を、仁の母親の話で仁のスケジュールで推測するらしい。

「兄い。そこ……そこ……です。俺は、毎日でも会って料理を作って食べてもらいたいのや。銭湯に一緒に行きたい……。済んまへん、毎日、毎日、奈美を裸にして……抱き締め……放しとうないのや、兄い」

平の血色は良くないが、ペンキ屋の仕事は続けているらしく顔の肌は黒いし、スーツの袖から出ている下着にペンキかニスか褐色の染みが三つばかりあり、そのことが平の必死な思いがあるように仁には映る。

「あのな、平、いいやタカハシ。恋と愛は別物らしいが……〝愛と革命〟の二つを追うことは大事そのもんじゃねえのか」

仁自身は、けっこう好い加減というか男としての人類が背負う性か、いろんな女に恋心じみたものを抱くが、それと区別された愛については未だ解らない。母親については愛を思うし、この頃はほとんど会っていない妹についても感じるが、男と女の愛というやつは……難しい。いや……奈美についてはどうなのか。

「兄い、そりゃそうやけど……ちょっと今の俺は厳しゅうて、奈美を巻き添えにしたら……何せ、ことに直接関与しなくても『共謀』とか『精神的無形的幇助(ほうじょ)』とかあるわけやて」

ああ、やっぱり、東アジア反日武装戦線の一翼にこの平与武彦は噛んでいると仁は判断する。その組織のメンバーでもないのに「付き合いがあった」だけで「精神的無形的幇助」とされて監獄にいる女性がいることに平が詳しいゆえに。

「でもな、ぎりぎり〝愛と革命〞の二つを一つに追うしかねえだろう。奈美と会ってやれ。いや、会わねえとよ」

「いや、そいで、わい、俺に……何かあったら、仁の兄い、よろしゅう頼んます」

「何……を？」

「悪い虫が付かんようにです」

「えっ、おい」

この先の平与武彦の命運は、誤爆死か、無期か死刑に至る逮捕か、仕掛けた爆弾と共にか……解らない。しかし、そこまで女を、恋人を縛るというのはこの時代、ウーマン・リブの闘いもある中、許されるものか……いいや、平与武彦、おっとタカハシぐらいの嫉妬心を持つのは今時珍しいし、嬉しくなるとも仁は心がブランコを覚えたての幼児のようにぎこちなく揺れてしまう。

「仁の兄い……やっぱ、無責任や、俺は。奈美に新しい男ができたら、その男をしっかり見抜いて奈美に忠告を頼んます」

「お……い」

「できれば、新しい男は仁の兄いが……選んで。あ、済んません、序(つい)でにここのゲルもよろしゅう」

ここまで告げると、この喫茶店は出入口が二つあったのか、入った時と別のところから平は出て行ってしまった。

あのなあ……。

切実な気持ちは、けれども、解った……。

四

なるほど三十代に入ると、二十代とはまるで感覚が違い、時の過ぎるのが速いこと。時間とは詳しくは知らないがカントが説いたと聞く「先天的な直観形式」なのではなかろうか。マルクスを含む唯物論的な考えでは、たぶん「客観的実在、物質の根っこの存在の形式」みたいな概念だろうし、これまた余りに無知なのだが「時間は重力の大きさにも影響される」という考えもあるらしいが、要するに客観的かつ科学的一年間はあっても、一人一人にとっては長さが異なるという説を仁は支持したくなる。

——この二た月、仁には解らぬことが起き続けている。去年十二月に総理府が発表した世論調査だと国民の九〇パーセントが「自分を中流階層」と考えているとのこと。これじゃ暮らしは苦しく貧しい労働者革命は遠い……。唯一、時代遅れを自覚している仁が解ったのは都はるみの『北の宿から』がレコード大賞を貰ったこと。作詞はむろん阿久悠だ。24H営業のコンビニが正月一日も開いて、インスタント食品が売れたという。正月の重箱とか雑煮とかが……どうやら。

——一九七七年一月半ば。

仁が、平与武彦と最後に会ってから既に一年有余が経つ。仁とて、三十二歳。まだ、独身。当ったり前、この時代の若い人間としては焦りがある。しかし、かなりのみっともなさを知りつつ、適齢期の女のいるはずのディスコに無理に出かけても、流行りだしてる全国紙のカルチャー・センターに絵筆を持ったりテキストの小説を持って行っても上手にきっかけを掴めない。根は女好きで、婀娜っぽい女、つんと澄ました女、従妹の奈美ほどではないとしても野暮ったいけれど包む力に満ちてそうな女と気持ちは移りかけるのだが、どうも、内向きの思想、今や新左翼などと呼ばれず過激派と呼ばれ、その匂いを嗅がれてしまうせいか、お茶を一緒にしてもその後に、やんわり、時に決然としてそれ以上を拒まれる。

仁は、日本最大の労働組合の連合、十年前まで「泣く子も黙る」と揶揄された総評の地方組織の一つの神奈川県のそれを去年の九月、辞めている。その二た月前、七月には自民党の元総理大臣でキング・メーカーの田中角栄が米国のロッキードという航空機メーカーから賄賂を貰ったらしく逮捕された。田中角栄は学歴など糞食らえで蹴っ飛ばし、仁の思いやイデオロギーの枠外としても戦後日本の桁外れのパワーの持ち主で何となく憎めなかったけれど、これほど金権が政党というか自民党というか世の中というかに浸透していることにたじろいだ。〝敵〟は敵として、やっぱりアメリカの会社から膨大な収賄するなどは止めてモラルはしっかりして……欲しい……何つうて、やっぱり、敵に〝道〟を求めるおのれ仁はおかしくなっていると知ってしまった。

総評の地方組織の専従書記を辞めたのは、一年二ヵ月ぐらい前の〝スト権奪還スト〟あたりに強くある。一応は国に雇われているとしても国鉄や郵便局の労働者の息吹（いぶき）は熱かった。県評の人間として激励行動や集会に参加しても、ほとんどが眦（まなじり）を決していたし、歴史を背負う自負が目の玉と口許に詰まっていた。でも、民間の労働者の〝しらけ〟を通り越した〝無視〟……に、以後の労働組合運動について、高慢としてもがっくりしてしまった。これはほとんどが本工の総評側に責任があるとしても、社外工、下請け労働者、臨時工は無関心そのものだった。もっと根本には、日本の企業別組合は、企業の利害や愛社精神を壊し越えられないと。いや、それは、仁自身の自己弁護だ……。

それから、保釈の時に出所祝いをしてくれた二人の大学と組織の先輩の一人、若尾先達に会い、頭を下げ、月二回出しているミニ・コミ紙の手伝いと、若尾先達のつれあいが京浜東北線の大森駅周辺で経営している小・中・高の塾の小・中の生徒を教えることに相（あい）なった。パートタイマーの時給が三百円と少しの時、公務員の初任給が八万円なのに、九万円をくれるので仁は喜んだ。

ただ、若尾先達は組織を離脱してもう二年半、仁に「ミニ・コミ誌は慣れたら何を主張してもいいよ。どうせ、儲からない。塾はな、早稲田出のやつは勉強してねえから、ほれ教科書を小四から中三までやり直せ」と気合を入れてよこし、次に「組織と喧嘩しろとか、隊列とサヨナラしろとは言わねえ。でもな、内ゲバでミニ・コミ紙と塾がパンクするのは止（よ）しとくれ。いいな」と獅子鼻の上に酒焼けしているでかい鼻を蠢（うごめ）かし、念を押した。

だから、かえって、組織から退役する、おっと組織を辞めることが……気になり、憚（はばか）り、残ることに……と、一旦は考えた。

でも、やっぱり、やる気が薄い党員がいたら、もっと組織は駄目になる。それで、地域の仁より二つ三つ若いKというキャップに会った。「しゃあないよね。今こそ、やつらとの攻防戦の凌ぎ合い直前にとは思うけれど」と、仁のこの三年から四年ほどのちんたらの活動を知り尽くしているわけで離脱を認めた。「だけど、細胞費と同じカンパと、プラス一万円を確実に頼みます」と押してきた。仁は、むろん、それでも安いとすら感じ、OK、となった。因みに、一万円で、日本酒の二級は十本買える。仁は、つくづく我が派は、レーニン型を極限化したスターリン型の強制力に基づく組織でなく、ポーランド出身のドイツ革命をやり抜くプロセスで虐殺された女の革命家のローザ型の自発性に依拠する組織にいて良かったと思う。離脱した途端に、再加盟したくなった。

——半端なアジト暮らしは止め、もう、かつてと呼ぶしかない組織へのカンパを捻り出すためにも煙っぽい川崎の自宅に戻って七ヵ月半。立春がそろそろの頃。

　ミニ・コミ紙の校了は終わったし、小中学生の塾もない日だ。総評の地方単位連合の県評を辞め、要の組織を抜け出ると、うーん、やっぱり暇というか、虚しいというか……。人というのは、老いるまで決まり切ったとはいえノルマ的、定量的な仕事が必要らしい。きっちり自分と組織を点検し直し、自己批判文を誠実に書いて復帰しようかの誘惑というか未練も湧いてくる。

　そう、関西は大阪にいる小清水の兄貴分に会いに行くか。しかし、噂では、彼も、K派との緊張があるのに「役立たず」の噂がある。会うのは避けるべきだろう。泣きと、弱さと、不満を抱えた者同士が話しても前へ進むことはあんまりないと、組織生活十年で経験してきた。

　仁は、狭い庭に陽光が当たるようにミカン箱に載せたプランターと鉢に、この七日ほど晴れ続きで土が乾いていると、薬缶に水を入れ、ちょろちょろ撒く。今の季節は、八百屋で買った芹の根を切って土に埋めると芽と茎が勢い良く伸びる頃だ。同じく、葱の根を土に埋め込むとひどく青さが若若しい茎がすっくと立っている。豌豆の気の早いのも、くすぐったくも複雑な三角形の花を咲かせたし、一と月もしないうちに莢を浸しにするか刻んで味噌汁に入れよう。

おいっ、己惚れとは分かるが、俺は先天的に百姓、いや、農民の資質を持っているのかもと仁は束の間、顎を撫で、芹の芽と茎と葉、葱の小さいながらの立ち姿、豌豆の臙脂色の鼻の形の花に見惚れる。

そうだな、これにうっとりするのは猿との共同祖先からの人間の本能だろうけど、いいや、人間が米などを栽培し始めたのは日本列島でいえば縄文時代の後の弥生時代からで高高二千年強、一説によるとアフリカでホモ属、ヒト属が進化して石器を使いだした二百五十万年前から較べれば余りに最近の話。うん、人類の歴史では、祖先の定住のできなくてしない狩猟生活は何十万年もあったらしいが、定住し始めての農耕暮らしは一万年足す二、三千年しか経ってないらしい。

そうだな、三里塚の農民にイロハのイを教わってからだ。辣韮の根である髭の毟りと、落花生の収穫と、蕪、水菜、二十日大根などの種蒔き……と。単純でありながら細かい気配りが必要で、こんなちっこい吹けば飛ぶよな種が葉を繁らせ、根を大地へと張り……は嬉しい、そのもの。

そういう大地を、ある日、国によって「出て行くんだ」と命じられたら、怒るわな。怒る。

仁は、自分の、授業料値上げと、あんまり関わりのなかった学生会館の管理・運営権の問題から、十年以上も曲がりなりにも闘いをして、逮捕され、最も心と軀に残るのは、ここいらだったのかと思う。いや、当時は流行りだった鶴田浩二、高倉健の映画の義理と人情の実践は知り得た……けれど。

——同じ年、一九七七年二月初っ端。

この冬は、かなり凍てつく。仁が未決で監獄にいた冬も気象庁は「記録的」と言っていたが、今年もそうだ。もっとも、人類が石油とかあれこれを消費して変に暖かくなるのも困るだろう……が、アメリカかフランスか、地球を科学する学者が「三、四十年後は、燃料の大量消費で北極の氷が溶けだし、夏は四十度の酷暑」と主張するのもいて、おい、まさかと仁は考えた。いや、解らぬ……。

仁が庭先のプランターの、去年は思いの外に実った、熱帯アジア原産の独特の香りのする蔓紫の枯れ葉と枯れた茎を引っこ抜いて種を茶封筒に入れていると、父親の晩酌に付き合っていた母がガラス戸を開け、そして後ろ手にぴったり締め、話しかけてきた。

「あのさ、二年ぐらい前におまえに話そうとしたら逃げたけどさ、奈美ちゃんのこと」

良くは解らないが、母のきくは奈美が、奈美の姉二人と違って勉強のできが悪いとか器量が落ちるというか、だからこそ何かを思うのか、いいや、もしかしたら、奈美の芋っぽさが孕む女の魅力の大地のごとくに魅く力をそもそも知っているのか、また、再び、拘って口に出す。

「おまえが東大闘争で監獄入りした前後まで、『奈美ちゃんは、実母の旦那さんの子種』と言ったよね」

「えっ、そうだったかな。そうだった」

「それから、おまえ、仁、あたしは奈美ちゃんのお母さんとは旧制の高女以来でいろいろ詳しいんでね、そんで、『奈美ちゃんの実の親は、今の継父、つまり、うちの父さんの兄さんたい』と打ち明けたよね、ほら、三年半ぐらい前に、トイレット・ペーパーまで品切れになった頃」

「ああ、覚えてる……よ」

万葉時代は、天皇の家系でも大津皇子(おおつのみこ)と大伯皇女(おおくのひめみこ)との半分の血同士の恋愛などはざらにあったわけで、現代でも代代の支配政党の有力な政治家を出している鳩山家でも血の繋がった従兄と従妹の結婚などあったし、仁は気にしない。いや、偉い人の話や例では良くない。庶民に引き寄せ……四分の一の血など。しかし……は少しある。親父は良い男だし、懐(ふところ)は広いし、それなりに敬意を持つ。でもだ。好い加減過ぎて、そろそろ六十なのに、ワイシャツに口紅の跡を付けてきておふくろを悲しませるし、新聞は便所で三分(ぷん)読むだけ、読書もしない。こういう男と血が繋がっているのかと考えると奈美がちょっぴり鬱陶(うっとう)しくなった……のを仁は覚えている。

「そんでね、奈美ちゃんのお母さんの文さんの高女(こうじょ)時代の一級上の人に、何となく仄(ほの)めかして聞いたんだよ、ほら、おまえが、奈美ちゃんと二人でこの家に帰ってきた日の二年前、そう二年一と月ぐらい前」

奈美の恋人の平与武彦(ひらよぶひこ)の今とこれからをかなり気遣(きづか)う仁の思いと波長をまるで別にして、母は上機嫌で語りかけてくる。

「うん、それ……で？」

「今は、その人、奈美ちゃんのお母さんの一年先輩の、高女時代から頼りにされて相談に乗ってた、コタニさんって人が、やっとやっと打ち明けてくれたのよ、北海道の余市(よいち)に住んでる人が」

なお寒い日が続くのに、母は顔の深い皺の間から湯気(ゆげ)を出しそうにする。

「何を？　母さん」

「実は、実は……ね、仁」

一転して声をひどく細くして、父がいる東側の部屋に母は目を送り、こっくんと頷く。

「奈美ちゃんの本当の父親は、あたし達が知らない男の人の子供なんだってさ。奈美ちゃんの戸籍上の父さんは、それを知ってから辛かったらしいの。磯の釣りで波に攫われて死んだとみんなは信じてるけど……自殺か、それを知って不貞腐れての自棄っぱちの死……なんだってさ」

老いた母の口がこんなに回るのは久し振りだ。

「そ……うか」

奈美は、そう言われれば、奈美の姉二人と頭脳とか容貌でかなり異なる。父の兄にもまるで似てない。

うん？　そうなると、おのれ仁と奈美は、大学一年からかなりの年月に信じていたように、まるで血の繋がりがないという振り出しに戻るわけか。心は……気分は……気持ちは、軽くなる、布団に誘い易くなる……としても。「えっ、おいっ、何つう、腐敗を俺は」と、仁は即座に反省してしまう。奈美は、切なく、平与武彦を思っているのだ。平もまた、奈美に会いたくて堪らないのに危な過ぎる闘いのために我慢に我慢を必死に重ねている。

「それで、奈美ちゃんの実のお父さんはその後も独身で、まだ、文さん、奈美ちゃんのお母さんを恋している……らしいの」

「立派……だ。一途で、ひたすら」

「そうかね。それより、おまえもそろそろ所帯を持たないと、三十二だろう？　奈美ちゃんにしたらどうかね。優しいし、懐が広いし……それより、他人への眼が低いもの」

「あのなあ、奈美ちゃん、奈美には彼氏がいるんだ。話したろう？　稚くて、いや、初で、一所懸命に生きてる男だ」

本音で、仁は、言った。

よっし、平与武彦に、もっともっと眦を決して忠告しよう。かなり、真剣にだ。

あああ、だけども、やつ、平から連絡が……再びくるだろうか。

それにしても。

推定上の父親が三度も変わり、奈美も忙しないだろう。

いや、忙しないとの表現は良くない。かなりの枷だったのではなかろうか。

おいっ、平与武彦、おめえがこういうテーマには懐を広げて付き合ってやんねえと。うーん、今の平では爆弾作りに忙しく無理……か。俺が包んでも良いけれど、奈美は妹とは違うが、俺が小学校の担任教師としたら小二か小三の生徒みてえな在りようだし。

いいや、幼ない生徒ばかりではねえ。時折、芋っぽい顔だちの中で、だからこそ目立って魅く力に溢れた両唇を吸いたいとか、こりんと上向く尻をきゅいっ、いっと抓りたくなるからな。

平与武彦よ、済まん。奈美、ごめーん、と仁はおのれの頬を右左一緒に叩き続けた。

五

同じ年の同じ二月の半ば。

えっ、おいっ、あの人が殺された、K派によって——新聞記事の社会面の隅に、あった。

あの人とは、仁がつい三週間前まで属していた組織の、K派との厳しい対立の中でこの四、五年で信頼が最も厚くなっていた海原一人氏だ。大学は早稲田でなく東大で違うけど、かつての仁の兄貴分の小清水徹の兄貴分みたいな人だ。むろん、新聞には本名の高原義人で記されている。アジ、つまり、演説は吃音ぎみで上手ではなかったが、その分、誠実さがあった。それより、アジが下手でもきっちりした活動家になれることを教えてくれ、仁に自信をよこしてくれた。

十一年前、アメリカの原子力空母のエンタープライズ号が九州の佐世保にくる直前、ひどく凍てつく宵に一度会ったことがある。赤提灯の隅っこで、兄貴分の小清水が隣の隣にいるので聞きにくいし、みっともないと知りつつ、でもまだ新参の活動家だからと「俺、機動隊とスクラムでも、ゲバ棒を持ってのぶつかり合いでも、恐怖で……夢にまで見ちまいまして」と打ち明けたら何と、「最も出発点のナイーブな悩みと拘りと希望のところ。ううん、革命の暁までは反乱者が少数でゲバルトも弱いはず、人類の反乱の第一歩への感覚、そう、感性そのもので新鮮だし、すごく、大切なことだ」

海原氏はいきなり生真面目そのものの顔つきとなった。体格こそごつくないけれど身長は一八〇センチと目立って高く、機動隊やK派の標的にされてきたのであろう、潜り抜けてきたはずだが悩みをなお引きずるのか同じ眼差しを向けてきた、決して、組織としては四年ばかり先輩の目線ではなかった。

「帯田、そもそも、正直でとってもいい。その正直さに負けて俺も自信のないことを言うとな……」

二年ぐらい後輩になる小清水の手前もあって海原氏も引き気味になるのか、一旦言葉を休め、それから、なみなみ冷や酒の入っているグラスを一気に飲み干した。

「帯田。敵と肉体を賭けて闘う時に、たった一人のおのれが弱く、怯懦ということをきちんと自覚し、でも、それと真正面から格闘し、打ち克つ決心をすること……単純だけど、これが第一だと思う」

「は……あ」

「だから、第二に仲間と励まし合い、助け合う……ことだよな」

十一年前のその時、「やっぱりこの人は組織の人だな、仲間とか、団結に結論が行く」と半分白けかけた。しかし、半分納得した。弱い者同士の熱い連帯とか絆とか中学校の運動部のクラブ活動ではないけれど、あるいは単純な小学生のモラルじゃないけれど、大切だ。

「帯田、第三に、いや、論文や何かの答案じゃないし、第一、第二、第三とかの順番じゃなくて直感だよな。それでゆくと、やっぱり、一つ一つのデモ、ゲバルトを一生懸命やることだと思う。自らの弱さだけでなく強さも少しずつ発見できる……はず」

至極単純なことを、海原氏は、低い声ながら呻くように、両手の拳をテーブルに付けて頭を垂れ気味にして、大老人みたいな嗄れ声で告げた。

「だろう？　小清水」

未だ組織名とか仮名とか珍しかった時代で懐かしいが、海原一人氏は組織名を先取りしていたわけで、組織名を未だ持たぬ小清水に聞いた。

「あ、はい」

簡潔に、仁にとっての兄貴分の小清水は返事をした。もっとも、小清水は、党派に入る前に、横須賀でのアメリカの原子力潜水艦寄港阻止のデモで最先端、高校時代のラグビー部で鍛えた頭突きみたいな体当たりを機動隊に食らわせてその顎を砕いたという伝説、いいや、ほぼ事実を持ち、K派との衝突でもいつも最先頭、ついにはそこをK派に狙われて牛乳瓶の欠けらを集中的に頭に浴び、それでもまるでへこたれないで、大学でも、全都でも、全国の隊列でも、真っ先に突き込んで攻めていた。だから、小清水のあっさりした海原氏への同意は、十一年前の組織に入って未だ一年半ばかりの仁に違和の感情をよこした。

この組織は、上、先達、先輩の顔を読むのか。インテリの理論的優位性から革命の本隊の労働者に考えを注入するレーニンの組織論ではなく、労働者自身の革命のパワーを信じるローザ・ルクセンブルクの組織論を選んでこの党派にきたのに。

「帯田、そうなのや。スポーツのルールの約束のあっての上でのぶつかりとは違うわな、機動隊やK派とは同じ土俵である約束ごとが……あらへんよって。だから、ぎょうさん……最初から二年もかかって、その克服に心身の力を費やしたのや」

こう小清水が、海原を挟んでの向こうで言った。

急に仁は、ひどく嬉しくなった。先輩、先達は、あらかじめゲバルトの達人ではなく、ちゃんと、一人として、肉体の損傷、場合によっては死を覚悟して、文字通り必死になって潜ってきたと。イデオロギーも思想も組織すら関わりのない普通の成人男子三人を小清水は一人でぶっ飛ばせる力を持っているのに。

「小清水、そうなんだ。だけど、帯田の正直過ぎるほどの正直さは……」

海原が、言い淀んだ。

「はあ、しかし……革命を決意した以上は、やっぱり、いつも先頭で自らに試練を求めんと」

そりゃそうだろう、革命をやるというむんむんする熱気の組織の中で、やがて指導部、幹部になる構成員が〝過激〟な派の中にいて、「機動隊とのぶつかり、党派闘争での勝利」の前に、一人の人として恐怖、臆病、日和見をおおっぴらにしたら、おかしくなる。組織が、持たない。〝空気〟が入らぬ。

「小清水、言わんとすることは解る。けれどな、スターリン式の『上からの命令、下からの胡麻擂りの組織』を越えていくのはすごく重たく大切なんだ。帯田の自分と他人への正直さを学んで、き、き、き、貴重としないと駄目だぜ」

ううー、ううう、ううーと溜息と感嘆の二つを抱えてしまう仁の、海原氏への思いだった。

しかし。

でも。

やっぱり。

漠とした、予感通り。

K派に、最もの要、重心、対決の核と、正しく推測されたのであろう、確と殺された。

考えてしまう。

決意が強いられる。

やはり、新左翼にシンパ的心情を感じてる人にすら嫌われる内ゲバであるけれど、ここは決起して、報復、復讐を為すべき時と場合が潮の満ち干で表わすのなら満ち満ち、この半年か一年以内——ではないのか。

県の組織のキャップに会い、組織に再加盟する思い、決心を告げるか。膨大な自己批判書は必須だろうが……仕方ない。もし、ＯＫならば、そのまま、軍事組織へ。

……甘くは、ない。

再加盟は許されても、軍事組織には……入れまい。大した根拠もなく、スト権奪還ストが〝竜頭蛇尾〟に終わったあたりから眼前の労働者階級にがっかりしたせいか、ただ何となく時代遅れの仁自身で、なのに役立たずで、役立たずが自分達の組織を腐らせてしまうからと考えたのだ……けれど。

でも、あの海原一人氏の、どんな駄目な組織人をも大切にし切る感性、弱さへの共振から次へと目指す志……そして現実として、Ｋ派との対立と危機への真っ向からの対峙……。

何かをやらねば、人として……みっともねえ。

そうだ、関西、大阪の底辺労働者が密集している西成で活動している小清水の兄いに会いに行こうと仁は考えた。

六

同じその年のほぼ一と月後、三月中旬。

仁は、大阪の環状線の京橋の駅近くの喫茶店に入り、小清水の電話による指示で鶴橋へとタクシーを二台乗り換え、着いた。何となく仁の生まれ育った川崎の南部の匂い、気分、町並みの背丈の低さと似ていて心が和んでしまう。

指定された焼肉屋へと後ろを振り返り、警戒しながら向かうと「……かいしょなしっ」、「……ちょい、い、い、い、ろくさいやっちゃ」、「……じゃらじゃらいわんといてな」の道行く人の言葉がやってきて、拘置所代わりの刑務所で読んだ野坂昭如の性の猥雑の果ての虚無と映る『エロ事師たち』の、彼の津軽弁と双璧で〝解りづらい〟〝美しくない〟の河内弁がこれかと何やら楽しくなってくる。仁は、この小説を、芸術と政治に真向から五木寛之の『海を見ていたジョニー』と共に読んで「おいーっ、本当の本当は、学生運動や革命運動より、文学の方が凄いんじゃねえか」と、まだ尾を引いていて肝あたりに住みついているけれど、強いショックを貰った。

そうだ、中途半端としても、やつ、平与武彦の奈良弁も。おいっ、紹介した従妹の奈美が嘆いてるぞ、「連絡が途絶えてる」と。やつは、どうしているんだろう。会いてえ。捕まるんじゃねえぞ。無防備の罪のねえ人人を傷つけたり、爆破するんじゃねえぞ。お前さんの肝っ玉と優しさだと、無辜の人を巻き添えにする杞憂だけで自死しちまう気配で心配そのもの、そこが魅力だとしても。おいっ、平っ。

――小清水徹は、既に、いた。いこいこ、しこしこした歯応えのあるハラミを炙り、サンチュを頬張っている。へえ、と思うが、ゲバルトは早稲田NO・1どころか首都圏の圧倒的一番、思想の頑健さも全国の、かつての我が派の五番か六番、なのに、焼肉を操る箸の使い方は挟んだ肉を落としたり不器用そのもの。含み笑いを仁はしてしまう。もっとも、ここの焼肉用の箸は、焼き場で死者の燻る骨を拾う長い鉄のそれみたいで、なるほど扱いにくい……としても。

「やっ、久し振り、帯田」

小清水は、プロの重量級のボクサーのような体格に上着の濃紺色のジャンパーを羽織り、ジーンズでなく律儀な学生服みたいな黒ズボンを身に着けている。

「ま、食ってくれへんか。焼肉はここいらが日本で一番うまいのやで」

どうしても仁は、小清水の前では畏まり、「いや、川崎の桜本、セメント通りも負けないはずです」と言えず、首筋とか、背骨とか、腰の骨あたりに強ばりを貯めてしまう。

そりゃ、そうだ。十年以上前の早大の学費学館闘争とその最中とその直後に「組織に入れ」と迫られ、ろくすっぽ革命など解らないうちに党派に加盟させられたわけで、誘い入れた張本人が小清水徹なのだ。この兄いは、大学を中退した後、一九六九年の10・21で逮捕され、一年五ヵ月勾留され、それから地元の大阪に帰り、今は、中小企業の労働者や釜ヶ崎の日雇い労働者の人達と交流している。組織人としてはまるで〝上昇志向〟はなく、組織の中央にも噛んでいない。然りとて、経験したあれこれ、とりわけK派とのゲバルトのあまりに迫る力で、回りには頼りにされたり、煙たがられている……との噂だ。

「何や、せっかく、関東は川崎からきたのに、黙りこくって」

「あ、はあ」

「組織を脱けたってな、海原氏の殺られる三週間ぐらい前に」

K派に牛乳瓶の欠けらを集中的に浴びたり、ゲバ棒で殴られたりの跡が、短い大工刈りと一分刈りの髪の間に禿として五ヵ所もくっきりと残る小清水は、責めるようにではなく。幼児をあやして楽しませる御伽噺(おとぎばなし)のように聞いてくれる。

「済みません、ことの前に相談もしなくて」

そう、時と場合が、もう十一年経つが、一九六六年の夏、まだまだ初(うぶ)な学園闘争の後としても、この小清水が直に加盟を迫り、オルグ、組織化したのだ。訳(わけ)の解らぬ「産学協同路線粉砕」だったが、その根は「産業界のための学生の〝生産〟ゆえに、学生は競争と分断に絶えず曝(さら)され、人と人との繋がりは友情や連帯ではなく孤立化へ、アトム的個人とアトム的個人へ」と、ちゃんとこの小清水は言って説いた。このテーマは、学生だけでなく、ごく普通の労働者、サラリーマンにも通じるかなりの重く、重いテーマのはず。

「帯田……脱(ぬ)けた理由は？」

「時代が解らない活動家で、組織の足手纏(まと)いになっているわけで」

自分が考えていたより、期待したより、労働者の本隊は凄くはなかった、企業の枠を突破してなかった――などと仁が告げたなら、「それなら、おぬしはどうなのや」と真っ当に小清水に問われ、学生気分が抜けぬままで労働者という気分がしないおのれの恥の上塗りになってしまうので仁はこのことは省く。

「せやけどな『枯木も山の賑(にぎ)わい』ってえのもあるのや。俺もその一人……やて、帯田」

「……」

「せやけど、海原氏が殺される直前に脱(ぬ)けるのはタイミング悪いわな」

「済みません、小清水の兄い、おっと、小清水さんと話して……再加盟もあると」

「いいや、おぬしは自らで悩み、考え、道を選ぶしかあらへんよ。ま、結婚前やな、恋人はおるん？」

小清水には大学三年から決まっている組織人ではない女の人がいて、今は子供も二人いるとの話だ。でも今頃の普通の男は三十二、三だと結婚していて子供もいる……仁はこの点でも「駄目な俺」と改めて気がつく。

「いません」

「そうか、ならば、ますます自身一人で道を選ぶ決心をせんとあかんわ」

生活者の重みを含んで小清水は言い、おいしそうにホルモンとキムチを交互に食う。

「と同時に、これっという女をものに早ようせんとな。いや、男でも良えけど、帯田」

「いや、女だけが好きで」

「ほなら、急がんと、帯田」

この人も六十年代後半の古い人だなあと仁はやや懐かしく思ってしまう。「愛か、革命か」、「いいや、愛と革命の不可分の二つ」、「違う、愛より革命だろう」、「良え格好すんな、革命より愛だろう」と、組織の中でも、周辺でも、バリケードの中でも元気良く唾を飛ばしたり、いじいじと暗そうに話し合ったり盛んであった。小清水は、なお、ここに拘っている。むろん「愛」とは「恋愛」「性愛」の「愛」である。確かに、人類史にとっては、愛は、要の要……。生殖というテーマをも伴う。

「あの……なあ」

肉を焼く煙が濃さ淡さを持って渦巻く中、小清水は然りげなく回りを見渡し、ちょっぴり前のめりになった。私服刑事やK派についての用心だろう。赤軍派の軍事訓練を見物に行って捕まり、「反日」

の爆弾テロリズムのグループに馳せ参じたらしい平与武彦の〝いかにも〟のぎごちなさと異なり、地に足の着いた慣れというものが小清水にはある。

「帯田……海原氏を殺したK派は絶対許せん。そもそも、反権力・反警察の先頭で闘い、対峙する組織の実質上の一番を狙うなんつうのは、ありか。警察と同じ欲、同じ思いや、やつら」

話す中身とは別に、小清水は、静かに、静かに、プランターで芽を出した紫蘇や春菊に語りかけるように話す。

「わい、俺は、やる」

あたかも独り言を吐くように、小清水は焼肉の煙の煤がへばりついてる縞模様の天井を見上げた。

「やる」は、K派への「復讐の実行」に違いないわけで……。

「帯田、俺は、わいの嫁はんに説得の時が終わり、五日後には裏に回る」

「裏」とは、非公然、非合法の活動だ。

「ならば……小清水さん」

「そうや、俺は、わいの組織が好きやから、俺らの信じているポーランドの女性革命家のローザの労働者への信頼と自発性が大切中の大切と思おとる……その組織を守らんとあかんの思いがある。このまま見過ごしたら、組織の魂がおかしくなるのや。せや……けどな」

「あ、へ……い」

いけねえ。十年以上前からの兄貴分だと、ついついかつての任侠映画の兄弟分みたいな受け答えをしてしまうぜと仁は姑息な反省をする。

「我らにとって海原氏は百人力。せやけどＫ派を百人殺したら……やっぱり、新左翼のシンパ、共鳴者からも見離されるわな。そもそも、人人に『左翼って、内部で争いばっかりして』と」

「う、う、うう」

仁は、文字通り、呻き声を漏らしてしまう。

そうなのであろう、そうだ。「他党派の解体」がＫ派の戦略であり組織建設の核心だからといって、これに対抗して立ち向かっても……人人には「駄目、未来がない、暗い」と映る……だろう。

「帯田、そういうマイナスを引き受けても俺はやる。組織の魂を守りたいのや。だけでのうて、わいが十年前、Ｋ派に頭をかち割られた時、海原氏が訪ねてきてくれてな、ゆっくり、実にゆっくり、話を聞いてくれたのや。励まされたのや」

「は……あ」

「先おとしは、新しいコミュニズムがこの先の歴史を大転換できるかどうかで……去年は、Ｋ派に、昔、ゲバ棒で打っ叩かれた頭の怪我より、円形の脱毛の輪の方が出てきた時も、わざわざ大阪へときてくれたのや」

「はあ」

「そいで、よしんば先が暗いとしても、人類の一人として、人間として『金や、権力や、諂いでない、人と人との絆』の大切さ、コミュニズムの迫力について、のんびり、のんびり語ってくれたのや。そんで、わいは元気を取り戻したんでえ。せやから、個人の恩義としても、やるっ」

仁が、組織に加盟させたこの小清水以上に、小清水と海原氏の間には濃いものがあったらしい。

よおっし、俺も……と仁は、背中を伸ばす。

待て、しかし。何人殺さねば……ならないのか。

「おいっ、帯田。おぬしは俺が組織に加盟させたと気にしておるのかも知れんが、時代、歴史は変わるのやで。そもそも、わいがやるつもりで、正義の勝たねばあかん報復の闘いも、十年、二十年、三十年はK派と同列に見做されるだけでのうて、新左翼全体の『駄目、負、マイナスの歴史』としてや……語られるかも知れへん」

けっこう長いスタンスで、小清水は考えている。その上での――決意なのだろう。

「でも、小清水の兄い」

「兄い、じゃねえやろ」

「俺、考え……直す」

「違うわな。おぬしは、気儘、あらゆる可能性に生きるのが良え。権力に阿らず、資本家に靡かず、せやけど、伸び伸び、自由に……労働者ら、同じ仲間をまこと大切にして、一人一人の違いをほんま大事にしてやでえ。明日の分からん日雇いでも、臨時工でも、本工でも……や」

「えっ……あ、あ、あのう」

「農業をやってもおぬしには似合うかも知れへん。三里塚の農民ほどに根性と魂の座ったことはできへんやろうけど、食こそ人人のラストの生命線や。それに、いろいろ学んだ成果を小さな田畑に活かす手もあるで。南京豆や枝豆やトマトや葱の収穫など堪らんらしい。漁師になって、日日が命懸けやろうが同じく人人の食を確保し、狩猟本能を満たすのも良えやないか」

海原氏の殺しに対する復讐戦を決意しながら小清水は、仁に組織の復帰を勧めず、いろんな職業の掛け替えのなさと魅力を口に出す。

「ま……しかし、小清水さん」

「しかし、やないで。一市民になってゆっくり過ごし、労働者の一大事には決起し、気分が向いたら自然を守る運動や、国や行政に対する監視の集まりを作ったり、新聞やパンフを出しても良えやろ。あ、おぬしはもうやり始めておるのやな」

「中途……半端に。小清水さん」

仁は、かなりびっくりする。ゴリガンスキーの典型の小清水なのに、労働者階級だけに拘ってはいない。懐が広いというか、緩いというか……許容力が深過ぎてその思いの的が摑めない。

「わいだって一回こっきりの人生、あれこれの職業を経たいわな、儲けのためには弱い者を搾り取る資本家や官僚以外は……もう、遅いけどや。思想もイデオロギーも、わいは、おぬしより古参党員ゆえにもっと古くて役立たずでんね、え、え、え」

なまじ装いの溜息ではなく、肺の底から絞り出すみたいな長い息を小清水は吐き出した。

「小清水さん、さっきの『K派との正義としての報復の闘争には勝たねばならんが、ゆくゆくはこれは新左翼全体の負の歴史となるかも』旨の言い分や『おのれは役立たず』としながら……それでも、報復への決起をですか」

「う……む」

焼肉の火を止め、小清水が、食うことよりも自らの思いを整理することに駆られてゆくのか腕組みをし始め、沈黙する。

我が革命組織の兄貴分としてやはりこの男は、小清水さんは、小清水の兄いは誠実であると仁は考えてしまう。小清水は無言なのだが焼肉の煤に塗れた天井を睨む。その眼は、動物園の真昼の梟のごとくに映る。何やら、虚ろみたいにも……。

いんや、違ってきた、小清水の両眼がかつての学生運動時代と同じとは言えないが、じわりと動物や鳥を襲う前の猛禽類のそれとなってきたような。

「とどのつまり、我が組織が好きやからや。この先、十年、二十年、三十年先は解らんが、労働者の自発性を信じるロマンがあるでな」

「あ、はい」

「その実質上のトップが殺られたら、殺り返すのが人間の汗臭い仁義やろうに」

ヤクザ、おっと侠客の喧嘩の論理みたいなことを、変わっていねえ、俺も然りだけどと仁は思ってしまうけれど小清水は言い切る。

「え……はい」

「そのことが、左翼全体、人民全体に齎す劇薬じみた、あるいは、じわりと効いてくる麻薬みたいな影響があっても……なお、やらんと……あかんねん」

「う、う、う……小清水……同志」

ついつい〝同志〟と呼んでしまう仁である。小清水の考えに同意したわけではない。その矛盾した考え、不条理な思いの中の、人としてのあまりに悲しく滾る誠があるからだ。

「ほな、済まん、どうしても会わねばならん人間がおる。支払いはこれでよろしゅう」

財布から、然り気なく、何気なく、密かに、タクシーの初乗りが二八〇円だからかなり余るだろう千円札五枚を出して灰皿の下に置き、小清水は立ち上がった。

「せっかく川崎からきたのにや。自由に、俺の分まで生きたってくれ……それで、革命の近づいた暁には別別のところにいても合流しよう、帯田同志」

小清水は余韻など残さず、これからの党派闘争の殺し合いの厳しさを首の下のぶっとい項に埋め込む印象を残し、消えた。

七

帯田仁は、小清水徹と別れてから、その前の日常と変わらぬ暮らしをしている。塾の講師をやり、ミニ・コミ紙の編集をやり、「いざ、この闘い！」の起ち上がるべき時にセンスをなくしていたら困るという不安から、偶に集会に参加する。いや、覗く。ではなく見学か。それも遠出したりして〝静穏権〟のそれ、入会権から知恵をもらった〝入浜権〟の裁判傍聴に四国の松山まで、大分県中津市に住む〝環境権〟を捥ぎ取ろうと善戦している中心の松下竜一という作家の話を聞きに九州へと。

当たり前「次の世代を作るのは人類の任務」というこの世代の考えに従い、女の寄ってきそうなカルチャー・センターへ以前より繁く通う。絵画コースや文学コースの他に語学についても増やした。

小中高の同窓会にも出る。

大手の書店のやる農業実践の連続講座にも出たが、二十七人中、女性はたった三人だった。正式な農機具の扱いや、土の耕やし方、肥料の与え方を学ぶ頃には女の人は四十代が一人だけとなり、川崎の自宅のブロックのてっぺんに鉢を引っ掛けて今までの倍の〝耕地〟にしたのだけが得だったか。いや、三里塚の援農で育て方を齧ったラディッシュを沢山植えたら、二十日大根とはよく言った、二十日ぐらいで実に赤色の綺麗な、大根というより蕪のような実が二百個ぐらい穫れた。

こんなことばかりしている仁は、胸の中の肉や皺や隙間から、つまり心情から六十年代半ば頃から引きずってきた反抗とか反逆とかが消えていく焦れやおのれへの失望を知ってくる。

でも、心情ではなく闘い、できごと、事件は、なお、六十年代でも後半からのことを濃く纏い、消せない……ようだ。

四月十七日、成田市で三里塚・芝山連合空港反対同盟が全国の人人に呼びかけ、かなりでかい集会とデモをやった。五月六日には、空港公団が機動隊の見守る中、反対同盟の滑走路南端に建てた鉄塔二基を倒した。

「えっ、おいっ、どうしたんだあ」とこうなるとちょっぴり応援したくなるが、七月十二日、中ピ連、正確には「中絶禁止法に反対しピル解禁を要求する女性解放連合」らしいが、解散した。浮気した男の職場に押しかけたりして「空元気」、「へんに清潔」とむろん、皮肉的に、こう仁は思った。でも、どこかで、いつか「清潔」は別として、女のパワーに生きていくはず。

九月三日に、直には政治と関係ないけれど、高校野球は出場できたのに、日本国籍でなかったゆえに国体に出られなかったからどこかで政治との繋がりはあると仁は考えるが、読売ジャイアンツの王貞治が、な、な、なーんと、通算七五六号のホームランをかっ飛ばし、米大リーグのハンク・アーロンの世界記録を抜き、あるスポーツ新聞の見出しは「感動の世界新」を打ち立てた。阪神タイガース・ファンの仁とて、祝いたくなる。

九月二十八日だった。

日本赤軍が、二百五十六人を乗せてボンベイ空港を離陸した日航機をハイジャックした。日本赤軍はバングラデシュのダッカ空港に着陸させ、その要求は「身代金六百万ドル」が一つ。六百万ドルは十六億二千万円で、高級外車のロールス・ロイスが二千八百五十万円だから、七十台ほど買えるかなりの額だ。「赤軍派七人、一般刑事犯二人の釈放」も要求の一つだ。「要求に応じない場合は人質を殺す」の声明を出した。結局、すったもんだ五、六日を費やし、日本赤軍の指名した三人の出国拒否を除いて六人が身代金と一緒にダッカを出発し、アルジェリアのアルジェへと行った――対ゲリラや対テロリズムへと強硬な策を取りだしている西欧諸国は日本政府の「超法規的措置」の釈放や身代金要求への降参に批判的で、政府内でも検察は福田赳夫首相への反撥があった。しかし、この首相はなお仁の敵の最高司令官であり続けているが「人の命は地球より重い」という名セリフを吐いて乗り切った。ことが終わって一週間後、仁は「地球」と「人の命」を秤にかけた。三十五億年の歴史を持つ大いなる母の地球に負んぶする子の、猿人とかではなく人類はたかだか二十五万年の歴史、どう考えても地球の方が重い……。しかし、譬えとして福田首相は喋ったと考えると、人類の一人一人の掛け替えのなさを強調して……敵ながら、かなり……。

今回もまた三人のうちの二人のゴリゴリの活動家二人が出国を拒んだ。二年前のハイジャックの時と同様に、仁は二人の短い時間での決断と悩みと悶えを考えた。胸が苦しくなった。

しかし、仲間を見捨てず釈放への絆の深さには感嘆するとしても、このハイジャックなどの戦略や戦術の上に、熱くてみんながわいわいがやがややれる闘いは「無い」と思った——K派との党派闘争、内ゲバよりは生産的だろうけれど。ん？　そうか。そうだ……。

八

同じ年、一九七七年十一月初旬。

夜八時、中学生の数学を何とか熟せだした仁だが、新しく任された小学五、六年生の算数にもやっと慣れてきて仕事を終えると「……少女漫画誌の人気はなお鰻上りで、月間二千万部を突破しました」のラジオが講師の溜り場に流れてきた。

漫画といえば、少女漫画も大人の女向けの漫画も好きな、まるで血縁がないと再度分かった奈美はどうしているか。

奈美とは今年三度、川崎の仁の家で会っている。仁の母は奈美の出生などに気を遣うせいか奈美に優しい。ではなく、母と奈美は気が合うのか。二人とも、かなりのんびりしている。貶せば、鈍い。見栄を張らないけれど、あれこれをけっこう内側に引っ張り込んで悩む。

そうだ、日大理工学部グループの人力飛行機、へえ、ペダルを漕いでの愚直な操縦にかなり仁は惹かれてしまう。二一〇〇メートルばかり飛んで世界新記録を作った、その日だった。正月三箇日なので、父がいて、兄がいて、妹は珍しくも子供連れで帰っていて、奈美は遠慮して小さくなっていた。

しゃあねえ、と、早目に帰りかけた奈美をバス停まで送って行く途中、「やつ、平から連絡はあるのか」と聞いた。「……」、無言で奈美は首を横に振った。自ら余りに侘びし気な表情と気づいたか「仁さんの、芹と葱の根っこを植えたプランター、見たわ。両方とも青青としてるね。三里塚のお百姓さんから教わったの？　第一、得だよね。あ、バスが」と消えてしまった。

気になるのは、奈美と同じ量と質で平与武彦だ。

「東アジア反日武装戦線」が絡んだらしい爆弾闘争やそれとは関わりのないであろう爆弾の仕掛けの闘いは、去年一九七六年三月の北海道庁の爆破以来、聞いていない。

仁は、幼稚園の先生もこんなものか、園児みたいに初な奈美のことが気掛かりになると、平の今と行き先が心配になってしまう。平のことを不安に思うと奈美の現と将来が気になって仕方がない。

——平への心配と不安が的中した。

翌翌日、新聞の中段から下に「反日グループの残存活動家か」、「異臭に隣人が通報」、「死後約七日が経過か」、「爆弾の薬剤の痕跡が机や布団から検出」などの文字が仁の目に突き刺さった。場所は東京の大田区だ。少しだけ落ち着いて両目を開いて活字を読むと「警視庁は、この腐乱死体は、元共産同赤軍派の事件などで裁判中の平与武彦（三二）と断定」とある。

ああ……という嘆きの溜息はこのためにある……のではないか。

先取りのつもりでいつも一歩か二歩時代遅れで、そのくせ、早とちりの……おめえ、平与武彦……

いくら厳しい覚悟の上としても、死ぬのは若過ぎらあよ。真面目過ぎ……だぜ。

第九章　迷いの果てに

淋しさと次への望みを混ぜたような小雨が、みんなちゃらにして流してくれそうにざんざ降りに変わった。

一九七八年十月下旬、日曜の午後。

今年三月には、四日後に開港予定の成田空港の管制塔を、マンホールに潜(ひそ)んでいた、内ゲバと関係のない党派の活動家が占拠し、何と、国の計画を変えさせてしまった。

しかし、そういうびっくりすることよりは、もっと気になることは――帯田奈美は指を折る。平与武彦の推定死亡日からそろそろ一年が経つと知っている。

奈美は、きく叔母さん、つまり、仁の家に遊びにきている。というか、寄っている。いいや、まだ二十七歳なのに過ぎゆく月日をぼんやり眺めやっていると表して良いか。万が一、いいや、百万分の一のことを考え、腿と股間の狭間の丘が浮き出るポリエステルの流行りがそろそろ終わるミニ・スカートを穿いてきた。ウーマン・リブの運動から勉強したことは、社会での扱いもだけど、男も女も性欲が大事であり、そこに差別をつけてはいけないことだと奈美は思い込んでいる。

この川崎の煙っぽい空の下の家が、奈美は好きだ。きく叔母さんは、奈美が恋人を失なったと五回も打ち明けているのにいつも忘れてしまう。暗に「仁にしなさい、結婚相手は」と考えていて、時に、ちろりと口に漏らす。でも、その他のことはゆっくり時をかけて聞いてくれる。奈美の母の文には考えられないことだ。母は、悉く全てではないとしても、歯磨き、勉強の準備、成績への文句を喋るのが命のようであった。

　近所の公園から舞い上がったのか、街路樹のそれか、真っ黄色になった銀杏の枯れ葉が、仁がせっせと面倒を見ている植木鉢やプランターに、雨の中、二枚、三枚、四枚と濡れそぼってやや惨めに降りかかってくる。銀杏の葉を見つめる奈美の気分が……あの人と重なる。


――奈美は、平与武彦の屍をこの目で確かめていない。

　与武彦の死を知らせてくれたのは新聞ではなく仁だ。奈美の職場の保育園に新聞をショルダーに隠し持ち、次の日に訪ねてきた。

　堪えても上擦るらしい仁の話では「直接に爆薬とか爆弾が出てこなかったのは仲間が合鍵でアパートの部屋を開け、片付け、持ち去ったんだろう」ということだ。「若いのにやつの血圧が猛烈に高いとか、心臓に故障があるとか知らねえ？　奈美ちゃん、いや、奈美」とも聞いた。わたしはつくづく女房、もとい、妻、かみさんには似合わない女だと奈美は考えた。将来の旦那、もとい、父ちゃん、夫の健康のことを知らないで済ませてきたのだから。

　与武彦の死の推定日から二ヵ月後の頃、その彼の父母から奈美のアパートに手紙がきた。「えっ、何で住所が分かったの？」と思って開封すると、一年半ばかり前に引っ越した横浜は緑区の鴨居というところへの両親による案内のレターだった。返事を認めた。訪ねた。息子の与武彦の貧乏暮らしの雰囲気とはまるで違う立派そのものの瀟洒な家だった。でも、クリスチャンでも信仰はしっかりしているのだろう、神棚、仏壇などなかった。日本的な好い加減さ緩さに慣れ切っている奈美は緊張してしまった。

「与武彦から、死ぬ二ヵ月前に便りがありましてな、おまはんさまのことが綿綿と書いてありまんね。えろう、むさんこに御世話に……なって」

父親は無念そうな表情で頭の毛を撫で上げたが撫でる髪の量がほとんどなく、奈美にはその悲しみが倍にも映ってしまった。与武彦は「親父が『旧約聖書』『新約聖書』の要の点を暗記しねえと怒ること怒ること。泣いたでえ」と言っていたその育ての父親だ。

「まあ、良え嬢はんで。息子も生きた甲斐があったわね。のんびり、たおやか……これから流行りそうな、ちゃいますわ、今流行りの個性的な鼻、口……でんね」

母親は、この頃は奈美もタフになってぐさりとはこないことを言い、与武彦に食べさせたかった、脂のたっぷり乗った大とろ、新しそうな海胆の寿司の入った塗りの桶を差し出し、やや冷えているとしてもステーキのレアを勧めた。

なぜか、この時……。

消えゆく者、死にゆく者は悲しい、あんなにも恋しかったのに、なのに、手紙はもちろん電話もよこさなかった、だからこそくるおしく焦がれた与武彦の顔が、手足が、けっこう広くて分厚い背中が、全体が……急に、陰影の濃さを失い始めたのだ。いや、存在そのものが持つ大きさもじわりじわり……小さくなっていって……しまうのだった。

そういえば、与武彦の死に顔を見ていない……から、こうなるんだと奈美は思った。検視とか良くは分からないけど仕事とするお巡りさんに頼んで死に顔の写真を貰いたいけど……そうもいくまい。お巡りさんに頭を下げたら、あの世から与武彦が怒鳴りかねない、与武彦がゆっくり息めなくなる……いや、息むなんて、早過ぎるし、そもそもそんなこたあ有り得ぬ。

「お母さん、もし良かったら……与武彦さんの写真をいただけないでしょうか」

おずおず、奈美は申し出た。当たり前、奈美は与武彦の一緒の写真など撮っていない。与武彦の最大の敵の公安警察に何かの拍子で渡ったら大変だろうし、厄介だからだった。

「ちょっと待ってんか」と与武彦の母親が立ち上がろうとした時、奈美に、与武彦に似た母親の両目のカーブ、そ、弓の形の反りと、悪戯っぽい両眼の芯の翳りが飛び込んできた。懐かしくなり、すぐに、肺の表の肋骨と裏の背骨の間が圧され息苦しくなった。

与武彦の母親が持ってきたアルバムと茶封筒の中身は「こんなんしかあらへんね」と言うように高校三年で卒業する時の写真が最新だった。振り返れば、与武彦は、聖書の読み過ぎではなかろうか、他者への計量できぬ尽くしはあっても、芸術を志したというが自己顕示欲は拍子抜けするほど欠けていた。

——平与武彦の学生服の詰め襟のカラーのところがわざと外してある高校の卒業式の写真は、大きさの都合が良くてキャビネ版だ。奈美のアパートの一室のこぢんまりした茶簞笥の上に乗っている。

酒でなく水の入ったコップと、奈美が道端や六郷川の土手で摘む蒲公英とか薺、別名ぺんぺん草、嫁菜、薄の活けてある牛乳瓶に、写真は挟まれている。高校卒業時の初初しさは新しい発見のような気がするけれど……平与武彦そのものではない気分をよこす。

そして、人生の総体に照らすとまだ若くて未熟そのものの奈美なのに……平の写真を見つめても、平の嬉し気な顔、淋し気な顔、文句を付ける顔を思い浮かべても、その在りようは、日日に濃さは失い淡くなり、全体が小さくなっていくと知ってしまう。知らされてしまう。

たぶん。

あれほど愛していた与武彦にこんな在りようの日日の薄さを感じるのなら、他の人に対しても……然り。母さんだって、今の父さんだって、いわんやおのれ奈美を馬鹿にするばかりの姉二人も……。

そして。

奈美自身も、死んだその時から、思い込みでしかない直感では、遅くても七日後ぐらいから、顔つきも喜怒哀楽の表情、全身の動き、仕草、言い分、匂い……という存在自身が骨と灰と煙になって消えていくのはむろんだけど、他者からも……消えていく。

そのことは……。

うんと淋しいけど、切ないけど、むしろ、人類の歴史の始まりから変わらない、ごく普通で、健やかなことなのだろう。ま、十年に一人の大女優とか、長嶋茂雄とか王貞治の大いなるスポーツ選手とか、大政治家は別として……。ううん、そういう大いなる人だって、百年、二百年……千年……人類の歴史が終わる頃には芥子粒ほどになって忘れられる……はず。

だったら……。

死んだら、自分の息づかいや思いや眼差しに入る景色が無になるのはごく当たり前どころか、清清しいことのような。

そう。

奈美は、死者と生者についての辻褄の合わぬ論と自ら知りながら、おのれの生者の図図しさとか驕りも感じながら、「今に生きるのよ、刹那主義と回りに貶されても、嫌われても、舐められても。うんっ」と文字通り、声で、独り言を小さいとしても叫んでしまった。

そうとするなら。

もっと保育園の幼い子供達を可愛がろう。

うん？　保育以外の別の仕事を短い人生だもの、経験しても良いのか。

女と男じゃ、性が違うだけで、社会でも政界でも、どんなところでも公平に扱われてないから、少しは感服したウーマン・リブ、近頃はフェミニズムとかやんわりの語感のするそれと呼ばれだしているが、遅れ馳せながら後ろからついていこうかしら。ごめんね、平、こういう運動には、身を縮めていたから、あなたは。そう、仁さんも、男の本能というより古いイデオロギーの鎧兜のせいかしら、一時ほどではないとしても身構えるもんね。

それより何より、男、男、男を求めなくちゃね。これも、ごめーん、霞がかって遠くへと行ってしまった、おのれより他者のために爆弾作りをして、時代の先を行くつもりで時代に取り残された……平。

だけど、本音ちゅうの本音では、仁さんが断然、一番。だけど、これは夢の中の夢。そもそも、平のことで仁さんには拘りがあるし、わたしも……ほぼ有り得ないわけで……奈美はこう考え、女しかいない職場を大胆に男のいる別のところへと変えようかとも思う。それとも、男の集まる場所ってあるのかとも考えを巡らすが、思いつかない。

あ、ホステス……予備校時代の〝清潔〟のところよりもっと濃いところ……はどうかしら。銀座のバーやクラブは？　うーん、この容貌だと雇ってくんないわ。

――そして、川崎のきく叔母さんと仁さんの家にいる今の今。

「ただいまあーっ」

いつものようにせっかち気味の仁さんの足音だが、いつもよりもたっとしていて、奈美は冷やりとしたら、それはそうだろう、どでかい壺の上半分をちょん切ったような植木鉢を七つほど抱えている。

「おっ、奈美もいたか。母さん、先だっての控訴審でやっと裁判が結着して、何かやりてえことがいろいろ出てきたよ。執行猶予って、やっぱり気楽な判決だよ。あん時の催涙ガスが原因の俺のひでえ火傷の写真を弁護士が証拠として出して、裁判官がびびったわけかな」

そうなんだ、東大闘争の裁判は、えーと、一九六九年の一月ができごとで、八年半ぐらい続いてたんだと奈美は改めて知らされ、仁は顔や言葉には出さなかったとしても、そして案外にさっぱりしているというか、ごめんなさいね、少し軽いところがあって重荷としてはなかったはずだけど、鳩尾にも他人の手というか国の執念みたいなものでずうっと押されたような圧迫感を思っていた……はず。

「母さん、奈美。このでかい植木鉢は紙粘土製で、たぶん本当らしいけど、プラスチック製とは違って雨風に風化して解けていくらしいんだ」

仁は卓袱台にどでかい植木鉢を置いて、手品師みたいに一番上のそれから、苺の初初しくて潰れそうな苗を取り上げ、次に明日葉、隠元豆、豌豆などの種の袋を取り出し、最後にちょっぴり愛し気に、だけど、「はあ、あ」と微かに聞こえるような諦めの声も出して一冊の本を拾い上げ、それらを並べた。

本のタイトルは『わら一本の革命』で「自然農法」とかという活字もタイトルの上に記してある。書いたのは福岡正信という人だ。その人に違いない、白髭もじゃもじゃの好好爺そのものの感じの老人が表紙になっている。

「おまえ、仁、植木鉢を置くところはもうないんじゃないの」

きく叔母さんが、心配させた息子がやっと家庭菜園に興味を抱いて安堵するような、しかし、それでは親不孝息子とはいえ未来が小さくて憂えるような複雑な顔つきをした。眉間の皺三つの間を刻み、口許を緩める。

「母さん、背丈の低い門柱に乗せるし、門柱と道との間の狭いところに、段段になったプランター置きを用意するからさ、そう、あと十や二十の鉢は入るはず」

「あのさ、父さんが酔っぱらって帰った時、蹴躓かないようにね」

「そりゃ、もちろん。白ペンキで、門から玄関への進む印を付けとくよ、明日には」

六十代後半の母親と、三十四の息子の会話にしては頼りないというか、中身が他愛ないというか、軽過ぎる気がするけれど「悪くはないわ」と奈美は感じてしまう。

「葱や芹や三ツ葉の根っこを切っておまえが殖やした葉っぱや茎は、味噌汁の具やお浸しに役立つけどさ。うん、おまえの植えた春菊は葉が柔らかいし、ツルムラサキはおいしいし、農薬を使わないせいかしら、豆類も噛みしめるとはっきりうんまいと分かるけどもね」

きく叔母さんの仁への話し方から、奈美はこの後が分かりかける。こういうのが、たぶん、普通で、ちゃんとした親子の会話なのだろう、親が子を褒めてから、叱ったり忠告をするというやり方だ。

「そう、そうか、そりゃ嬉しいぜ、母さん。小松菜とか、観賞用ばかりでなく食としての菜の花とか、ちっこかったけど胡瓜とか茄子とか、家計の大いなる助けになってんだろう？　母さん」

やっぱり、おっとりして隙だらけのきく叔母さんだ、息子に先回りされて負けそうになる。

「え……まあ。でもさ、広い家でも敷地でもないのに、植木鉢だらけ、プランターだらけで、山茶花や八ツ手の木が見えにくいし……忙しないし、落ち着かないよね、仁」

それはそうだろう、家の軒から縁側、門あたりと所狭しと鉢やプランターが置かれたら息苦しい、まして老人はと思うことをきく叔母さんはやんわり言って、反撃する。

「そうか、そうだよな。ま、俺だって、近くの公園みたいに広い土地に、麦や米とか主食となるじゃが芋を植えて自給したいよ。ま、好みからすると緑の濃い野菜を植えたい願望の方が強いんだけど、母さん」

「あら、良く解んない学生運動とか労働運動とかよりずっと増しだね、仁」

それ言っちゃ駄目、仁さんが意固地になって考え込んだり不貞腐れちゃうからと奈美は危うさを感じてしまう。

「どうかな、母さん」

思いのほか、仁は拘りなく、居間と縁側を仕切っているガラス戸を開けて、狭い庭や縁側に豊作の柿みたいに鈴生りに並んでいる直方体のプランターに中指を向けた。

「そこの三つのプランターは、実って枯れたブロッコリー、胡瓜、蚕豆のだったんだけど、根っこは抜いて枯れ葉はそのまま……次の肥やしにするつもり」

こんな細かいところに気を配る仁さんだったが、他の女にはこうであって欲しくないけれど、自分にはこの一割五分ぐらいの気分を心を……とついつい奈美は贅沢なことを思ってしまう。

「あのな、母さん。うん、奈美。この『わら一本の革命』を読んだらどうかな。ぺらぺら捲るだけでも」

直木賞芥川賞を取り仕切っているらしい文藝春秋ではなく春秋社というところから出ている本を、仁さんは、ピンク・レディーかキャンディーズのサイン入りのそれみたいに天井へと翳す。

「著者の福岡正信ってえ人は『耕さねえ』、『肥料はやらん』、『農薬は使わぬ』、『草取りもしねえ』で、つまり、怠け者、無為自然みたいな構えで普通の、科学的農法つうのか、それと勝るとも劣らない収穫をしてんだよ」

「おまえ、仁。真っ赤赤のマルクス、レーコンの次が、また出てきたのかい」

あ、と奈美はきく叔母さんの言葉に叔母さんの惚けを知る。確か、三十六歳の時の子のはずの仁が三十四歳なら、えっ、七十歳か。仁さん、早く結婚相手を見つけてやんないとさ。

「あのな、農業は勤勉にやるってえのと正反対。そもそも、人間の叡智とかは信用しねえで、そう、中国古代の荘子みたいに『宇宙の泡でしかない人間』とか、『無用の用』をつまり役立たずこそ有りがたいの説を持ってんだよ。そう、根本は『人為的な行ないを止めて宇宙のあり方に自然のまま従え』という思いに立ってるんだ、この人の農業の実践は」

「そん……な」

奈美の今の父親は一町歩、三〇〇〇坪、約一ヘクタールの土地を、小さなホテルの従業員の傍ら、せっせと、こまめに耕していて、雪のない季節は日曜祭日も畑の面倒を見ている……ので、奈美は不満を含めて声を出す。

「そ、奈美。この農法が本物かどうかはこれから」

「ですよね、仁さん」

仁さんの魅力は、化粧品混じりの匂いでなく、運動部的な汗臭さでもなく、あれこれの道に迷いながら、男イコール人間としてのような、理想を追うことと奈美は考えている。が、平与武彦ほどではないが思い込みの激しさを伴っている。〝自然農法〟も、たぶん……。

「この福岡正信さんの農法は、けっこう各地で実践されているんだけど、しかし、いざ、ある村の一人がやりだすと、農薬など使わないから害虫が出ると同じ村の魔女にされちまったりする……みてえ。農機具はほとんど使わないし、肥料、農薬も使わないから、農機具メーカーや肥料会社は陰に陽にこの農法を妨害するわけで、ま、この先は見えにくい」

あら、仁さんにしてはかなり冷静と思うことを言う。そう、田んぼや畑を耕すのは日本人の当たり前の常識であるし農業の基本と考えるし、肥料だって江戸時代の中期か人糞の導入でかなり米の収穫量が増えたと高校の歴史の時間で学んだ。うーん、だけど、農薬だけは、何とかしないと、自分達の世代だけでなく次の世代へと蓄積され……。そういや、泥鰌とか蛍が田畑を流れる小川や、田んぼの水の流れ込む川から消えかかっている……と、同じ保育園で働く、安曇野の生まれで、高瀬川、穂高川、犀川と交叉してるところで育った料理士の尻の巨大な小母さんが嘆いていた。

「母さん、奈美。労働者の汗塗れの働きや必死な暮らしに、未練はうんと、すんごくあるけど……な、俺のこれからの夢は、土だよ、大いなる土だ、大地だ」

　仁さんは、授業料値上げとか学生会館の管理運営の身近なことからヴェトナム反戦の学生運動へ、やがて革命運動とかへときたと聞くけど、どうも、すぐに浮かれるとか舞い上がる性癖があるみたいだと奈美は、やっと今頃になり、微笑で迎える余裕が出てきた。

　ところが、母親というのは母親だ、両膝をだらんと崩して座っていたのに、急に、しゃきっと背筋を伸ばして立ち上がり、息子の仁の額に皺だらけ染みだらけの手を当てて、両目を鳩みたいに見開き、

「大丈夫かい？　仁。あのね、御百姓さんって大変なんだよ。気候に左右され、夏の日照りにおろおろ、雨続きで凶作で苦しむ、嵐でせっかくの実りが台無し」

　と、嗄れ声ながらも若い母親に戻ったように迫る。

「大丈夫、大丈夫。大地は、ヒト属の二百五十万年、ホモ・サピエンス、つまり人類の二十万年の歴史より遥かに古くて四十億年ぐらいの大、大、大先輩。人間が小賢しいことをしない限り、無限に包んで面倒を見てくれるのさ」

　うーん、仁さんてけっこう演説、アジテイションがさまになっていて、人類史と大地の歴史なんか

を引き合いに出し、何か誤魔化されそうになる……と奈美は警戒心を強いて起こすように自らに仕向ける。

「あのね、仁。趣味の植木鉢と、職業としての農業じゃまるで違うんだよ。猫の額と、何百坪何千坪の田畑を耕すのじゃ雲と泥の差以上なんだから。一坪は二畳もあるんだからね」

そういえば、きく叔母さんは群馬県では頭抜けて難しくて活発で嬶天下を育てたという高等女学校時代は農家に下宿していたと言っていた。

「ま、そうだよな、母さん」

「そもそも農機具の、鍬、鋤、移植ゴテ、刈り込み鋏、鎌の区別が分かるのかい」

「えっ、う、うう」

仁さんが、さすがに呻いた、ずんぐりの冬瓜顔が俄に糸瓜ほどに縮むように奈美には映る。可哀想……。

「しかしさ、母さん。この八年で三里塚の農民の不屈の根性と大地への魂を少しは学び、そして貰ったわけで本格的に構えれば何とかなるよ。ついこの前までの『殺されるか、殺すか』の思いと暮らしの熱さで挑戦するのさ」

プランターの種撒きなどの話から、いつの間にか、仁の〝農業への転進〟の夢とか法螺の話へとでかく拡大されてきた。あ、これ、仁さんの戦術なのかも。

「おまえね、御百姓さんて、農閑期を除いて大変なんだよ、朝の暗いうちから夜がくるまで労働が。農閑期だって出稼ぎに行くしかないのが半分以上のはず」

「うん、だから、三里塚の農民魂にプラス・アルファして『不耕』、『無肥』、『無農薬』、『無除草』を加えて楽ちんで行くわけだ」

なまじ一過性の仁の農業への熱心さではないように奈美には思えてくる。

「おまえ……おまえ……おまえね」

きく叔母さんは、中学生なのにガンに罹って間もなく死ぬ命運の息子に無駄と知りながらも必死に気を取り直して高校受験への励ましを言うように、ひくひく震える声で、なお、仁の額に手の平を置いたまま囁く。

「仁。おまえは小学校の時から算数が苦手で、大学の入試はカンニングで合格したらしいけどね、それはそれで立派な挑戦心で誉めてあげるけどさ、植木鉢三十個と、御百姓の一家が耕して暮らせる土地の広さ、そう、面積の規模は違うんだよ。この家の敷地は五〇坪だけど、通常は一町歩、三〇〇〇坪がないとやっていけないわけでねえ、え、え、え。あ、あ」

きく叔母さんは、農業の当ったり前のイ、ロ、ハのイを息子に告げ、深く、引きずる吐息をつく。

「そうだな、そうだった、そうだぜ。おい、奈美、一町歩ってどのくらいの広さかな」

仁さんて、心の背骨とか、心の芯とか、好い加減そのものと、奈美は、改めて思ってしまう。だからたぶん、仁さんの仲間も仁さんも、物怖じしないで、長いスタンスの未来の計画はあんまり考えなくて、期限のないバリケード・ストライキとか、大学のどの付く偉い先生を平ちゃらで狭いところに閉じ込めたり、大事・大切・貴重と奈美には映った学問の文書を紙飛行機にしたり踏んづけたりしたし、できたんだわと思ってしまう。愛しかった平与武彦の死から一年弱で、節操がないかなとも思うけど、もっと、もっと、この仁さんの好い加減さが、そうだわ、平にもそれはたっぷりあったけど仁さんの方が嵩は大きい、内緒だけどますます好きになってしまう。

おそらく、わたしの考えと仁さんの思いは交わらないだろうけど、一九六〇年代は「社会の不正と矛盾に対して必死」の心と「明日は明日の風任せ」の同居の若者の時代だったような。そして、七十年代は、どこもかしこも自ら崩れたり押し潰されていく雰囲気の中で「葬送や追悼は適当に、ふわふわ、軽うーく、軽く」なんじゃないかしらと奈美は心に浮かべてしまう。

いけない、「一町歩」についてだわ。

「ごめんなさい、計算がうまくできなくて。一町歩は、ほぼ一ヘクタール、三〇〇〇坪、この家の建物の、えーと、えーと、六十倍」

よっし、格好がついたわ。

「うーん、広さの感覚が摑めねえよ、奈美」

「一ヘクタールは一万平方メートル。この先の町内の公園は、ま、川崎市の普通の公園は、滑り台、鉄棒、ぎったんばったん、砂場、ジャングル・ジム、花壇があって、たぶん平均は一五〇〇平方メートルぐらい。だから、近所の公園六つ分が一町歩のはず」

算数は苦手だけど、新しい父親から教わった田畑の広さについてだから、奈美はすらすら答えた。

「すんげえ。おいっ、奈美、俺の知恵袋、参謀になってくんないか。見直したぜ」

口をあんぐり開けて喉の奥の桃色の肉まで曝し、仁は感心する。

「おまえね、近くの通称『百合の木公園』の六つ分の土地の入手はどうすんのよ、仁。この家であたしも父さんも死ぬつもりだから手放せないよ」

きく叔母さんは、要(かなめ)の中の要を言う。しかし、全体として、大枠として、仁の大風呂敷、実体に裏付けされていない夢へと巻き込まれつつあると奈美は知る。

「そうなんだよな。ただな、大学時代の友達で、一歳で長崎の原爆の時に爆心地から四キロのところにいた大瀬良(おおせら)って気分の清清しくなるやつがいて、そいつ、新潟で新聞記者でさ。電話と手紙でやり取りしてんだよ」

まるで砂の上に城を築くことばかりしている仁ではないらしい、ちょっぴりは実際、現実への接近も考えているのだろうか。

「その大瀬良の話だと、あのだぜ、日本の農業って跡取り、後継者がいなくて、これからは、実にしんどい時代がくるんだってよ。日本で一番に米がおいしい新潟の話だぜ」

仁が、奈美が好きなゆったり反っている両眉をでれんと下げた。

「んで、六十代の夫婦で子供は東京とか、七十代の父ちゃんに先立たれた寡婦(やもめ)の人とかが、三、四人いて、土地を貸すから耕して欲しいらしい……てなことがかなりあるんだってよ」

「仁。おまえは、あたしを置いて新潟の田舎に行っちゃうのかい？」

「ごめん、ごめん。心配すんなって、母さんも可能なら連れて農業をやるからさ」

うわっ、ええっ、仁さんってマザ・コンのあまりの典型と奈美は分かり、仁ときく叔母さん二人を交互に見る。口の両唇が固くなる。仁の三十過ぎても独身の根拠が見え隠れしてくる。

違う、仁のマザ・コンだけでなく、きく叔母さんの息子への溺愛、過剰な思い、コンプレックスも質量とも夥(おびただ)しいと……映る。兄と妹に挟まれたのが仁なのに、やはり家にいる時間の長さの問題なのか……。解らない。

そうだ、仁の弱味が見えてきた。

ごめんね、平与武彦、あなたより先にこの人が好きだったのよ。それで弱味を見つけて安心したいわけ……。

「あの、あの、あのぅ、叔母さん、仁さん、あのですね。わたしの戸籍の上での父、ううん、父さんは、一町、三〇〇〇坪の土地を耕してるの。たぶん、周囲の土地も首都圏では考えられない安い値段で……手に入るはずだけど」

奈美は、生まれ故郷が土地の値段は安いけれど、そして、北海道では稀有に温暖なる地としても、やはり関東から遠いという余りにでかい弱点を知っているわけで、喋ったすぐ後にいろんな言葉が虚(むな)しくなりかける。だけど、川崎の港から、故郷へと列車の行く日高本線の始発駅の苫小牧の港へのフェリーがある……。でも、一と晩以上かかる。

「奈美ちゃん、その北海道の家、あたしが泊まるところ、部屋、それ、あるかしら」

ついに、きく叔母さんは『あたしと父さん』を『あたし』に限定して、息子可愛さというより息子コンプレックスを隠さず口にする。

「もちろーん、ありますよ」

首都圏と違って土地代は安いし、その上母親は見栄っ張りで、二年に一人ぐらいしか泊まる人はいないのに十畳の客間を家を建て直す時に作った。だけど、炊事・洗濯などの暮らしを考えると、やっぱり、小さいとしても、六畳、四畳半、風呂、農機具入れの小屋などの付いた家が必要……かしらと奈美は心配になる。

ま、ま、待って……。

実家のごく近くに、仁さんとときく叔母さんが暮らしたら、済し崩しに、そう、女遊びは遠くに出ないとできないし仁さんだってわたしに手を出さないとは限らない。

チャンス……生涯のチャンスなのかも。

俄に奈美の左の胸の上が痒くなったと思ったら、心地良いとしても少しの痛みが出てくる。

「だったら、奈美ちゃんは北海道にまでついてきてくれて、あたしの面倒を見てくれんのかね。ついでに、仁の面倒も」

「いいですよ」

我れながら声に、小学校二年の徒競走で一番でゴール・インした時のような震えが走るのを奈美は分かる。

「奈美、いくら何でも、最初から農業じゃ食えねえよ。奈美自身はどうやって飯の種を稼ぐんだ？」

いけない、この質問は予想していなかった。仁は、奈美の苦手な入試の論文の解答みたいなことを求めてくる。

「わたしの知らない敗戦直後じゃないし、アフリカの子供達が飢餓で苦しんでるのは知っているし手を差し伸べなきゃと思うけど、今の日本で飢え死にする人はほとんどいないはず。何とかなるって、仁さん」

「構えはきっちりしてるけど、精神論、根性論だけじゃやれねえぞ」

「小さい町だけど、保母の職をまた探したり、託児所とか、場合によってはベビー・シッターの先を見つけたり」

「ふうん」

半信半疑とまでは決められないが、二割五分ほどの疑いを含むみたいな相槌を仁は打つ。

「不起耕って呼ぶの？　その自然農法が軌道に乗るまでは、仁さんだって大変だから、塾の先生をやったり、必死に家庭教師のアルバイトをやったり……そう、今の父さんは漁師に知り合いがいるから紹介してもらって烏賊漁を手伝えばどうかしら。夕方に出て、次の日の昼まで働かなきゃ駄目だし、危険だけどね」

「奈美ちゃんね、この子、仁はね、子供の頃から単純作業に飽きないのよ。危ない木登りとか、雲梯とか、一番高い跳び箱も得意だったしね」

いいきく叔母さんが透かさず割ってくる。遺憾なく親馬鹿ぶりを発揮する。上機嫌で、顎の下の梅干しの種まで緩む。

「ま、しかし、奈美の両親や姉さん達もいるし、そう簡単にことは運ばないだろう……それに、さっき言った新潟の新聞記者の大瀬良の考えなんかも聞いて」

そりゃそうだ、仁さんは、夢の前提をちゃんと慎重に考えていると奈美は安堵する——と同時に、あんな過激だった人がこの時代になると失敗に懲りてこぢんまりしてきて、小さな枠に入ってしまうしかないやるせなさをもごくちょっぴり垣間見てしまう。

ん？

仁が、奈美の、思い切って膝上三十センチのミニ・スカートにしてきたそのスカートの下の曝された腿に目をやり、スカートのぶっとい腿と腿の間の中心部へと目ん玉を移し、鼻の下の人中と呼ぶのかその肉を丸め、出っ歯でもないのに出っ歯を隠すように盛り上げ、そして、弾力の弱いゴム紐みたいとしても確かに人中を伸ばした。これはわたしの肉体を欲しいという仕種ではないのかと、いきなり、急に、奈美は少女みたいに幾度もジャンプしたくなる。肉体が先行して、次にじわりと心も……というのは男にあるはず。最近読んだ、川上宗薫という作家の好色小説にもあった。たぶん、成熟した女には……もっと。

甘いか。

仁の眼差しは、奈美のスカートの真ん中あたりから、やや慌てたように縁側の植木鉢に移った。いや、もともと……植木鉢を……か。

——それで。

まだ夕方の六時でもっとこの家であれこれくっ喋りたいのに、でも確かに秋の陽は落ちるのが早く藍色がかってきてきく叔母さんに夕飯を作らせるのも悪いわけで、よし、自分奈美が台所に入るか、しかしそれも未練たらしいし……とぐずぐずしていたら、仁が「おい、帰んなくて良いのか」と、あーあ、急かす。

いつもは、少女時代のお手玉が学校一に上手だったとか、高等女学校の時に細かい規則を振り回す先生をみんなの先頭で無視したりとか、授業をサボタージュしたりの自慢話や、夫、つまり、仁の父親の女好きの愚痴を飽きずに懲りずに話して楽し気なきく叔母さんも「父さんが明日七十二で会社の嘱託も終わりになるのよ。それで今晩は、この先のラーメン屋で『御苦労さま』を酢豚と餃子とビールでやるの」と奈美を引き留めることをしない。

奈美の胸の内を「何よ、わたし、六郷川を川崎から東京へ越えたアパートで、一人なのお、やることは、午前中に洗濯したし、ない。この時間では美術館はもう間に合わない。せいぜい、積んどいた、今年出た島尾敏雄の『死の棘』、宮本輝の『蛍川』、戯曲の古典で読もう読もうとして嫉妬が愛妻を殺してしまうまで上り詰めるという、シェークスピアの『オセロー』を男についての勉強として再び読んで時間を潰すしかないのね」の不満と諦めとたった一人の孤独にふらふらするのかとひどく淋しくなる。

――でも、であった。

普通の家の半分の背丈しかない倹しい門を出て三十歩進んだら、

「奈美、その格好じゃ寒いだろう。短かくて薄い布地のスカートじゃ。妹のコートを貸すよ。たぶん、返さなくてオウ・ケイ。あ、送ってく」

肝心要のことを一等終いに付け足し、仁は追ってきて、奈美に膝まで隠れる白さが少し勝つチャコール・グレイのコートを羽織らせた。

「奈美、温泉に漬かって軀を綺麗にして温かくしねえか。六郷の黒湯でよ」

「いいわよ。お風呂道具はどうする？」

「用意してきた、ほれ」

ぶら提げていた、色気のないタオルが頭を食み出させている紙袋を仁は宙に揺らす。

「おいっ、奈美。俺って、気が利くだろ？　あん」

誇らし気に仁は胸を反らしたと思ったら、奈美の羽織っているコートの背後へと手を拡げ、いきなり、尻の球面の頂点を、ばしっ、ばしーんと叩いた。痛いーっ。

「仁さんっ。な、な、何よっ」

先刻のきく叔母さんを含めた話でも、仁の軽さの欠陥が見え、今はこの乱暴なヒップへの攻めでかなりおかしい性癖を持つと考え、奈美は束の間、引き気味になってしまった。

「済まーん。よし、撫で撫でして痛さを和らげよう、消してしまおう」

向こうから中年夫婦らしきがやってくるというのに仁が、今度は、コートの上からとはいえ、尻の半球体二つの間を、五本の指で、ひどく優しく撫で、上下に往復させる。んきゃあ、肛門、かなり露骨な表現なのでアナルにしよう、いやこれもあれだわ、尻の一番に窄んだところまで摩る。

「あのな、平の死から、そろそろ一年だな。あいつは、権力に最も反権力の、そして、だから権力好きの共産主義者と争ってもいつもいつも負けてきた黒色、アナーキストの極なんだ」

一転して、仁はやや理解にしくいことを口に出した。

「六郷の、真っ黒けの風呂に入って追悼しようや」

私鉄の「港町」という小さい駅の看板が見えてきて、仁さんは機嫌良く「美空ひばりの『港町十三番地』の歌の舞台は横浜じゃねえんだ、川崎の工場街のここいらだ。『ああ港町い　十三番地いーっ』と奈美がうっすらしか知らない歌を、調子外れだが哀調をきっちり含め小声で歌った。マドロス、つまり船乗りの心情の歌らしいけど、仁さんは船員じゃないけれど、流行りの学生運動に乗ってやり過ぎて取っ捕まって監獄行き、力がありそうでたぶん実際は企業ごとばらばらの労働運動とかに熱を入れたけど壁が厚くて頓挫(とんざ)、やっと大地のどでかい恵みへ辿り着きそうだけど、これだってへとへとになりそう……海でなく、陸のマドロスなんだ、格好良く譬(たと)えてやったら……。

「いけねえ、電車賃、風呂代も忘れてまった。貸してくんねえ」

思い込んでいたより遙かにこの人、仁さんは、どじで、おどけ者というより的外(まとはず)れで、そのくせ助兵衛で、この先は社会がうるさくなって欲しいのだけど、歴史を背負った弱さを持たされた女への性的な嫌がらせを、愛を打ち明けていない女の尻を本気で叩いておまけに変なところまで撫でちゃうなんて……ま、わたし、奈美は、中学生からの付き合いで憧(あこが)れだから、あの、そのう……ふふっ、感動なんだけど……。

奈美は、今日の午後に知った仁の駄目さが駄目ゆえに、かえって、ますます、速さを増して、好ましくなってしまう。

——真っ黒の六郷の沸かし温泉の銭湯を上がったら、仁は、「おい、御馳走してくれ」と近くの、すぐ先には国道の走る脇の蕎麦屋へと連れて行った。

熱(あつ)もり二つと熱燗を注文するなり、仁は切り出した。

「あのな、奈美。俺、おまえと裸同士で遊んで、楽しんで、暮らしたいんだよ」

「あら、嬉しい、すんごく」

「えっ、そうかあ、平が死んでから、特にな、やりてえ、おまえの面倒をみたい、みられたい……とな」

「やり逃げって……ないわよね」

「おいっ、それ、何だ？　あ、おまえ、それ、経験したのか。おいーっ」

冬瓜顔のゆとりのあるのんびりさをいきなり箱の形をした珍しい西瓜のようなイメージとさせ、仁さんが両目を見開く。だけど、わたし奈美の容姿からしてこんな経験は有り得なかった。だけど、この仁さんの嫉妬心、ジェラシーのパワーって凄いの一と言。奈美は〝男学〟のために再読しようとしているシェークスピアの『オセロー』の初読の印象の怖さを思ってしまう。でも、でも、しかし……恋人、愛人、妻を心の隅まで皺まで独り占めしたいという欲望は、この時代、薄らいでいく一方と推し測るが、落ち着いて考えると稀有、貴重、とんでもなく大切……。たった一度の人生なら、そうしてみたい、そうされたい。うん、この欠点と映る性格も許しちゃう。

「やっぱりか、奈美」

「違うわよ。わたしみたいな顔と軀つきで、男が寄ってなんて……なかったわ。仁さんが紹介した平さん、与武彦さん以外は」

「そうか、ごめーん。平以外の男って、女を見る目がねえんだな。奈美は、土の匂いと、草の匂いと、女の根っこの匂いと、女の本能的な拒む匂いが混然として、うん、魅力的だぜ」

「あら」

「やり逃げしねえ証拠に、おい、明日、婚姻届を出しに行こう。いや、今はラブ・ホテルに。な、駄目か。いけねえ、ここいらに、ラブ・ホテルはねえや。寒いけど、六郷川の土手でどうかな。部屋代なしの無料だし」

うーん、と、奈美は仁の計画のなさというか、情とか熱さで押しまくってしまういじらしさというか無謀性を感じてしまう。仁、仁さんに限らず、この人達の三派全学連とか全共闘の人人にたぶん共通してるキャラクターなんだろうねと……。だから、ことを為した後にとんでもない厳しさ、しんどさ、場合によっては虚しさが……待ってるような。

いや、そういうことをぐちゃら考えてる場合ではない。晩秋になりかけているし蚊は出ないだろうし、そもそも大事中の大事な刻印を欲しいし……少しでもあげたいもの。

「うん、そうしましょう」

しゃきっとした蕎麦で、付け汁もかなりいける熱もりを、奈美は搔き込んだ。

外へ出ると、自動車の排気ガスを搔い潜るみたいに、六郷川の水のしんねりした匂いと、河原と土手の枯れる前なのに蒸れる草草の匂いが鼻穴に押し入ってきた。

鉄橋を渡る東京行きと横浜方面行きの電車が擦れ違う。

誰かを呼ぶ声にも聞こえる。

誰……だろうか。

《完》

◉この小説は次の資料を参考にしたフィクションである。

一、『昭和二万日の全記録』のvol14、15、16（講談社）
二、『資料　日本ウーマン・リブ史』全三巻（溝口明代・佐伯洋子・三木草子編、松香堂書店）
三、『パルチザン伝説』（桐山襲著、河出書房新社）
四、『狼煙を見よ』（松下竜一著、河出書房新社）
五、『自然農法　わら一本の革命』（福岡正信著、春秋社）
六、『日本のテロ　爆弾時代の60s—70s』（栗原康監修、河出書房新社）
七、『土は生命の源』（岩田進午著、創森社）
八、『自然を楽しんで稼ぐ小さな農業』（マルクス・ボクナー著・シドラ房子訳、築地書館）
九、『日本の農業』（原剛著、岩波書店）

小嵐九八郎（こあらし・くはちろう）

1944年、秋田県生まれ。早稲田大学卒。『鉄塔の泣く街』『清十郎』『おらホの選挙』「風が呼んでる」がそれぞれ直木賞候補となる。1995年、『刑務所ものがたり』で吉川英治文学新人賞受賞。2010年、『真幸くあらば』が映画化。『蜂起には至らず　新左翼死人列伝』（講談社文庫）、『ふぶけども』（小学館）、『水漬く魂』全5巻（河出書房新社）、歌集『明日も迷鳥』（短歌研究社）など著者多数。近年は歴史小説に力を入れ、『悪武蔵』『我れ、美に殉ず』『蕪村——己が身の闇より吼て』（ともに講談社）、『天のお父っとなぜに見捨てる』（河出書房新社）など話題作を生み出している。

あれは誰を呼ぶ声

2018年10月15日　第1版第1刷発行

著者◆小嵐九八郎
発行人◆小島　雄
発行所◆有限会社アーツアンドクラフツ
東京都千代田区神田神保町2-7-17
〒101-0051
TEL. 03-6272-5207　FAX. 03-6272-5208
http://www.webarts.co.jp/
印刷　シナノ書籍印刷株式会社

落丁・乱丁本はお取り替えいたします。
ISBN978-4-908028-32-8　C0093

©Kuhachiro Koarashi 2018, Printed in Japan

●●●●● 好評発売中 ●●●●●

温泉小説
富岡幸一郎編

19人の作家による20の短篇集。［近代］漱石・鏡花・芥川・川端・安吾・太宰など。［現代］井伏鱒二・島尾敏雄・大岡昇平・中上健次・筒井康隆・田中康夫・津村節子・佐藤洋二郎など。　A5判並製　二八〇頁

本体 2000 円

私小説の生き方
秋山駿
富岡幸一郎編

貧困や老い、病気、結婚、家族間のいさかいなど、日常生活のさまざまな出来事を、19人の作家は小説として表現した。近代日本文学の主流をなす〈私小説〉のアンソロジー。　A5判並製　三二〇頁

本体 2200 円

村松友視　自選作品集

デビューから三十数年。直木賞受賞作「時代屋の女房」をはじめ、「泪橋」、出自を明かした「上海ララバイ」「作家装い」等、作家自らが選んだ小説九篇を収録した初の作品集。　四六判上製　四〇〇頁

本体 2600 円

風を踏む
——小説『日本アルプス縦断記』
正津　勉著

天文学者・一戸直蔵、俳人・河東碧梧桐、新聞記者・長谷川如是閑の三人が約百年前、道なき道の北アルプス・針ノ木峠から槍ヶ岳までを八日間かけて探検した記録の小説化。　四六判並製　一六〇頁

本体 1400 円

立松和平仏教対談集

信仰とは何か。仏教とは何か。時代と生活と宗教のかかわりを探る。宗教の同伴者として、泉鏡花賞受賞作『道元禅師』執筆と同時期に行われた11人の宗教者・作家たちとの集中対談。　四六判上製　二四〇頁

本体 2000 円

好評発売中

空を読み　雲を歌い
北軽井沢・浅間高原詩篇
一九四九―二〇一八

谷川俊太郎著
正津 勉編

第一詩集『二十億光年の孤独』以来七十年、毎夏過した〈第二のふるさと〉北軽井沢で書かれた一九四九年から二〇一八年の最新作まで二十九篇を収録。装画＝中村好志恵　四六判仮上製　九八頁

本体 1300 円

若狭がたり
わが「原発」撰抄

水上 勉著

作家・水上勉が描く〈脱原発〉啓発のエッセイと短篇小説二篇。〈フクシマ〉以後の自然・くらし・原発の在り方を示唆する。「命あるものすべてに仏心を示す大家・水上勉の真髄が光る」（鶴岡征雄氏評）。　四六判上製　二三二頁

本体 2000 円

日本行脚俳句旅

金子兜太著
構成・正津 勉

〈日常すべてが旅〉という「定住漂泊」の俳人が、北はオホーツク海から南は沖縄までを行脚。道々、吐いた句を、自解とともに、遊山の詩人が地域ごとに構成する。　四六判並製　一九二頁

本体 1300 円

愛別十景
――出会いと別れについて

窪島誠一郎著

城山三郎、やなせたかし、岡部伊都子、鈴木しづ子、中野孝次、水上勉、宇野千代、小野竹喬、河野裕子など人生の出会いと別れの人間模様を情感を込めて描くエッセイ十篇。　四六判上製　三四四頁

本体 2200 円

西部 邁　自死について

富岡幸一郎編著

独力で保守の思想を確立し、近代人としての逆説を生きて逝った西部邁の「自死の思想」と『妻の死』について」を収録。「老いと孤独。（略）リアルな問題だろう」（五木寛之氏）　四六判上製　二〇〇頁

本体 1800 円

＊定価は、すべて税別価格です。

◉好評既刊

彼方への忘れもの

小嵐九八郎

ノンポリ被爆青年が体験する早大闘争、ヤクザ映画、10・21新宿街頭、東大安田講堂の攻防、就職失敗、そして恋愛。〈60年代末風俗〉満載の、可笑しくも切ない〈青春ストーリー〉。書き下ろし長編小説五百枚。

四六判上製カバー装　本文三九二頁
装画：田地川じゅん　定価：本体価格二二〇〇円＋税

「激しく、熱く、愚かで、愛しい面々が登場し、こちらまでワクワクしてくる。」——藤沢周氏（作家）

「実に面白く、身につまされる小説であった。」——黒古一夫氏（文芸評論家）

「当時の学生の心の揺れをこれほど深く描いた作品があっただろうか。」——『北羽新報』